10|18

12, avenue d'Italie — Paris XIIIe

Du même auteur
aux Éditions 10/18

LE SCEAU DE VLADIMIR, n° 2890
LA PARURE BYZANTINE, n° 2891
AMBRE MORTEL, n° 3012

LA NUIT DES ONDINES

PAR

ELENA ARSENEVA

10 18

INÉDIT

« Grands Détectives »
dirigé par Jean-Claude Zylberstein

Sur l'auteur

Elena Arseneva est née en 1958, de mère russe et de père italien. Elle est très tôt initiée à la lecture et aux langues étrangères par sa grand-mère, qui lui transmet son enthousiasme pour la littérature française. Dans les années 80, après une maîtrise d'histoire à Moscou, elle quitte l'URSS, non sans difficultés, et s'installe à Paris. Elle s'inscrit à la Sorbonne en lettres modernes, fait une escapade théâtrale au cours Florent et se passionne pour les auteurs français du XVIIIe siècle. Elena Arseneva traduit en français des ouvrages russes, anglais ou italiens.

ISBN 2-264-02934-X

LA NUIT
DES ONDINES

PRINCIPAUX PERSONNAGES

Artem	boyard, chef de droujinniks et conseiller de Vladimir, prince de Tchernigov
Philippos	fils adoptif d'Artem
Guita	princesse de Tchernigov, épouse de Vladimir
Trofim	trésorier du prince
Sergios	Garde des Livres de la bibliothèque du prince
Anna	fille aînée de Sergios
Borka	fille cadette de Sergios
Iann	scribe, assistant de Sergios
Manouk	médecin du palais
Kostas	peintre employé par la princesse Guita
Ratmir	boyard de Tchernigov
Sofia	boyarina, riche veuve de la ville
Frol	marchand de Tchernigov
Eudoxie	épouse de Frol
Laska	fille d'un artisan de la ville
Agraféna	tenancière d'une maison close
Douce	jeune prostituée

PROLOGUE

Il s'agrippa au rebord du grand lit à baldaquin et parvint à se mettre debout. Quand il ouvrit les paupières, la chambre ne tournait plus autour de lui. Évitant de regarder le corps étendu sur la couche défaite, il se força à fixer la tapisserie byzantine sur le mur latéral. L'image, bien qu'éclairée par le chandelier de cuivre posé sur la table de chevet, était encore floue. Il attendit.

Les contours se précisaient peu à peu. Les majestueux vaisseaux grecs mettaient en déroute les fragiles bateaux barbares, qui tentaient de fuir le redoutable feu grégeois. Les navires semblaient tanguer dans la lueur vacillante des bougies. Quand il put distinguer les minuscules silhouettes d'hommes précipités dans l'eau, il sut que son malaise était passé.

Il pensa à la femme allongée sur le lit. Une colère violente l'envahit. Celle qu'il avait adorée s'était révélée une vulgaire catin ! Elle l'avait trompé, s'était moquée de sa confiance, avait profané la pureté de son sentiment.

La perfide créature avait bien caché son jeu ! Il n'avait rien soupçonné jusqu'à cette nuit ; il était venu au rendez-vous sans se méfier. Même quand il avait vu l'autre homme sortir de la maison, il n'avait pas deviné l'abjecte vérité.

Il tourna la tête vers le coin aux icônes et scruta le visage grave de la Sainte Vierge. Comme elle était belle ! Une douce lumière émanait d'elle ; la pureté austère de ses traits reposait l'âme ; ses immenses yeux noirs contenaient la réponse à tous les mystères de l'univers. Marie était la perfection. Marie était sans faille. Il aurait voulu crier tout l'amour qu'il lui portait. Pourquoi avait-il fallu qu'elle le soumette à une si cruelle épreuve ?

Il tressaillit : une ombre de mécontentement voilait le front de la mère de Dieu. Elle savait pourtant qu'il n'avait rien à se reprocher !

L'instant d'après, il reprit son souffle. Le beau visage doré le considérait avec bienveillance. C'était la flamme dansante des bougies qui avait provoqué l'illusion.

La nuit était tiède, mais il fut parcouru d'un long frisson glacé. Tirant vers lui le drap jeté sur le lit, il essuya sa peau moite puis enfila à la hâte ses vêtements. Il fut satisfait de constater que ses mains ne tremblaient plus. Alors, il rassembla son courage et fixa la femme.

Maintenant qu'elle ne bougeait plus, il pouvait l'étudier à son aise. Il s'attarda sur les jambes fuselées, les cuisses rondes, impudiquement dénudées par une fine tunique de soie, la poitrine généreuse... Oui, n'importe quel homme l'aurait trouvée attirante. Mais lui savait la tare secrète de cette belle enveloppe ! Elle était entamée. Elle s'ouvrait sur un gouffre sans fond dans lequel il avait manqué de se perdre. Elle recelait une âme vicieuse, damnée pour l'éternité.

Son regard remonta jusqu'au visage figé. L'éclat des bougies se reflétait dans les prunelles dilatées, leur donnant une brillance vive et alerte. Se pouvait-il que la maudite créature ne soit pas morte ? Il examina sa tempe gauche. Une profonde blessure la marquait. De longues mèches entremêlées, collées par une substance luisante, recouvraient l'oreiller.

Du sang.

Il avait horreur du sang.

Celui de la femme était sombre et visqueux comme la vase. La vase... C'est ce qui coule dans les veines des ondines, ces fées maléfiques[1] au corps splendide qui

1. Selon l'antique tradition païenne russe, cette incarnation du Mal est particulièrement dangereuse pour l'homme. Elle n'a rien à voir avec

séduisent les hommes pour les perdre. Il avait toujours traité par le dédain les croyances du peuple ignorant. Pourtant...

Réprimant un nouveau frisson, il baissa les yeux sur le psautier qui gisait au pied du lit. Un coin de la lourde reliure d'argent était maculé de sang. Dommage ! Il aurait aimé l'emporter. Quand la femme le lui avait montré, il avait admiré les splendides enluminures qui ornaient le manuscrit. Mais le texte sacré avait été souillé.

Soudain, il eut une idée, qui le fit ricaner. Il ramassa le psautier et le feuilleta, évitant soigneusement de se salir les doigts. Ouvrant la page qu'il cherchait, il l'arracha et l'emporta vers le secrétaire de l'autre côté de la pièce. Il y trouva une plume de roseau et un encrier. Après avoir tracé un unique mot en travers du texte, il revint vers le lit, disposa le feuillet sur la poitrine du cadavre, puis contempla son œuvre.

Quelque chose le gênait encore. Le diadème ! Haut comme la couronne princière, parsemé de pierres précieuses, il ceignait le front de marbre ; les pendeloques d'or brillaient dans la masse de cheveux noirs. La femme portait également des bagues, des bracelets et un lourd collier. Elle était parée comme Babylone la prostituée. Dire que, en arrivant, il l'avait trouvée aussi éblouissante que la Vierge en gloire !

Pas question de laisser ce spectacle sacrilège offenser l'honorable Reine des Cieux !

Il se pencha sur le corps et, surmontant son dégoût, ôta le diadème. Par miracle, il n'avait pas été endommagé, ni même taché par le sang. Il entreprit alors d'enlever les autres bijoux, les déposant un à un sur le coin de la couche. Il enveloppa le tout dans le voile qui, plus tôt, avait recouvert la tête de la femme.

Enfin, il prit le haut chandelier, alluma les veilleuses devant l'icône de la Sainte Vierge et s'agenouilla, se

---

l'image édulcorée des légendes bien connues d'une belle noyée, douce et mélancolique, victime de l'injustice des hommes (*cf.* Postface).

concentrant sur la prière qu'il allait lui adresser. Comme elle, il se montrerait miséricordieux. Il lui demanderait d'avoir pitié de l'âme pécheresse de la défunte.

CHAPITRE PREMIER

En l'an de grâce 1073, par une chaude matinée de juin, deux hommes se trouvaient dans la bibliothèque princière de Tchernigov. Le plus âgé, Artem, portait un léger caftan de satin gris perle. Sa longue épée dans un fourreau d'argent, suspendue au ceinturon de cuir, et sa chapka ronde, bordée de fourrure, dénotaient son appartenance à la caste des boyards[1]. Son visage fin s'ornait d'une belle moustache blonde qu'il portait longue en mémoire de ses ancêtres varègues.

Assis devant un lutrin, un jeune scribe vêtu d'une simple tunique de lin blanc notait sous la dictée d'Artem une dépêche destinée au prince Vladimir. Celui-ci était parti voici plus d'une semaine combattre les hordes de Koumans apparues sur le fleuve Seïm, à la frontière est de la principauté. En proie à un accès de nostalgie, Artem s'imagina aux côtés du prince, en train de respirer le parfum des herbes de la steppe et l'âpre sueur des chevaux, d'entendre le sifflement des flèches et le cliquetis des armes...

Hélas ! Quelques années plus tôt, une blessure au genou avait interdit au droujinnik de participer aux campagnes militaires. Vladimir l'avait alors nommé son conseiller et placé à la tête du Tribunal. Depuis, Artem s'était acquitté avec succès de plusieurs missions délicates et dangereuses que le prince lui avait confiées. Mais, en ce moment,

1. *Cf.* le glossaire en fin de volume.

aucune affaire criminelle grave ne l'occupait, et il s'ennuyait à mourir. Lui, chef de guerriers, réduit à passer son temps à vérifier le travail du receveur des plaintes, des percepteurs d'amendes et autres fonctionnaires paresseux du Tribunal — au lieu de goûter à l'ivresse des batailles aux côtés de ses camarades d'armes !

Il fixa d'un œil morne le scribe Iann. La tête penchée, les boucles blondes masquant son beau visage, le meilleur calligraphe et l'assistant préféré du Garde des Livres relisait la phrase qu'il venait de tracer. L'usage voulait que seules les missives secrètes fussent écrites de la main d'Artem. Pourtant, le droujinnik se serait volontiers consacré à la rédaction du courrier le plus banal pour rompre la monotonie de ses tâches quotidiennes.

Iann se passa la main dans les cheveux et releva la tête. Ses yeux demeuraient rivés sur la feuille d'écorce de bouleau déroulée sur le lutrin, mais son expression était absente. Lui aussi avait l'air mélancolique. Mordillant l'extrémité de sa plume de roseau, il semblait perdu dans quelque douce rêverie. A quoi peut songer un garçon de dix-sept étés — sinon à l'amour ?

Artem réprima un soupir et s'épongea le front avec son mouchoir. Malgré deux fenêtres ouvertes, pas le moindre souffle d'air ne parvenait aux lutrins placés au fond de la salle. Trois mille manuscrits à lourdes reliures ouvragées, empilés sur des rayonnages qui couraient le long des murs ou rangés dans d'énormes coffres, rendaient l'atmosphère encore plus irrespirable. Les faisceaux d'absinthe disposés entre les livres pour les protéger des vers et des larves exhalaient un arôme entêtant. Artem se frotta énergiquement les tempes pour éloigner une migraine naissante, se leva et alla se planter devant l'une des fenêtres qui donnaient sur la cour du palais.

Au-delà de la clôture qui entourait la résidence princière, une vue saisissante s'ouvrait sur Tchernigov, la capitale du nouveau fief de Vladimir. Située à une centaine de verstes de Kiev, cette « perle du Sud » rivalisait en beauté et en richesse avec la cité du grand-prince. C'est sur l'ordre de ce dernier que, voici moins de deux lunes, Vladimir et sa suite avaient quitté la principauté de Rostov pour s'installer dans cette ville magnifique. Les toits d'étain avaient un éclat argenté, les bulbes des innombrables églises brillaient de mille feux, et même les taches vertes des jardins offraient une nuance plus riche, plus sensuelle que dans le nord des terres russes.

Hormis les églises, tout ici était différent : la disposition des quartiers, la façon de construire les maisons, le comportement des habitants, bruyants et volubiles comme les Grecs... Et le climat. Maudite chaleur ! A Rostov, jamais on n'avait connu une telle fournaise à l'approche de la Saint-Jean !

La Saint-Jean : une voix fluette venait de prononcer le même mot, comme en écho aux pensées d'Artem. Il baissa les yeux sur les trois jeunes gens qui bavardaient dans la cour.

Philippos, son fils adoptif, discutait avec les deux filles du Garde des Livres, maître absolu de la bibliothèque. C'était sans doute Borka, la cadette, qui avait parlé. La voix d'Anna était plus grave ; quant à Philippos, qui n'avait pas encore quinze étés, il avait un timbre inégal, propre à son âge, qui faisait souvent sourire Artem.

— J'aime bien les « adieux aux ondines », mais pas question de me baigner avant la nuit de la Saint-Jean ! répéta Borka en frottant son petit nez retroussé parsemé de taches de rousseur. Les ondines sont très méchantes en ce moment. Gare aux malheureux qui s'égarent près du fleuve ! Elles peuvent les chatouiller à mort et les entraîner au fond de l'eau.

La fillette évoquait la fête qui précédait de quelques jours la Saint-Jean. Elle remontait aux temps anciens où la parole du Christ n'était pas répandue sur la terre russe. Aujourd'hui encore, les paysans renonçaient difficilement à leur ancienne foi et adressaient leurs prières à la Sainte-Trinité aussi bien qu'à Péroun, le dieu de la foudre, et aux idoles qu'ils vénéraient secrètement. Quant aux nymphes des fleuves et des forêts, Artem savait que le peuple les considérait comme pourvoyeuses de la pluie et gardiennes des récoltes jusqu'au jour le plus long de l'année. Ses connaissances s'arrêtaient là. Les superstitions le mettaient mal à l'aise, et il avait appris à redouter le fanatisme des païens invétérés. Mais à quoi servirait de proscrire les rites liés aux antiques croyances ? On continuerait de les pratiquer en cachette ! Aussi avait-il adopté une attitude de tolérance, discrète et vigilante, envers les réjouissances traditionnelles.

— Moi, je comprends pourquoi les ondines se mettent en colère ! répliqua Philippos en riant. Pendant des lunes, on les supplie d'arroser les champs — et puis, une fois que le seigle et le blé ont poussé, on les envoie au diable !

Anna, qui ne cessait de jeter des coups d'œil à la ronde comme si elle attendait quelqu'un, intervint dans la conversation :

— Elles n'ont aucune raison de se montrer rancunières. On les honore et les remercie avant de les renvoyer, non ? D'ailleurs, cet été, je représente une des cinq ondines pendant les adieux. Me trouvez-vous méchante ou dangereuse ? ajouta-t-elle avec un air de défi joyeux.

Artem savait que, pour toute la durée des festivités, les habitants avaient coutume de choisir pour ce rôle les plus belles filles de la ville. A dix-sept étés, Anna en faisait incontestablement partie. Ses cheveux bruns et bouclés, soigneusement nattés, mettaient en valeur ses magnifiques yeux verts, dont la douceur contrastait avec l'inquiétante étincelle qui dansait au fond de ses prunelles. Apparemment, la dernière conquête de la fille aînée de Sergios n'était autre que Philippos. Rouge comme une pivoine, celui-ci n'essayait même pas de chercher une réponse à la réplique d'Anna. Il se contentait de l'admirer en silence.

— Dangereuse ? Sûrement : tu peux entraîner quelqu'un au fond de l'eau parce que tu ne sais pas nager ! lança Borka qui, malgré ses douze étés, n'avait pas la langue dans sa poche. Pas besoin pour ça d'avoir les cheveux verts, ni de la vase à la place du sang. Et puis, quand tu veux être méchante, tu es pire que toutes les sorcières et ondines...

Un bruit de gifle retentit. Borka, une main sur sa joue marquée d'une tache rouge, empoigna de l'autre la longue natte d'Anna et tira violemment. Mais celle-ci s'emparait déjà des tresses de sa sœur.

Riant aux éclats, Philippos tenta de les séparer. Artem esquissa un sourire amusé. Soudain, une voix de stentor retentit tout près de lui. A la fenêtre voisine, Sergios, le Garde des Livres, se penchait au-dehors autant que sa bedaine le lui permettait. Agitant un bras fort comme le mât d'un bateau, il réprimandait sévèrement ses filles. Son menton et même sa barbe touffue tremblaient de colère.

— Vous n'avez pas honte, dévergondées que vous êtes ? Anna, aurais-tu oublié que tu es en âge de ceindre la couronne du mariage ? Et toi, Borka, aucun respect pour ta sœur aînée ! Ce n'est pas parce qu'on se prépare à la fête que le travail manque. Borka, va terminer ta broderie. Anna, tu devais m'aider à surveiller le travail des copistes. Tu sais bien que Iann est occupé ce matin avec le boyard Artem !

— Pardon, père, je l'avais oublié, répondit Anna en levant les yeux vers la deuxième fenêtre, où Artem s'efforçait de garder un air sérieux. Je monte tout de suite.

Quant à Borka, elle haussa les épaules avec défi avant de se diriger vers le perron du palais.

— Que de soucis me donnent ces deux-là, depuis que leur mère nous a quittés, Dieu ait son âme ! se plaignit Sergios en se tournant vers Artem. Surtout l'aînée. Une véritable diablesse, celle-là !

— Vraiment ? s'étonna Artem. Je ne l'ai croisée que quelques fois depuis mon arrivée, mais elle m'a fait l'impression d'une jeune personne réservée, indifférente à l'agitation de la cour. S'il lui arrive encore de réagir comme une enfant...

— Surtout pour se chamailler avec sa sœur, bougonna le Garde des Livres. Ah, boyard, le Très-Haut t'a épargné la rude épreuve de t'occuper des filles d'Ève ! Crois-moi, elles viennent au monde dotées de tous les mauvais penchants propres à leur sexe. Vivement que je trouve à Anna un beau parti ! Grâce à Dieu, elle est douée pour la calligraphie ; cela me permet de la surveiller au moins pendant qu'elle travaille dans la bibliothèque. A propos, as-tu encore besoin de mon assistant, boyard ? Aujourd'hui, les scribes sont débordés...

— Nous avons presque terminé, le rassura Artem en se tournant vers Iann.

Celui-ci arborait une expression embarrassée. Il lança un coup d'œil furtif au Garde des Livres qui sortait de la salle puis baissa les paupières, comme s'il craignait de trahir ses sentiments. Serait-il amoureux d'Anna ? songea Artem avec amusement.

De naissance noble mais orphelin sans héritage, Iann avait été élevé au palais sur l'ordre du prédécesseur de Vladimir[1], qui le destinait à la droujina des Varlets. Mais le Garde des Livres avait remarqué l'extraordinaire aptitude du garçon pour l'écriture et la science des livres, et l'avait pris sous sa protection. On racontait aussi que, à mesure que l'adolescent dégingandé se métamorphosait en beau jeune homme, certaines dames de la cour lui accordaient des signes d'attention de plus en plus marqués. Iann y restait indifférent. Il s'était attaché à une veuve pieuse de la ville dont les plus mauvaises langues ne trouvaient rien à redire. Celle-ci partageait avec Sergios les frais liés à l'instruction du jeune scribe. Heureux de sa condition, Iann supportait avec un sourire les légendaires coups de sang du Garde des Livres, et aimait Anna et Borka comme ses sœurs. Philippos s'était lié d'amitié avec les trois « inséparables » dès son arrivée au palais. Iann se montrait aussi habile devant un lutrin, la plume entre les doigts, qu'en selle, l'arc à la main ; c'était plus que suffisant pour susciter chez Philippos une admiration sans bornes envers son nouvel ami. Mais si les garçons

1. Le trône n'était pas héréditaire, et les princes changeaient souvent de fief sur l'ordre du grand-prince (*cf.* Postface).

s'étaient tous deux épris d'Anna, Philippos ne saurait éviter son premier chagrin d'amour... Enfin, ainsi va la vie, songea Artem.

— Où en étions-nous ? demanda le droujinnik, s'arrachant à ses pensées.

Iann parcourut les fins caractères réguliers qui couvraient les deux tiers du carré d'écorce.

— Tu viens d'informer le prince que le calme règne dans la capitale, boyard. La seule affaire qui occupe le Tribunal est un procès entre les propriétaires terriens Lucas et...

— Ensuite !

— Voici la dernière phrase, que j'ai laissée en suspens : « Quant à ton épouse bien-aimée, Sa Seigneurie Guita est partie pour Kiev avec une escorte de cent hommes envoyés par le grand-prince... »

— ... afin qu'elle puisse témoigner son affection à la noble Élisabeth, ta tante et reine du Danemark, poursuivit Artem. Celle-ci aurait aimé vous serrer tous les deux sur son cœur. Déplorant la guerre qui t'empêche de te rendre à Kiev durant son séjour, elle a souhaité rencontrer Guita, qui lui doit sa félicité...

Pendant que Iann écrivait, Artem repensa à l'époque où Guita était une jeune orpheline, héritière légitime de la couronne d'Angleterre mais chassée de son royaume par l'invasion des Normands. Après une longue errance, elle était arrivée à la cour d'Élisabeth, alors reine de Norvège. Princesse russe et sœur du grand-prince de Kiev, c'est elle qui avait arrangé les fiançailles entre son neveu Vladimir et sa jeune protégée anglaise.

— Nous allons nous arrêter là, déclara Artem quand Iann leva la tête. Guita doit regagner Tchernigov aujourd'hui même, aux alentours de midi. J'aimerais terminer le courrier en annonçant au prince l'heureux retour de son épouse. Va prévenir le messager qu'il devra attendre...

A cet instant, la porte s'ouvrit et Anna apparut sur le seuil. Son visage, habituellement pâle, était rose d'émotion. S'efforçant de maîtriser son trouble, elle annonça :

— Boyard, une femme vient de se présenter à l'entrée. Elle demande à te voir de toute urgence. A l'entendre, un meurtre atroce a été commis dans la demeure qu'elle habite.

— Pourquoi est-ce toi qui m'en informes ? demanda Artem en fronçant les sourcils. Les gardes...

Il s'interrompit. Depuis le début de la campagne contre les Koumans, non seulement ses fidèles compagnons, les Varlets Mitko et Vassili, étaient partis avec leur droujina, mais même la garnison qui protégeait la résidence princière avait été réduite à une vingtaine de soldats. Et voilà le résultat, songea-t-il amèrement. On entrait dans le palais comme dans un moulin !

Les lèvres d'Anna se retroussèrent légèrement comme si elle pouvait lire les pensées d'Artem ; cependant, c'est d'une voix sereine qu'elle répondit :

— Il n'y avait personne pour l'empêcher de pénétrer dans la résidence. J'ai donc pris la liberté de venir te chercher, plutôt que de la conduire jusqu'à toi. Ai-je mal fait ?

— Au contraire, tu as fort bien agi, soupira le droujinnik. Je descends.

Il dévala l'escalier aussi rapidement que sa légère claudication le lui permettait. Une femme entre deux âges, coiffée d'un châle bariolé, se serrait d'un air misérable contre une des colonnes de marbre qui flanquaient la porte d'entrée. Elle tortillait nerveusement un bouton de son ample sarafane à plis qui soulignait son embonpoint.

— Ma pauvre maîtresse... elle est morte ! s'écria-t-elle dès qu'elle aperçut Artem. On l'a assassinée cette nuit, dans son lit. Quel malheur ! Si bonne, si douce... Qui aurait pu... ?

Elle renifla bruyamment. De grosses larmes roulèrent sur ses joues rondes.

— D'abord, calme-toi et conduis-moi à ta maison, répliqua Artem d'un ton péremptoire. Sur le chemin, je te poserai quelques questions. J'ai besoin de ton aide pour retrouver le coquin qui a commis le crime.

Ils sortirent du palais et se frayèrent un chemin à travers

la foule dense qui emplissait la place du Marché, encombrée par les échoppes et les étals des commerçants. Puis ils longèrent une des rues qui rayonnaient de la place, menant vers les quartiers habités par les citadins aisés. La servante avançait à petits pas, respirant avec peine et s'essuyant les yeux avec un bout de son châle. Quand elle se fut un peu ressaisie, Artem put tirer un récit cohérent de sa bouche. Prénommée Glacha, elle était au service d'une riche veuve de la ville. La veille au soir, sa maîtresse l'avait congédiée avec tous les autres domestiques, leur ordonnant de revenir vers midi.

— On était un peu surpris, commenta Glacha, mais ça n'a pas fait jaser, boyard. Notre bonne mère vivait comme une nonne depuis son veuvage. Va savoir ce qui lui est passé par la tête ! Seulement, ce matin, j'ai décidé de venir un peu à l'avance, histoire de vérifier si l'intendant avait tout laissé en ordre. Ce paresseux néglige souvent ses tâches. Combien de fois dame Sofia l'avait pris en faute !

— Sofia ? répéta Artem. Serait-ce par hasard la boyarina qui accordait sa protection à Iann, le jeune orphelin employé à la bibliothèque du prince ?

— Tout juste. Ma maîtresse aimait Iann comme un fils. Elle le couvrait de cadeaux, elle le cajolait... Le pauvre gosse aura bien du chagrin !

Pendant que la brave Glacha se répandait en lamentations, l'esprit d'Artem fonctionnait à toute vitesse. Bien qu'il n'eût pas connu la veuve — hormis les fonctionnaires du palais, il ne connaissait presque personne dans la nouvelle capitale de Vladimir — il savait le rôle important que la boyarina jouait dans la vie de Iann. Philippos lui avait souvent parlé des relations touchantes existant entre le jeune scribe doué et sa protectrice, qui s'était attachée au garçon avec tout son cœur de femme pieuse et esseulée.

Quant à Iann, aimable, souriant, beau comme un dieu grec, il savait gagner la sympathie de tous ceux qu'il côtoyait. Ce qui ne voulait pas dire qu'il était sans défaut ! Si Sofia s'apprêtait à lui léguer son immense fortune, l'orphelin sans le sou aurait pu succomber à la tentation... Oui, le mobile était valable. Restait à vérifier auprès du Garde des Livres si la boyarina avait rédigé un testament en règle et l'avait déposé aux archives de la bibliothèque, comme la loi l'exigeait.

— Comment as-tu découvert le corps ? demanda Artem, tandis que Glacha l'introduisait dans le vaste domaine de Sofia.

— Mais je viens de te le raconter, boyard ! gémit la servante. Je me suis d'abord assurée que tout était en ordre. Ensuite, je suis allée frapper à la chambre de ma maîtresse. Il était encore loin de midi... mais enfin, elle avait l'habitude de se lever de bonne heure ! Comme elle n'a pas répondu, j'ai entrouvert la porte. Notre bonne mère était dans son lit. C'est alors que j'ai vu tout ce sang autour de sa tête. Les draps en sont noirs ! J'ai crié, j'ai crié... Puis je me suis sauvée comme une folle. J'espérais rencontrer un garde. Mais ces diables ne sont jamais là quand on a besoin d'eux ! Alors, j'ai couru vers le palais.

— La plupart des soldats sont partis avec le prince défendre nos terres, rappela Artem, tandis que Glacha ouvrait devant lui la lourde porte de la chambre. Maintenant, laisse-moi, mais ne t'éloigne pas. Je t'appellerai quand j'aurai besoin de toi.

Resté seul, il commença par embrasser la pièce du regard, cherchant à se faire une idée de la personnalité de la victime.

Le mobilier, coûteux mais rustique, semblait avoir été choisi encore par le défunt mari de Sofia. La scène représentée sur la magnifique tapisserie ancienne — une bataille navale — confirmait cette déduction. Apparemment, Sofia, peu sensible au luxe et au raffinement, ne s'était pas donné la peine de réaménager la chambre selon ses goûts après le décès de son époux. Seule la coiffeuse surmontée d'un grand miroir en argent poli apportait une touche féminine au décor. Elle croulait sous d'innombrables pots et fioles qui contenaient baumes, pommades, fards, lourds parfums orientaux et autres préparations destinées à accroître le pouvoir de séduction des femmes.

Il s'approcha du secrétaire en chêne sculpté. Écartant l'unique fauteuil sur lequel était jeté un châle, il examina les objets disposés sur la table : un encrier ouvert, quelques plumes, deux rouleaux d'écorce, un gobelet à couvercle et un chiffon propre. Le gobelet était plein d'eau et le chiffon, parfaitement sec. L'assassin n'avait donc pas cherché à lire les deux textes.

Artem trempa le tissu dans l'eau et, après avoir humecté l'écorce, déroula les documents. Le premier confirmait un don de dix grivnas d'argent au profit du monastère de Notre-Dame d'Eletsk. Le second était le début d'une lettre privée. Comme tout courrier, il portait une grande croix tracée en haut de la feuille. La formule traditionnelle de bénédiction était suivie d'une seule ligne : « Voici près d'une lune que je ne t'ai pas écrit, ma douce et bien-aimée... »

De toute évidence, il s'agissait d'une amie de la veuve résidant dans une autre ville. Même si Artem pouvait découvrir son nom, il y avait peu de chances qu'elle pût le renseigner sur les événements récents.

Le droujinnik referma machinalement l'encrier, s'approcha des coffres à vêtements et passa en revue leur contenu. Robes, sarafanes, mantelets étaient tous de couleurs foncées, à peine rehaussés de broderies. Coûteuse et de bonne qualité, la garde-robe de Sofia témoignait cependant de ses goûts modestes, presque austères. Les coiffes d'une sobre élégance confirmaient cette impression.

Maintenant qu'Artem avait le sentiment d'avoir connu Sofia de son vivant, il serait plus à même de se représenter comment elle était morte.

Il se dirigea résolument vers le grand lit à baldaquin situé près d'une fenêtre ouverte.

Le visage de la malheureuse disparaissait à moitié sous une croûte de sang séché où grouillaient de grosses mouches bleues. Artem agita la main, et les maudits insectes se mirent à tournoyer autour de leur proie en bourdonnant.

Le droujinnik appela Glacha, lui ordonnant d'apporter une grande bassine d'eau et un drap. La servante s'exécuta. Posant le tout près du seuil, elle fit un signe de croix et s'éclipsa de nouveau derrière la porte.

Écartant les longues mèches noires, collées en paquets informes par le sang coagulé, Artem entreprit de laver le visage de la victime. Sa tâche achevée, il chassa l'essaim de mouches, referma la fenêtre et se concentra sur son examen.

Sofia avait succombé à un coup violent porté par un objet lourd, qui lui avait écorché le front et ouvert le crâne sous la tempe gauche. L'affreuse blessure n'avait pas altéré la beauté de la femme. Mélancolique, Artem contempla pendant quelques instants le visage aux traits fins et les grands yeux sombres ternis par la mort. Les lèvres de Sofia étaient entrouvertes, comme si elle avait cherché à formuler une question à l'instant même où l'assassin la frappait. A en juger par la position du corps, la veuve avait été attaquée par surprise. Le bras droit de Sofia pendait du lit. Avait-elle cherché à se défendre ? Ou avait-elle juste eu le temps d'esquisser un geste de supplication ? Sans doute la malheureuse s'était-elle à peine rendu compte de ce qui lui arrivait. Agression classique, imprévue et imparable.

Pourtant, l'affaire n'était pas banale, songea Artem en étudiant la tenue de la victime. La boyarina portait une chemise de nuit en soie fine, presque transparente, qui ne cachait pas ses formes voluptueuses. Le léger vêtement était retroussé, laissant découvertes les cuisses et les jambes. Les draps froissés ne recouvraient que le bout de ses pieds. Oui, tout portait à croire que Sofia s'était livrée à des ébats amoureux juste avant de passer de vie à trépas... Chose difficilement imaginable pour une femme qui vivait « comme une nonne », partageant sa vie entre la fréquentation de l'église et les bonnes œuvres !

Artem se pencha pour inspecter le sol, mais le parquet

bien ciré ne portait pas la moindre empreinte. C'est alors qu'il aperçut un gros psautier à reliure d'argent, que la petite table de chevet avait d'abord dissimulé à son regard. Il souleva l'objet. Un coin de la reliure était maculé de sang séché, et les pages de parchemin à cet endroit portaient de sinistres taches brunes. Il tenait l'arme du crime !

S'efforçant de maîtriser son excitation, Artem appela de nouveau Glacha.

— Où ta maîtresse gardait-elle son psautier ? lui demanda-t-il de but en blanc.

— Ici, près du lit, répondit-elle depuis le seuil en désignant d'une main tremblante la table de chevet.

— Bien. Maintenant, tu vas examiner tous les objets dans la chambre et me signaler si rien ne manque. C'est important, Glacha ! Je compte sur toi. Ressaisis-toi, et au travail !

La suivante pénétra craintivement dans la pièce. Elle prit d'abord le châle jeté sur le fauteuil et en recouvrit le miroir de la coiffeuse, écartant ainsi le risque de voir apparaître le spectre de la morte. Puis, tout en se signant, elle s'avança vers les coffres à vêtements et les rayonnages au fond de la pièce.

Pendant ce temps, Artem chercha à résumer ses observations. D'une part, la réputation dont jouissait Sofia, celle d'une femme pieuse et indifférente au monde des plaisirs futiles, n'était certainement pas fausse. D'autre part, la boyarina avait un amant, dont personne ne soupçonnait l'existence. La liaison était sans aucun doute toute récente. L'homme avait réussi à séduire Sofia voici à peine une lune, troublant sa conscience et bouleversant son existence de dévote. Pour finir, il lui avait ôté la vie. Pourquoi ?

Il tenta de se représenter ce qui s'était passé cette nuit fatale. La veuve se prépare avec soin à recevoir son mystérieux amant. Elle l'accueille sans méfiance. Mais l'étreinte amoureuse fait vite place à une violente dispute. L'homme demande-t-il quelque chose à Sofia, que celle-ci refuse ? Ou bien Sofia se montre-t-elle trop insistante en exigeant le mariage ? Toujours est-il que l'amant, fou de rage, saisit le premier objet qui lui tombe sous la main et assène un coup mortel à sa maîtresse.

— Par le Christ... est-ce possible ? s'écria soudain Glacha.

Elle se tenait près d'une étagère qui surplombait la table de chevet. Un grand coffret incrusté de nacre se trouvait sur le rayon inférieur. La servante avait soulevé le couvercle et fixait, les yeux écarquillés, l'intérieur de la boîte.

— La moitié des bijoux a disparu ! annonça-t-elle comme Artem se penchait à son tour sur le coffret.

— Comment l'as-tu ouvert ? En possèdes-tu la clé ?

— Ma maîtresse ne le fermait jamais à clé. Personne ne risquait de voler notre bonne mère dans sa maison !

— Vide le contenu sur le tapis et essaie de te souvenir des pièces qui manquent, ordonna le droujinnik.

Pendant que Glacha s'exécutait, il reprit le cours de ses pensées.

Sofia morte, l'homme est pris de panique. Il rejette le lourd psautier sans songer à faire disparaître l'arme du crime. Mais il ne se sauve pas tout de suite. Il sait que Sofia est riche ; la tentation est trop forte. Il décide de ne pas partir les mains vides et va piocher dans le coffret à bijoux. Conclusion : le meurtre n'avait pas été prémédité, mais l'assassin avait eu assez de sang-froid pour tirer un bénéfice de son crime.

Artem passa de l'autre côté du lit, ouvrit de nouveau la fenêtre et en inspecta le rebord. Pas de trace suspecte. A l'évidence, Sofia avait informé son amant de l'absence des domestiques. Il n'avait donc rien à craindre en quittant la maison.

Soudain, une feuille de parchemin, couverte de caractères droits et réguliers, tracés à l'encre noire, attira son regard. Il la souleva : c'était une page arrachée au psautier de Sofia, comme en témoignait une tache de sang dans le coin supérieur. Ce geste n'avait pu être accompli que par le meurtrier, après le crime ! Artem retourna la feuille... et se figea, pétrifié de stupeur.

Une riche enluminure ornait le revers de la page. Elle représentait une bête fantastique mi-femme mi-serpent, qui symbolisait la laideur du péché. Le visage aux traits harmonieux formait un contraste saisissant avec le corps hideux du monstre, affublé de seins lourds et pendants, de mains griffues et d'une longue queue de reptile enroulée en spirale. A côté de l'image, par-dessus le texte sacré, un seul mot était tracé à l'encre brune en gros caractères tremblés : « Ondine. »

Ainsi, l'assassin avait laissé un message ! Il avait pris le temps de ramasser le psautier et de le feuilleter, avant de trouver l'enluminure la plus éloquente à ses yeux. Puis il avait laissé son mystérieux commentaire en utilisant l'encre et la plume de la victime. Voilà qui expliquait l'encrier ouvert sur la table de Sofia ! Comme tous les gens qui pratiquent l'écriture, la boyarina savait que l'encre à base de noix de galle sèche très vite. Cet oubli avait intrigué Artem. En réalité, il s'agissait d'une négligence du meurtrier... Avant de s'enfuir, il avait dû poser la page sur le cadavre. Plus tard, quand Glacha avait ouvert la porte, le courant d'air avait fait glisser la feuille par terre.

— Peux-tu me dire exactement ce qui a été volé ? demanda Artem en se tournant vers la suivante.

Assise sur le tapis, Glacha contemplait d'un air hébété les bijoux étalés devant elle.

— Eh, va savoir, boyard ! Des bracelets, des colliers... Dame Sofia en avait tant ! Je crois que sa couronne, celle qui avait une grosse pierre blanche au milieu, n'est plus là.

— Je suppose qu'il s'agit d'un diadème orné d'un diamant. Tu sers dame Sofia depuis sa jeunesse. Comment se fait-il que tu sois incapable de décrire les bijoux qu'elle portait ?

— Justement, elle n'en mettait plus depuis la mort de son époux. Penses-tu si j'ai oublié, après tout ce temps ! Pourtant, il y a trois jours, je l'ai vue essayer sa... son diadème, avec au front cette pierre qui brille de mille feux, et des pendeloques des deux côtés de la tête. Comme elle était belle, ma colombe ! On aurait dit une princesse byzantine.

Glacha s'essuya les yeux avec sa manche avant de poursuivre :

— J'espérais qu'elle allait se parer comme autrefois... Mais non, elle a tout de suite remis la couronne dans le coffret. Quant aux autres bijoux qui ont disparu, eh bien, ils étaient aussi en or. Ça, j'en suis sûre.

Artem poussa un soupir résigné.

— Est-ce qu'il arrivait à ta maîtresse de te faire des confidences ?

— Pour ça, oui. Dame Sofia n'était pas fière pour un sou ! Elle m'ouvrait souvent son cœur.

— A-t-elle jamais parlé d'un amoureux dans sa vie ? Est-ce qu'elle souhaitait se remarier ?

— Oh, non ! Notre bonne mère ne pensait pas à ces choses-là. L'église et les pauvres : il n'y a que ça qui l'intéressait. Depuis qu'elle est veuve, elle n'a pas seulement regardé un homme en face — à part le pope, bien sûr, et le jeune Iann qu'elle traitait comme un fils.

— Iann avait toute sa confiance ?

— Ma maîtresse l'adorait, et le gamin lui rendait bien la pareille. Le pauvre garçon se souvient à peine de sa mère. Comme il était heureux avec dame Sofia ! Lorsqu'il venait ici, elle n'avait qu'à lever le petit doigt pour qu'il exécute son moindre désir. Et quand elle lui souriait, il avait l'air tout content, il rougissait même de plaisir. Et moi, je pensais : Dieu n'a pas oublié les siens, il a permis à un orphelin de connaître la tendresse maternelle. Ce n'est pas l'héritage qui pourra consoler Iann !

Glacha se tut au bruit de la porte qui s'ouvrait. Un militaire se tenait sur le seuil.

— Boyard, le Garde des Livres m'a expliqué comment te trouver. Sa Seigneurie Guita vient d'arriver, elle te réclame. Que dois-je lui annoncer ?

— Que je vais la rejoindre de ce pas. Ensuite, tu iras voir le commandant de la garnison. Dis-lui de ma part d'envoyer immédiatement trois soldats à la demeure de la boyarina Sofia. Deux d'entre eux transporteront le corps et l'arme du crime — ce psautier — à la chapelle mortuaire dans la résidence du prince. Le troisième devra monter la garde à l'entrée de la maison et ne quitter son poste sous aucun prétexte. Il sera relevé en temps voulu. Va !

De nouveau seul avec la suivante, Artem demanda :

— Selon toi, dame Sofia aurait légué toute sa fortune à Iann ?

— Puisque je te dis qu'elle l'aimait comme un fils ! Avant, elle voulait laisser ses biens aux paresseux qui se bousculaient tous les jours à sa porte. Je parle de ces mendiants crasseux, et de ces popes voraces qui lui tournaient la tête avec leurs propos de miel. Heureusement, l'été dernier, elle a changé d'avis.

— A-t-elle rédigé et déposé son testament auprès du Garde des Livres ?

— Et comment je le saurais, moi ? répliqua Glacha en haussant les épaules. Ce qu'elle faisait en dehors de la maison ne me regardait pas. Par contre, elle a dit que Iann l'évoquerait toujours avec amour et reconnaissance. Tant qu'elle vivrait, il régnerait sur son cœur, et après sa mort, sur ses biens. C'est comme ça qu'elle a parlé au gamin. J'étais là, je l'ai entendue de mes propres oreilles.

Artem fronça les sourcils, enroulant sa longue moustache autour de son index.

— Bien, fit-il après un instant de réflexion. Tu es une brave femme, Glacha, fidèle et dévouée ; tu ne voudrais pas que l'assassin de ta maîtresse échappe au châtiment qu'il mérite...

Glacha se remit à pleurer doucement. Puis elle se frappa la poitrine du poing et voulut répondre, mais Artem l'arrêta d'un geste.

— Le manque d'effectifs m'oblige à ne laisser qu'un seul soldat en faction ici. Je compte sur toi pour surveiller la maison et, surtout, pour empêcher quiconque d'entrer dans la chambre de Sofia avant mon retour. Je reviendrai terminer mon examen au plus tard demain.

— Mais si l'intendant... balbutia Glacha.

— Appelle-le, coupa Artem.

Quelques instants plus tard, un petit homme maigre au visage chafouin apparut devant le droujinnik. Artem l'informa de ses consignes, précisant que toute personne qui désobéirait à son ordre serait accusée de complicité de meurtre. L'intendant s'inclina d'un air obséquieux, et le droujinnik quitta la demeure d'un pas pressé.

Les cloches de la cathédrale du Saint-Sauveur qui annonçaient le retour de Guita venaient de se taire, et l'air vibrait encore de leur son joyeux. Pourtant, Artem ne parvenait pas à se composer la mine réjouie qu'exigeaient les circonstances. Il revenait sans cesse en pensée au meurtre de Sofia. S'agissait-il d'un crime crapuleux doublé d'un drame passionnel ? Les éléments qu'il avait réunis semblaient confirmer cette hypothèse. Mais une vague prémonition, une sorte d'angoisse irrationnelle, continuait à le tourmenter. Son intuition ne le trompait jamais. L'affaire devait être bien plus compliquée qu'elle n'en avait l'air.

CHAPITRE II

Une foule bruyante emplissait la cour du palais. Les soldats qui avaient escorté Guita depuis Kiev lançaient des ordres aux domestiques qui s'agitaient dans tous les sens. Les marmitons saisissaient à demi-mot les commandes et se précipitaient aux cuisines ; les serviteurs portaient les plats déjà prêts dans l'immense réfectoire du bâtiment où, en temps de paix, logeait la droujina de Vladimir ; les garçons d'écurie emmenaient les chevaux pour les nourrir et les bouchonner. Après le repas suivi d'un bref repos, l'escorte allait repartir pour la ville du grand-prince.

A l'intérieur du palais, fonctionnaires et employés du Trésor, du Tribunal et de l'Intendance, rassemblés par groupes de deux ou trois devant l'escalier de bois sculpté, commentaient avec animation l'arrivée de Guita. Artem s'apprêtait à monter rejoindre la princesse lorsqu'il aperçut les « inséparables » — Philippos, Iann et les deux filles de Sergios.

S'approchant des jeunes gens, il échangea quelques propos avec eux, tout en observant Iann à la dérobée. Manifestement, le scribe ne se doutait pas du drame qui l'avait frappé. Ses yeux brillants d'excitation ne quittaient pas le visage d'Anna qui, elle, gardait les paupières pudiquement baissées.

Le droujinnik demanda à rester seul avec Philippos. Dès que Iann et les filles du Garde des Livres se furent éloignés, il dit :

— Je viens d'entendre un percepteur d'amendes traiter la reine Élisabeth de bienfaitrice, tandis que son collaborateur ajoutait que le prince serait ravi de l'heureuse nouvelle. De quoi s'agit-il ?

— Guita n'est pas rentrée de Kiev les mains vides ! Élisabeth lui a fait un don qui va profiter à la principauté tout entière : de l'or pour construire une forteresse sur la ligne de défense contre les nomades. Je parie que, ce soir, l'eau-de-vie va couler à flots dans les maisons des guerriers partis avec Vladimir !

— Comment se fait-il que les habitants du palais en soient déjà informés ? demanda Artem, un pli soucieux lui barrant le front.

— Oh ! Tu connais la princesse ! s'exclama Philippos en haussant les épaules. Elle a été émue jusqu'aux larmes en voyant ses sujets venir l'acclamer à l'entrée de la ville. Ils l'ont accompagnée jusqu'à la résidence. Alors, prenant exemple sur Vladimir, elle a adressé à la foule quelques mots bienveillants depuis le perron. Tu penses bien qu'elle n'a pu s'empêcher de leur annoncer la bonne nouvelle ! Pourquoi ? Ça t'inquiète ?

— Décidément, la sensibilité est l'ennemie de la prudence, soupira Artem. Enfin ! Ce n'est pas cela qui me tracasse pour l'instant...

Il se mordit la langue. Philippos n'avait que trop tendance à se mêler des affaires criminelles qui occupaient le droujinnik. Doué d'un esprit vif et d'une énergie débordante, il cherchait à participer activement au déroulement des enquêtes — souvent, au risque de sa vie. A ses quatorze étés, presque aussi grand qu'Artem, il était resté aussi impulsif et aussi casse-cou qu'à l'époque où le droujinnik l'avait adopté [1].

— Je t'en prie, continue ! supplia Philippos en fixant sur Artem un regard brûlant de curiosité.

Comme celui-ci se taisait, le visage impénétrable, le garçon lui adressa un petit sourire espiègle et reprit :

1. Voir *Le Sceau de Vladimir*, 10/18, n° 2890.

— Laisse-moi deviner. Cette nuit, une certaine boyarina Sofia a été assassinée dans sa demeure. Le crime a été découvert par sa servante... Je me trompe ?

— Tu es parvenu à tirer les vers du nez à Glacha ! s'exclama Artem avec indignation.

— Pas du tout, protesta Philippos. J'ai bien essayé, mais elle est moins sotte qu'elle n'en a l'air. Elle a fait la sourde oreille à toutes mes questions, déclarant qu'elle ne parlerait qu'à un « responsable de l'ordre ». C'est à peine si elle a mentionné son nom et celui de sa maîtresse.

— Alors, qui t'a renseigné ?

— Personne. Je n'avais besoin d'aucune information supplémentaire, répondit le garçon d'un air modeste. Même si je n'ai pas ton talisman varègue qui t'aide à éclaircir les mystères, je sais me servir de ma cervelle. Seul le délit le plus grave — un meurtre — pouvait expliquer la panique de la servante et sa hâte de voir un fonctionnaire du Tribunal. C'est à cause de ça qu'elle a refusé de me parler. La peur lui scellait la bouche !

— Comment as-tu deviné l'identité de la victime ?

— Un jeu d'enfant. Cela ne pouvait être que Sofia elle-même. Sinon, la maîtresse du domaine aurait dépêché au palais un garçon de courses ou un domestique aux bonnes jambes, et non sa vieille suivante. J'en ai déduit aussi que c'est Glacha qui avait découvert le corps... Maintenant, il ne te reste qu'à m'associer à l'enquête ! ajouta-t-il innocemment.

Artem lui lança un regard noir qui rata son but : Philippos avait baissé la tête et s'était absorbé dans la contemplation de ses bottes.

— Soit, nous reparlerons de cette affaire, grommela le droujinnik. Pour l'instant, je t'interdis de t'en mêler. Viens me retrouver dans deux heures sous la tonnelle du jardin. Je vais commander une collation et nous déjeunerons en plein air. Je me demande comment tu fais pour supporter cette chaleur !

— Mon sang grec, sourit Philippos. Et puis, je ne suis pas obligé de m'affubler tous les jours d'une tenue officielle avec caftan, chapka et épée. Si c'était moi, je ne garderais que l'épée !

— Encore faut-il que tu mérites d'en porter une, jeta le droujinnik par-dessus son épaule, tandis qu'il s'éloignait vers l'escalier.

Il monta rapidement au deuxième étage, partagé entre les appartements privés du couple princier et la salle des banquets. Un bruit de conversation lui parvint de la salle qui restait toujours ouverte, même pendant les repas du prince avec sa droujina. En ce temps de guerre, la vaste pièce avec son immense âtre noir paraissait lugubre — sans doute à cause de tous ces sièges vides qui rappelaient les guerriers partis se battre contre les Koumans. Qui sait combien d'entre eux auraient encore l'occasion de festoyer ici ?...

Guita l'attendait en compagnie de Sergios et du trésorier Trofim, petit homme sec et nerveux qui paraissait chétif par contraste avec le monumental Garde des Livres. Le trésorier portait un bonnet pointu bordé de zibeline et un lourd caftan de brocart qu'il arborait en toute saison. Les deux hommes se tenaient assis de part et d'autre de la princesse, qui occupait le fauteuil en tête de la table des banquets.

Artem traversa la salle et s'inclina profondément devant sa suzeraine, la priant de lui pardonner son retard causé par les affaires courantes du Tribunal. Guita lui adressa un sourire aimable avant de l'inviter à prendre place. Artem s'installa à côté du trésorier. Apparemment, lui aussi venait d'arriver, car la princesse s'enquit de sa santé, que tout le monde savait défaillante.

— N'était la convocation de Ta Seigneurie, j'aurais gardé le lit toute la journée, gémit Trofim. Ma digestion est mauvaise, et des poussées de fièvre pour l'heure inexpliquées ne cessent de m'affaiblir.

— Rien de grave, je parie ! marmonna Sergios. J'aimerais te voir à ma place, boyard. Je suis affligé d'une maladie liée au déséquilibre des humeurs : la surabondance et la malignité du sang. Le médecin évacue l'humeur viciée deux fois par lune. Malgré ça, je n'évite pas des crises terribles accompagnées de pertes de connaissance. Pourtant, attaque ou saignée, je suis sur pied quelques heures plus tard pour accomplir mon travail !

— Personne ne doute du dévouement de chacun de vous à sa tâche, intervint Artem d'un air conciliant. Aussi suis-je certain que vous avez hâte d'entendre la raison pour laquelle Sa Seigneurie nous a réunis.

— Boyard, commença la princesse en lui lançant un regard de gratitude, apprends d'abord l'heureuse nouvelle : grâce à la générosité de la reine Élisabeth, je suis revenue de Kiev avec un don précieux. Chagrinée par l'absence de son bien-aimé neveu, la sainte femme a souhaité contribuer à la défense des frontières de notre nouveau fief...

Artem écouta d'une oreille ce qu'il savait déjà par Philippos. Depuis son mariage avec Vladimir deux ans plus tôt, Guita avait parfaitement appris la langue russe et aimait à émailler son discours de longues tournures fleuries. Pendant qu'elle parlait, le droujinnik étudia la princesse.

Très belle avec son diadème orné d'émeraudes qui mettait en valeur l'éclat de ses yeux clairs, elle paraissait néanmoins pâle, anxieuse. Même son sourire, d'habitude joyeux et insouciant, semblait forcé. Curieux... Était-cc le voyage qui avait éprouvé Guita à ce point ? Tout au long de la route entre Kiev et Tchernigov — Vladimir parcourait à cheval ces quatre-vingt-dix verstes en une journée — des relais avaient été installés par le grand-père du prince. Guita avait passé la nuit dans une des nombreuses auberges qui offraient gîte et couvert. Non, ce n'était pas la fatigue mais l'inquiétude qu'Artem lisait sur le visage de la princesse.

— ... Comme ce trésor est destiné à tous nos sujets, conclut Guita, il sera présenté aux membres les plus âgés de la droujina des Anciens, ainsi que le veut la coutume. J'ai déjà envoyé des messagers les avertir de l'assemblée extraordinaire qui se tiendra cet après-midi. Je vais, bien sûr, présider à la cérémonie, et je souhaite que tu sois présent, boyard Artem.

Le droujinnik inclina courtoisement la tête puis demanda :

— Où se trouve l'or en ce moment ?

— A mes pieds, répliqua Guita en souriant.

Artem se leva et aperçut ce que le rebord de la table et l'ample robe de la princesse avaient caché à son regard : un petit coffre d'aspect ordinaire, muni d'un cadenas et d'un anneau de fer sur le couvercle. Le coffre était scellé par des cachets de plomb frappés du sceau personnel de la reine.

— Quelle est la valeur exacte du don ? s'enquit Artem.

— Ne l'ai-je pas mentionné ? s'étonna Guita. Il s'agit de cent grivnas d'or !

Un léger tintement se fit entendre du côté de l'entrée. La princesse tressaillit. Toutes les têtes se tournèrent vers la porte. Daria, la première suivante de la princesse, venait de pénétrer dans la salle. Ses mains tremblantes faisaient s'entrechoquer les cruches et les coupes d'argent sur le plateau qu'elle tenait à bout de bras.

— Enfin, te voilà ! s'exclama Guita. Je t'ai demandé d'apporter les boissons voici un bon quart d'heure.

— N'ordonne pas de me châtier, mais ordonne de me pardonner, murmura la jeune fille. L'intendant avait mis tout l'hydromel frais à la disposition des soldats, et j'ai dû...

— J'ai compris, l'interrompit la princesse avec impatience. Eh bien, pourquoi restes-tu là, plantée comme un piquet ? Pose ce plateau et va m'attendre dans mes appartements.

La jeune fille s'avança timidement jusqu'à l'extrémité de la table, y laissa le plateau et se hâta de sortir.

— Elle est gentille mais pas très dégourdie, commenta Guita d'un air gêné. Dommage que je ne l'aie pas emmenée à la cour de Kiev... Mais revenons à l'essentiel. Selon l'étiquette, je vous ai convoqués tous les trois pour certifier officiellement que le présent d'Élisabeth est parvenu sain et sauf à destination. Vous pouvez commencer !

Le trésorier bondit de son siège. Il s'empara le premier du coffre et le souleva. Il avait dû mésestimer son poids, car il le reposa aussitôt sur le sol.

— Boyard Trofim, si tu t'arraches le bras, tu seras incapable de compter les pièces ! lança Sergios d'un ton narquois.

Les accrochages permanents entre le Garde des Livres et le trésorier étaient la risée du palais. Cette fois, Artem ne chercha pas à intervenir mais se saisit du coffre et le hissa sur la table. Cessant de se dévisager avec haine, les deux hommes fixèrent leur attention sur le précieux don.

— Boyard Sergios, je te prie de procéder à l'ouverture du coffre selon le règlement, commanda Guita en sortant de sa poche une petite clé ouvragée.

Le Garde des Livres authentifia les sceaux avant de briser les scellés. Prenant la clé des mains de la princesse, il ouvrit le cadenas et souleva le couvercle. L'or brilla d'un éclat mat sous les rayons du soleil qui pénétraient par les fenêtres.

— Et maintenant, que le boyard Trofim compte les grivnas ! ordonna la princesse.

Un long silence s'ensuivit, pendant lequel les doigts habiles du trésorier sortirent les pièces une à une pour les aligner en piles égales sur la table. Il les recompta avec la même méticulosité en les remettant dans le coffre.

— Cent grivnas d'or — de l'or le plus pur, annonça Trofim d'une voix qui vibrait d'émotion.

— C'est exact, enchaîna Guita. Comme d'habitude, l'acte de réception sera rédigé par Sergios et signé par tous les présents. Boyard Artem, veuille appeler deux gardes. Nous allons les accompagner dans la salle d'armes. C'est là que nous laisserons le coffre jusqu'à la réunion des Anciens.

— Ne serait-il pas plus prudent de l'enfermer dans la salle du Trésor ? objecta Artem.

— Je l'avais bien dit ! vociféra Trofim. Rien qu'à imaginer... J'en ai des sueurs froides !

Il s'épongea effectivement le front de sa manche, jetant des regards suppliants tantôt à Guita tantôt à Artem.

— Mais de quoi as-tu peur ? De ton ombre ? railla Sergios. L'étiquette exige que les dons destinés aux sujets du prince soient présentés aux Anciens dans la salle d'armes.

— L'étiquette ! répéta Trofim avec indignation. C'est tout ce qui compte à tes yeux ! Eh bien, parlons-en, de l'étiquette ! Elle exige que le prince lui-même décide de la protection des dons les plus précieux, et qu'il préside ensuite à la cérémonie. Pourquoi ne pas déposer le coffre dans la salle du Trésor en attendant le retour de Sa Seigneurie Vladimir ?

Guita fronça les sourcils.

— L'épouse du prince est autorisée à accomplir tout cérémonial de cour en l'absence du suzerain, boyard Trofim, souligna-t-elle froidement. Je te rappelle en outre que les fenêtres de la salle d'armes sont munies de barreaux et que deux gardes seront postés à l'entrée.

— Dans ces conditions, le coffret ne risque rien, acquiesça Artem. Il faudra qu'il soit transporté dans la salle du Trésor dès la fin de la cérémonie.

— Cela va de soi, confirma Guita. Appelle les gardes !

Le droujinnik sortit et frappa dans ses mains. Un serviteur accouru en toute hâte partit transmettre au commandant de la Garde princière l'ordre de mettre à la disposition d'Artem deux soldats en tenue de combat. Quelques instants plus tard, deux solides gaillards apparurent sur le seuil dans le cliquetis de leurs armes. Sur un signe d'Artem, l'un d'eux s'empara du coffre tandis que l'autre, sabre au clair, se plaçait à côté de son camarade. Le petit cortège, la princesse en tête, descendit au premier étage et pénétra dans la pièce située au-dessous de celle qu'ils venaient de quitter.

La salle avait fière allure. Sur ses murs tapissés de pourpre, Vladimir avait disposé la collection d'armes qu'il avait réunie lorsqu'il régnait encore à Rostov. L'éclat métallique des instruments de combat réjouissait l'âme des guerriers jeunes et vieux. Les épées à double tranchant, leurs fourreaux gravés de runes, et les redoutables haches à deux cornes témoignaient des origines varègues du prince. Ils voisinaient avec les trophées de guerre pris aux nomades : lames recourbées, carquois remplis de flèches à empennage multicolore et casques noircis de poix, dont chacun avait servi de couvre-chef à un khan petchenègue ou kouman.

En dépit de cette glorieuse apparence, la pièce semblait vide sans la magnifique armure dorée de Vladimir, sa célèbre bannière bleue, ornée de l'image de l'archange Michel, et les étendards de ses différents détachements. Nostalgique, Artem songea de nouveau à la bataille sans merci que les Russes livraient aux Koumans, au jeune prince intrépide, à ses fidèles compagnons Mitko et Vassili partis avec la droujina des Varlets...

La voix de Guita le tira de sa rêverie. Obéissant à l'ordre de la princesse, le garde portant le coffre s'avança entre les deux rangées de fauteuils où s'installaient les Anciens. Il posa son précieux fardeau sur une estrade au fond de la salle, au pied du trône de Vladimir. Puis les deux soldats se dirigèrent vers la sortie, suivis par Guita, Sergios et Trofim.

Artem leur emboîta le pas, non sans avoir jeté un dernier coup d'œil sur le coffre avant de refermer la porte sur lui.

— Vous resterez en faction devant l'entrée, ordonna-t-il aux gardes. Personne — pas même un fonctionnaire de haut rang — ne doit pénétrer dans cette pièce avant la réunion des Anciens. Vous les connaissez tous au moins de vue ; il vous sera aisé de vérifier leur identité. Lorsqu'ils commenceront d'arriver, laissez-les entrer, mais empêchez quiconque de sortir avant la fin de la cérémonie présidée par Sa Seigneurie la princesse. Je serai à ses côtés. Le moment venu, je vous donnerai le signal de transporter le coffre dans la salle du Trésor. C'est moi qui vous y conduirai. Ensuite, vous pourrez regagner le corps de garde.

Les soldats lui adressèrent un salut militaire et se figèrent, sabre au clair, des deux côtés de la porte. Guita poussa un soupir de soulagement avant de s'éloigner vers l'escalier. Artem, Sergios et Trofim la suivirent en silence. Le droujinnik demanda à la princesse si elle désirait autre chose. Guita secoua la tête puis dit d'un ton las :

— Le présent d'Élisabeth est en sécurité et la cérémonie ne débutera que dans trois heures. Tout ce que je souhaite, c'est retrouver la paix... la paix et le calme de mes appartements.

Une fois de plus, il sembla à Artem qu'une ombre d'inquiétude passait sur le visage de Guita. Retrouver la paix... La princesse avait prononcé ces mots d'une curieuse façon, comme s'ils étaient chargés d'un sens caché.

Les voix querelleuses de Sergios et de Trofim l'arrachèrent à ses pensées. Guita venait à peine de les quitter que déjà ils se chamaillaient !

— En sécurité ! railla Trofim en se dirigeant de son pas menu vers la sortie du palais. Un trésor n'est en sécurité que dans la salle du Trésor, comme son nom l'indique !

— Qui es-tu pour contester la décision de Sa Seigneurie ? tonna Sergios, qui rattrapa son éternel adversaire en deux enjambées. D'ailleurs, Guita ne fait que se conformer aux règles et usages pratiqués par nos princes depuis les temps les plus anciens.

Ils étaient sortis tous les deux sur le perron. Trofim, le visage déformé par la colère, se retourna pour toiser le Garde des Livres.

— Règles absurdes, usages ridicules ! Laisser cent grivnas d'or dans une salle qui n'est même pas fermée à clé...

— Mais qui est gardée par deux colosses armés jusqu'aux dents ! rétorqua Sergios. Allez, boyard Trofim, tout le monde connaît ta passion de l'or. A force de compter les grivnas et de peser les lingots, tu as attrapé la maladie des avares : la peur.

Trofim tira rageusement sur sa maigre barbiche.

— L'or est le sel de la terre ! C'est bien avec les grivnas du Trésor que tu achètes ces vieux manuscrits mangés aux vers que tu affectionnes tant !

— Désolé d'interrompre votre savante discussion, intervint Artem qui avait rejoint les deux hommes. Boyard Sergios, il faut que je te parle seul à seul. C'est urgent.

Trofim, ravi d'avoir eu le dernier mot, les salua d'un majestueux signe de tête, descendit dans la cour et s'éloigna en direction du pavillon qu'il occupait. Arrêtant d'un geste les imprécations que Sergios lançait dans le dos du trésorier, Artem entraîna le Garde des Livres vers la bibliothèque. Celle-ci était déserte.

— J'ai besoin d'une information de la plus haute importance pour une enquête en cours, annonça Artem sans préambule. Tu connais sûrement la boyarina Sofia, veuve d'un certain Procope ?

— Une sainte femme ! s'écria Sergios en levant les yeux au ciel. Si tu veux en savoir plus sur elle, demande à Iann. Cette noble dame a pris l'orphelin sous son aile protectrice...

— Est-ce qu'elle a laissé un testament en sa faveur ? interrompit Artem.

— C'est chose faite. Il y a quelques jours, j'ai rencontré Sofia ici, dans la bibliothèque — elle vient souvent voir travailler le scribe dont elle admire le talent. Elle m'a alors confié qu'elle avait l'intention de lui léguer toute sa fortune. Je lui ai proposé de mettre ses dispositions par écrit sans attendre. Elle en parut ravie, et j'ai immédiatement rédigé le document sous sa dictée. Désires-tu en connaître les termes ?

Comme le droujinnik acquiesçait, Sergios alla vers la petite étagère mobile qui servait à transporter les manuscrits entre la bibliothèque, la salle des archives et l'atelier de calligraphie. Il revint avec un rouleau d'écorce de bouleau qu'il mouilla à l'aide d'une éponge, avant de fixer la feuille à plat sur un lutrin. Puis il lut à haute voix :

— « Moi, boyarina Sofia, fille de Zossime, veuve de Procope, je lègue tout ce que je possède à Iann, fils de Damien, scribe de son état. Je lui donne ma terre avec toutes les dîmes et le droit de justice ; mon bétail ; ma maison avec jardin et potager... »

Suivait la longue liste des biens de Sofia qui allaient tous à Iann, à l'exception d'une partie de la garde-robe dont héritaient la fidèle Glacha et sa fille. Une clause particulière du testament stipulait que Iann commande un office pour le repos de l'âme de la défunte, avec l'obligation d'y assister. Une formule traditionnelle menaçait du châtiment divin quiconque enfreindrait les dernières volontés de la boyarina.

Artem songea à ce que tant de richesses devaient représenter pour le jeune scribe désargenté... Soudain, il leva la tête.

— Je ne vois pas les sceaux officiels ni la signature de dame Sofia. Qu'est-ce que cela veut dire ?

— La boyarina est très méticuleuse. Elle souhaite préciser les objets personnels destinés à ses domestiques. Aussi voulait-elle trier ses vêtements avant d'accomplir les dernières formalités.

— Mais alors, ce testament n'est pas valable ! s'exclama Artem.

— Oh, c'est une question de jours ! Dame Sofia est occupée par les préparatifs d'un grand repas qu'elle va offrir aux pauvres à la veille de la Saint-Jean. Nous sommes convenus d'un rendez-vous après la fête.

— Ce rendez-vous n'aura pas lieu, déclara Artem d'un ton sombre. Dame Sofia est morte.

CHAPITRE III

— Sofia, morte ? répéta Sergios d'air incrédule. On t'a mal informé, boyard ! Sofia est encore jeune, elle jouit d'une excellente santé...

— Elle a été assassinée, coupa le droujinnik.

Bouche bée, le Garde des Livres le dévisagea quelques instants en silence. Enfin, il murmura une brève prière pour l'âme de la défunte et se signa pieusement.

— Qui est l'infâme coquin... ? demanda-t-il d'une voix sourde.

— Boyard Sergios, j'espérais qu'un homme de ton intelligence ne me poserait pas la question absurde que j'entends tout au long de mes enquêtes, répliqua Artem. Si je détenais la réponse, crois-tu que je te la confierais avant d'arrêter le coupable ? Crois-tu que je serais ici, à t'interroger sur dame Sofia ?

Il ôta sa chapka pour essuyer son front moite de sueur. Le Garde des Livres, son visage congestionné encore plus rouge que d'habitude, toussota d'un air confus.

— Enfin, poursuivit le droujinnik, si tu désires réfléchir au problème de ton côté, ne devrais-tu pas formuler la question autrement : à qui profite le crime ?

— Bien sûr, bien sûr, marmonna Sergios. Le testament ! Voilà qui peut nous éclairer...

Soudain, il s'interrompit et dévisagea Artem, les yeux écarquillés.

— Ce n'est quand même pas Iann que tu soupçonnes ? s'écria-t-il. En apparence, ce document parle contre lui.

Mais de là à l'imaginer... Mon Dieu, quelle absurdité ! Je connais bien Iann, il aimait Sofia comme une mère. Certes, le pauvre garçon n'a pas le sou, mais il n'est ni cupide ni intéressé. Doux comme un agneau, il a horreur de la violence ; son unique passion, c'est le savoir ! Iann a une étonnante capacité d'apprendre. Avec son talent, il n'a pas besoin de compter sur la fortune d'autrui pour réussir dans la vie et s'enrichir honorablement.

— Beau plaidoyer, répliqua Artem. Tu as cependant oublié l'argument principal en faveur de Iann : en fin de compte, ce n'est pas lui qui hérite de Sofia. Pourrais-tu retrouver dans tes archives le dernier testament officiel déposé par la boyarina ?

— Rien de plus facile. Je l'avais sorti lors de sa visite.

Sergios prit un autre rouleau sur l'étagère mobile et en présenta le texte à Artem. Rédigé en termes presque identiques, il différait de la nouvelle version sur deux points essentiels : excepté la collection d'anciens manuscrits, réunie par l'époux de la boyarina et destinée à la bibliothèque du prince, Sofia léguait toute son immense fortune à « l'honorable cathédrale du Saint-Sauveur, à son évêque et à ses popes », enjoignant à ces derniers de chanter tous les jours l'office pour le repos de son âme.

Selon la date inscrite en toutes lettres, le document avait été déposé officiellement peu après la mort de l'époux de Sofia.

— Voici donc le seul testament valable de la veuve, déclara Artem. Je suppose que tu en connais le contenu.

— Hélas ! s'exclama Sergios. Je veux dire, quel dommage ! Quand je pense à tout cet argent qui ira engraisser les popes...

— En ta qualité de Garde des Livres, tu vas entrer en possession de la bibliothèque de Sofia. S'agit-il d'un don important ?

— L'époux de la boyarina n'était pas ce que j'appellerais un véritable érudit. Il collectionnait les manuscrits sans esprit de discernement. Toutefois, je ne suis pas fâché de récupérer pour le Dépôt des Livres quelques ouvrages anciens. Je serai plus à même de préciser ma réponse après une première estimation du legs.

Songeur, Artem fit signe à Sergios qu'il pouvait ranger les deux testaments.

— Tu es à présent la personne la plus proche de Iann. Je te charge donc d'annoncer à ton assistant la pénible nouvelle.

— Sainte mère de Dieu ! s'exclama l'homme. Comment pourrais-je...

Il se tut brusquement. La porte donnant sur l'atelier de calligraphie venait de s'ouvrir sans bruit. Anna se tenait sur le seuil.

— Inutile de t'inquiéter, père, déclara tranquillement la jeune fille. Iann sait que dame Sofia est morte... assassinée.

— Qui lui a parlé du meurtre ? demanda Artem, tout en arrêtant d'un geste Sergios qui voulait intervenir.

— Ton fils, boyard, répondit Anna du même ton imperturbable. Il a pris Iann à l'écart, mais j'ai l'ouïe fine, j'ai tout entendu.

— Où se trouve-t-il à présent ?

— Qui ? Philippos ?

« Elle se moque de moi », songea le droujinnik, stupéfait. Il scruta le visage fin et pâle de la jeune fille, sans parvenir à déchiffrer son étrange expression. Une petite lueur inquiétante brillait dans ses prunelles vertes, évoquant le regard intense d'un chat. Comme si elle lisait dans ses pensées, la jeune fille enchaîna d'un air innocent :

— Que je suis sotte ! N'ordonne pas de me châtier, mais ordonne de me pardonner, boyard. Tu parlais de Iann, bien sûr. Je l'ai vu se diriger vers la cathédrale du Saint-Sauveur. Il y rejoignait souvent dame Sofia pour la prière.

Le droujinnik acquiesça d'un signe de tête, remercia le Garde des Livres et sortit.

— Maudites soient les jeunes filles et leurs bizarreries ! marmonna-t-il en quittant le palais. Et celle-là est pire que les autres, Sergios a raison. Que signifie cette attitude de défi sous ces airs modestes ? On dirait qu'elle cherche à me faire passer un message... Pourtant, rien ne l'empêche de me parler en privé ; ce n'est donc pas ça. Ah ! vivement que son père lui trouve un mari pour la dresser !

Chassant le visage aux yeux félins de son esprit, il réfléchit à la meilleure manière d'interroger Iann. Le jeune scribe ne savait pas encore que Sofia avait une liaison secrète. Pour qu'il se confie en toute liberté, il faudrait ménager ses sentiments et procéder avec tact et patience.

La cathédrale du Saint-Sauveur se trouvait tout près de la résidence princière, en retrait par rapport à la place du Marché. Dès qu'Artem eut contourné l'enceinte, la silhouette blanche et majestueuse de la basilique se dressa devant lui dans toute sa splendeur. Son architecture ne rappelait en rien les églises de style byzantin. Le baptistère surmonté d'une coupole, la tour ronde qui communiquait avec le palais par une élégante galerie, les deux chapelles qui abritaient les sarcophages des princes et, enfin, l'église elle-même avec ses trois nefs de hauteur inégale formaient un ensemble asymétrique et cependant harmonieux. L'équilibre magique des courbes donnait une impression saisissante de volume allié à la légèreté. On eût dit un nuage d'un blanc immaculé que la main du Créateur aurait doucement posé à terre avant de le couronner de cinq coupoles d'or.

Tout préoccupé qu'il fût, Artem eut une pensée pleine d'admiration pour les hommes qui avaient produit un tel miracle.

A l'intérieur, il longea le sol pavé de mosaïques jusqu'aux icônes placées devant l'autel. Il s'agenouilla en se signant, puis revint lentement sur ses pas vers la croisée du transept, tout en cherchant Iann du regard. Hormis le pope qui rallumait les veilleuses éteintes et quelques vieilles femmes recroquevillées dans une prière silencieuse, l'église semblait vide.

Soudain, le bruit d'un objet qui se brise, suivi d'un écho

sonore, lui parvint du fond du transept sud. Il se souvint alors que la princesse avait récemment commandé deux grandes fresques à Kostas, un artiste qui avait étudié à Tsar-Gorod et acquis sa notoriété à Kiev. Sans être connaisseur, Artem aimait la peinture. Il ne put réprimer le désir de jeter un coup d'œil sur l'œuvre du célèbre artiste. D'ailleurs, Kostas lui dirait sans doute s'il avait aperçu Iann dans la cathédrale.

Il s'engagea dans la nef et s'arrêta derrière une colonne de marbre. Le mur du fond s'ornait de deux nouvelles fresques. De sa place, Artem ne pouvait pas voir celle sur laquelle travaillait le peintre. L'autre représentait saint Jean le Précurseur baptisant le peuple. La scène, de composition classique, frappait par la diversité et l'expressivité des personnages. Le visage du Précurseur, dont le regard brûlant semblait transpercer l'âme, était imprégné d'une spiritualité toute divine.

Artem ne put poursuivre son examen. Un homme grand et mince, aux traits mobiles et énergiques, surgit devant lui. Il devait avoir une quarantaine d'étés et était vêtu d'une tunique et d'un pantalon très larges, couverts de taches multicolores. Artem reconnut Kostas, qu'il avait croisé une fois au palais avant le départ de Guita pour Kiev. Il s'apprêtait à le saluer lorsque le peintre s'écria :

— Tu tombes à pic, boyard ! Vite, suis-moi !

Bien que choqué par cette manière cavalière de l'aborder, Artem obtempéra. L'artiste se dirigea à grands pas vers la fresque inachevée. Les pans de sa tunique flottaient autour de son corps décharné, dont la souplesse évoquait une plante aquatique.

Se retournant vers Artem, Kostas lui adressa un sourire ravi.

— C'est Dieu qui t'envoie, boyard ! Je ne pensais pas avoir besoin de mes apprentis aujourd'hui. Or, maladroit que je suis, j'ai balayé de ma manche les pots contenant mes deux jaunes essentiels pour la carnation...

Il désigna la flaque de peinture qui se répandait sur le sol

— Tu vas les préparer pendant que je termine les mains et les pieds. Sinon, tout est perdu : la chaux sera trop sèche pour absorber les couleurs.

Tout en parlant, Kostas poussa Artem vers une table rudimentaire, posa devant lui deux pots remplis d'une substance de fluidité et de coloration inégales et lui fourra dans les mains deux spatules en ivoire.

— Mais je n'y connais rien ! s'exclama le droujinnik abasourdi. Comment veux-tu que je prépare...

— J'ai déjà mis tous les ingrédients, tu n'auras qu'à mélanger. Il faut que chacune des teintes soit parfaitement unie !

Se demandant pourquoi il obéissait à ce fou, Artem plongea la spatule dans un pot d'un geste hésitant. Le peintre, qui s'était déjà tourné vers sa fresque, le pinceau à la main, remarqua en souriant par-dessus son épaule :

— Boyard, je t'ai donné deux pots, et tu as deux mains ! Tu es pire que mon apprenti le plus paresseux !

« Et il me traite comme tel, songea le droujinnik avec un certain amusement. Me voilà comme une bonne femme armée de louches, en train de touiller la soupe et la bouillie ! » Il remua avec application pendant quelque temps. Quand les deux couleurs, l'une d'un jaune vif, l'autre d'un jaune très pâle, lui semblèrent à peu près homogènes, il regarda Kostas. Sa main était sûre et précise ; sa silhouette traduisait une concentration extrême.

— Peux-tu parler pendant que tu travailles ? demanda Artem. Je souhaite te poser quelques questions.

Kostas grommela quelque chose d'inintelligible. Décidé à ne pas se vexer de ce qu'il interprétait comme les bizarreries du tempérament d'artiste, le droujinnik poursuivit :

— As-tu vu Iann, le jeune scribe, venir tout à l'heure à la cathédrale ?

— Oui. Il avait l'air très chagriné et voulait s'entretenir avec l'évêque, j'ignore à quel sujet. Ce que j'aimerais savoir, moi, c'est la cause de sa tristesse.

Artem songea qu'il n'avait plus aucune raison de garder

le silence sur le drame. D'autant que la réaction de Kostas, qu'il ne connaissait pour ainsi dire pas, l'intéressait.

— Il a perdu sa protectrice, dame Sofia. La malheureuse a été assassinée.

Le peintre tressaillit et, tournant la tête, lança un bref regard incrédule à Artem. Puis il se remit à peindre. Après quelques instants de silence, il murmura :

— Pauvre gamin ! Il était très attaché à la boyarina... Et maintenant, puisqu'il est son unique héritier, il va en plus subir les interrogatoires infligés par quelque brute du Tribunal !

— Si je suis le pire de tes apprentis, tu es sûrement le plus piteux enquêteur que j'aie jamais rencontré, répliqua Artem d'un ton acide. Est-ce que tu connaissais Sofia ?

De nouveau, Kostas lui jeta un coup d'œil par-dessus son épaule. Ses yeux sombres pétillaient d'un rire retenu. Mais c'est d'un ton neutre qu'il répondit :

— A peine. Iann m'en a parlé, et je l'ai croisée quelques fois à l'heure de l'office. Ici, je ne connais pas grand monde en dehors du palais.

— Pourtant, tu es arrivé à Tchernigov voici trois lunes !

— J'ai dû effectuer une autre commande pour Guita. Elle souhaitait que je repeigne les visages des familles princières sur les fresques du chœur et des chapelles mortuaires. Les personnages devaient représenter les proches de Vladimir, et non ceux des précédents suzerains de la ville. Pas très exaltant comme tâche, mais je n'ai pas les moyens de refuser un travail bien payé... Qu'est-ce que tu fais les bras croisés, boyard ? Si je rate cette fresque, ce sera ta faute !

— Désolé, rétorqua Artem. Moi aussi, je suis pressé par le temps. Il faut que je parle à Iann.

— Boyard, je suis sûrement un piètre enquêteur, mais je connais bien les gens. Iann est un garçon sensible. Laisse-lui le temps d'apaiser un peu son chagrin, il répondra mieux à tes questions une fois calmé.

— Où est-il en ce moment ? Toujours en compagnie de l'évêque ?

— L'évêque était sur le point de partir pour le monastère de Notre-Dame d'Eletsk. Il a discuté avec Iann dans l'église même. Je crois qu'il a conduit le garçon à la chapelle de sainte Sophie avant de le quitter. Si tu n'as pas croisé Iann en arrivant, il doit y être encore. C'est à l'autre bout de la nef. Tu le verras sortir sans bouger de ta place.

Kostas avait raison. Arracher le scribe à sa prière aurait été la pire façon de l'aborder. Aussi Artem se remit-il à touiller sa bouillie, tout en examinant l'œuvre presque achevée de Kostas.

La fresque représentait la nativité de saint Jean le Précurseur. A l'arrière-fond, sainte Élisabeth, étendue sur une couche somptueuse, paraissait engagée dans une conversation animée avec une servante qui la rafraîchissait avec un éventail. Plus près, deux autres servantes lavaient l'enfant au-dessus d'un bassin. Au premier plan, Zacharie, assis, écrivait sur une banderole : « Jean sera son nom. » Un ange aux vêtements d'un bleu lumineux, la main levée dans un geste de bénédiction, semblait veiller sur le groupe, mais sa tête était légèrement tournée vers le spectateur, comme s'il le regardait par-dessus son épaule ailée.

L'ensemble produisait un curieux effet : les visages de l'ange et de Zacharie n'étaient pas encore peints et révélaient la couleur sombre du fond, recouverte partout ailleurs par la peinture. Aussi les deux ovales d'un noir terne semblaient-ils percer littéralement le tableau. D'autre part, Kostas se servait des nimbes clairs mais non encore dorés comme d'une palette ; les trous noirs des visages étaient donc auréolés de petites taches de peinture qui évoquaient un grouillement de scarabées...

— Vite, le jaune foncé ! commanda soudain Kostas, qui venait de fignoler les longs orteils de Zacharie.

L'artiste en recouvrit les visages de l'ange et du saint. L'instant d'après, il tendit la main vers Artem pour saisir le jaune clair. Alors que la couche précédente disparaissait sous cette nouvelle teinte, Artem vit les deux ovales s'éclairer et devenir chair. Puis la chair vint à la vie : Kostas passa une couleur rosée sur les pommettes, les lèvres, les paupières, enluminant les visages, y faisant circuler le sang. Un mélange de vert et de bleu atténua les contours d'ombres légères. A présent, seuls les yeux restaient morts, fentes sombres et éteintes.

Avec une rapidité stupéfiante, le peintre fit pousser les cheveux, les sourcils et la barbe de Zacharie. Le même brun fut utilisé pour lui restituer son âge : des rides de vieillard se creusèrent sur son front et autour de sa bouche. La chevelure dorée de l'ange ne demanda à l'artiste guère plus de temps. En revanche, il s'appliqua avec un soin particulier à poser quelques touches de blanc rosé afin de peaufiner le visage de ce dernier. Fasciné, Artem avait l'impression de sentir le velouté de la peau et la rondeur des joues d'un garçon à peine sorti de l'adolescence. Sur ce visage qui respirait la santé et la jeunesse, les fentes d'un noir éteint n'en paraissaient que plus inquiétantes.

Mais, déjà, Kostas s'emparait d'abord du blanc, puis du noir le plus foncé qui servit à marquer les prunelles. A leur tour, les yeux se mirent à vivre.

— Qu'en dis-tu ? demanda soudain le peintre.

— En vérité, tu mérites ta réputation ! s'exclama le droujinnik avec enthousiasme.

— Je ne parlais pas de ça. Regarde bien le visage de l'ange. Qu'est-ce que tu ressens ?

Curieusement, plus Artem contemplait cette face juvénile, plus il se sentait en proie à un inexplicable malaise. Comme il se taisait, Kostas éclata de rire.

— Quelque chose te dérange, hein ? Tu as raison. Les yeux !

De fait, c'étaient les beaux yeux fendus en amande de l'ange qui attiraient et en même temps effrayaient Artem. Les prunelles d'un noir intense se confondaient avec les pupilles. On aurait dit deux puits sans fond. Deux fenêtres ouvrant sur les ténèbres. Sur l'infini.

— Ce noir... murmura le droujinnik. Il est... insupportable !

— Oui, confirma Kostas en redevenant grave. Ce noir t'aspire et te happe. Il transperce la matière, il t'appelle sur un chemin sans retour. Mais je n'ai pas envie de peindre l'Ange de la mort. Mon ange à moi est plein de vie !

Sur ce, Kostas saisit le pinceau et posa une minuscule touche de rose pâle au milieu des prunelles. Une petite étincelle s'alluma au fond des yeux ; à présent, l'ange *voyait.* Par-dessus son aile argentée, il adressait à Artem un regard à la fois tendre et joyeux. A sa surprise, Artem en fut tellement ému qu'il demeura muet pendant quelques instants.

— Kostas, tu possèdes un don de Dieu ! s'exclama-t-il enfin.

— Oui, répondit simplement le peintre. Pourtant, ce que je viens de te montrer relève de la technique et de l'expérience. Chaque véritable artiste sait que l'essentiel, dans la peinture, c'est le visage. Le reste n'a pas grande importance. Les vêtements du personnage, la longueur de sa barbe, la forme de sa coiffe, ses pieds chaussés ou nus, les objets qu'il tient ne sont que des accessoires, tu comprends ? Des signes conventionnels qui permettent de reconnaître la scène représentée et ses participants. En revanche, le visage...

— La Sainte Face, par exemple ? demanda Artem.

Il avait oublié son mouvement d'humeur et se sentait excité comme un novice à qui on dévoile les arcanes du métier.

— Si tu veux... Mais aussi n'importe quel visage. Regarde ceux des servantes : les accessoires — robes, châles, coiffures — sont presque identiques. Pourtant, tu remarques bien l'incrédulité de l'une, l'émerveillement de l'autre, l'indifférence de la troisième. La vie ne nous apprend pas autre chose. Quand tu rencontres un inconnu, c'est bien son visage qui attire l'œil et remue l'âme. Et, soudain, l'inconnu ne t'est plus indifférent ! Dans la peinture, le visage permet à l'artiste de transmettre le message divin, de capter l'âme du spectateur...

Un bruit de pas retentit dans la nef centrale. Iann s'éloignait vers la sortie. Ses bottes ferrées emplissaient la cathédrale d'un écho morne et régulier.

Artem se hâta de prendre congé de Kostas. Il rattrapa le jeune scribe dehors, au moment où celui-ci venait de s'arrêter, aveuglé par le soleil.

Comme le droujinnik lui posait la main sur l'épaule, Iann tressaillit et tourna la tête. Il avait cette expression calme et presque détachée qui traduit souvent la profondeur du choc qu'on a subi.

Ils s'avancèrent en direction du palais. Artem cherchait désespérément des mots de consolation, mais il ne trouvait que d'insipides formules de condoléances. C'est Iann qui prit la parole le premier :

— Ça va mieux à présent, déclara-t-il avec simplicité. Je ne parvenais pas à admettre que de telles choses puissent arriver. Dame Sofia était si bonne, si pieuse... Pourquoi le Tout-Puissant a-t-il choisi de la rappeler à lui d'une manière aussi cruelle ?

Bouleversé, Artem attira le garçon et le serra contre lui. Iann resta quelques instants immobile puis releva son beau visage grave. La tristesse qui l'assombrissait n'avait rien d'enfantin, et elle soulignait de façon poignante son extrême jeunesse.

— Pardon, boyard, je sais que tu ne peux répondre à cette question, poursuivit-il d'une voix qui se brisait. Je ne devrais pas parler comme ça. L'évêque m'a expliqué... Je n'ai pas tout compris, mais cela m'a apaisé de l'écouter. Nous avons aussi discuté des funérailles — c'est d'ailleurs pour ça que je voulais le voir. Dame Sofia n'avait pas de proches... enfin, pas d'autres proches que moi. Je dois donc consulter l'évêque et les popes pour organiser l'office. Il faut que la cérémonie soit digne d'elle.

Iann avait réussi à se maîtriser. A présent, c'était un jeune homme à la fois conscient et fier de sa responsabilité qui parlait à Artem. Ils reprirent leur marche.

— Sofia t'aimait beaucoup, dit le droujinnik en lui

enlaçant les épaules. Sais-tu qu'elle voulait changer son testament en ta faveur ?

— C'est elle-même qui me l'a appris. Le Garde des Livres et elle devaient s'en occuper après la Saint-Jean. Hériter d'une telle fortune m'aurait été d'un grand secours, je l'avoue sans honte, boyard. Je connais la valeur de l'argent parce que je travaille dur pour en gagner. Mais, au fond, ça n'a pas d'importance. Je ne suis ni sot ni incapable. Jusqu'à présent, j'ai réussi à me débrouiller plutôt bien. Mon seul échec est d'avoir failli à mes devoirs envers dame Sofia, ajouta-t-il d'un ton lugubre.

— Ne t'accable pas en vain, répondit doucement Artem. Tu n'as rien à te reprocher.

— Bien au contraire : ma coupable négligence ! Je me contentais de recevoir les témoignages de sa bonté, voilà tout ! Jamais je n'ai essayé d'en apprendre plus sur sa vie. Je la croyais heureuse, à l'abri de tout souci. Je ne lui connaissais aucun ennemi. Et voilà qu'aujourd'hui elle est morte, assassinée — et je n'ai même pas senti le danger venir !

Iann se tourna vers le droujinnik et le fixa avec désespoir.

— Sofia n'avait sans doute pas d'ennemis mais, comme toute personne riche, elle suscitait bien des envieux, répliqua Artem. Et l'un d'entre eux est allé jusqu'au meurtre.

— Non, il y a autre chose là-dessous, protesta Iann en fronçant les sourcils. La boyarina n'était pas comme d'habitude ces derniers temps. Elle m'invitait moins souvent, elle s'était éloignée de moi. Pourtant, elle me comblait de bienfaits comme avant ; ce changement ne tenait donc pas à moi.

— Sofia s'était-elle fait de nouvelles amitiés ? risqua le droujinnik.

Iann s'empourpra jusqu'à la racine des cheveux et baissa les paupières.

— Je devine à quoi tu fais allusion, murmura-t-il.

Dame Sofia ne songeait point aux hommes. Nous n'en avons jamais discuté entre nous, mais Glacha me l'a souvent dit. Certes, elle aurait pu changer d'avis et décider de se fiancer... Sauf que je n'y crois pas ! Si elle avait eu l'intention de rompre le fromage[1] avec quelqu'un, pourquoi le cacher ? Le mariage est la plus belle chose qu'on puisse imaginer ! J'aurais tellement souhaité que dame Sofia assiste au mien...

« Et je devine avec qui, enchaîna le droujinnik en pensée. Je me demande, mon petit, si tu es de taille à dompter cette chatte sauvage d'Anna ! »

Artem se sentait déçu : ce n'étaient pas les projets de mariage du scribe qui l'intéressaient ! Non qu'il eût espéré que Iann serait informé de la vie sentimentale de Sofia : la veuve ne se serait jamais confiée à son jeune protégé. Toutefois il se rendait compte à présent que l'unique personne capable de le renseigner sur la victime n'était pas Iann mais la servante Glacha. Hélas, il y avait peu de chances qu'elle pût l'éclairer sur les secrets de la veuve.

Ils étaient arrivés à la résidence princière en silence. Devant le portail, le scribe s'arrêta et dévisagea Artem avec inquiétude.

— Boyard, es-tu certain que l'assassin de Sofia n'échappera pas à la justice ? J'aimerais le provoquer en combat singulier, sauf que je ne sais pas encore me battre à l'épée. Je suis bon archer et je pourrais apprendre vite...

— Tes intentions t'honorent, approuva le droujinnik. Je te conseille pourtant de laisser agir le Tribunal et ceux qui le servent — des guerriers éprouvés tels que moi. Je te jure sur ma hache d'armes que justice sera rendue.

— J'ai confiance, répondit le scribe avec simplicité. Tu me diras...

Il n'acheva pas sa phrase. Philippos, Borka et Anna, qui avaient apparemment guetté le retour de leur ami, surgirent du portail. Iann lança un regard reconnaissant au

1. Cérémonie des fiançailles officielles qui puise ses racines dans les anciens rites païens.

droujinnik et se hâta de rejoindre ses amis. « Il voulait s'assurer qu'il serait informé le premier des résultats de l'enquête, songea Artem, mais il a vu Anna et ne pense plus à rien ! »

Le droujinnik suivit les jeunes gens à l'intérieur de la cour. Feignant d'être absorbé dans ses pensées, il s'éloigna de quelques pas et s'immobilisa pour écouter leur discussion.

Borka partageait avec fougue le chagrin de Iann, tout en inventant pour le coupable les châtiments les plus fantasques. Tantôt la fillette promettait de le transpercer avec l'épée de son père — à condition que Philippos l'aide à tenir l'arme ; tantôt elle menaçait de le punir grâce à une formule magique qui le transformerait en crapaud, ou qui lui collerait pour toujours un saucisson au bout du nez... Philippos, triste mais sobre, répétait qu'il savait ce qu'était la mort d'un proche. Iann répondait par monosyllabes.

Artem remarqua que les deux garçons jetaient des coups d'œil enflammés à Anna. Celle-ci, très belle dans sa sarafane bleue brodée d'argent, tortillait sa longue natte d'un air songeur. Elle intervenait plus souvent pour ironiser sur les extravagances de sa sœur que pour consoler Iann. Mais lorsqu'elle lui adressait la parole, c'était d'une voix douce, imprégnée d'une tendresse et d'une compassion presque maternelles.

Artem se surprit à admirer cette facette insoupçonnée de la personnalité d'Anna. Il se rappela mentalement à l'ordre. Que lui arrivait-il donc ? Pour quelle obscure raison se sentait-il intrigué par cette pucelle qui aurait pu être sa fille ? Et d'ailleurs, pourquoi tenait-il tant à entendre la conversation des quatre amis ?

Il était sur le point de partir lorsqu'il éprouva une sorte de picotement dans le cou — le signal d'alarme familier. Pas de doute : quelqu'un l'épiait. Prenant un air détaché, il se tourna vers la haute palissade. Les espaces réguliers entre les pieux permettaient de voir ce qui se passait audehors. Pas de chance ! La plupart des échoppes du marché venaient de fermer pour le déjeuner, et une foule de passants emplissait la place jusqu'à l'enceinte de la résidence princière.

Il pivota lentement sur lui et examina à la dérobée les fenêtres du palais. Soudain, il aperçut une silhouette d'homme, un peu en retrait, dans le couloir du premier étage. Au même instant, l'homme recula prestement et disparut.

Artem s'efforça de chasser son sentiment de malaise et de raisonner avec logique. Seules la salle d'armes et la bibliothèque donnaient sur le couloir. Le mystérieux personnage était certainement sorti de cette dernière... Bien sûr ! Le Garde des Livres. La solution s'imposait d'elle-même. Sergios n'avait nullement cherché à épier Artem mais à surveiller Borka et Anna. Tout comme ses prises de bec avec le trésorier, sa manie d'espionner ses filles était la risée du palais.

Rasséréné, le droujinnik lança à Philippos .

— Nous déjeunons dans un quart d'heure.

Puis il se dirigea vers le petit pavillon derrière le jardin que le prince lui avait assigné au sein de sa nouvelle résidence. Sur le chemin, il commanda un repas froid à un serviteur qui partit transmettre son ordre aux cuisines. Chez lui, il décida de faire une rapide toilette. Dans l'entrée sans fenêtre où régnait une agréable pénombre, un coin masqué par un rideau abritait un baquet et une barrique d'eau froide. Artem se déshabilla entièrement et se rafraîchit en poussant des exclamations de plaisir. Puis il monta dans sa chambre, passa une tunique propre sous son caftan de soie et peignit soigneusement ses cheveux et sa longue moustache.

Lorsqu'il gagna la tonnelle au milieu du jardin, Philippos l'y attendait déjà, installé sur un banc devant une belle table de noyer poli. Le déjeuner — légumes frais, bouillie de sarrasin et quelques tranches de viande salée — venait d'être servi.

— Qui t'a autorisé à révéler à Iann le meurtre de Sofia ? demanda Artem.

De surprise, Philippos laissa tomber sa cuillère. Puis il affronta le regard du droujinnik.

— A quoi ça t'aurait avancé de le taire ? rétorqua-t-il d'un air de défi. Je parie que tu as déjà commencé tes interrogatoires ; la chose est donc de notoriété publique.

— Et si je tenais Iann pour suspect ?

Philippos faillit s'étrangler d'indignation. Parvenant à se maîtriser, il répondit :

— Même vis-à-vis du coupable, il n'y a aucune raison de garder le secret. Le contraire lui mettrait la puce à l'oreille. Si tu cherches à lui délier la langue...

— Je trouve que la tienne est trop bien pendue, l'interrompit Artem. A l'avenir, je te prierai de me laisser choisir moi-même le moment pour annoncer la nouvelle aux intéressés.

L'air soudain docile, Philippos se pencha sur son assiette. Pendant quelque temps, ils mangèrent tous deux en silence. Puis le garçon se mit à parler des festivités qui devaient débuter le surlendemain.

— Iann et moi, on va participer aux joutes organisées en l'honneur des ondines. Iann va sûrement gagner la compétition du tir à l'arc. Moi, je prendrai part aux courses avec des tours d'adresse qu'il faut réussir en plein galop.

— Tu seras le meilleur, j'en suis certain.

— Je l'espère bien ! Sinon, de quoi aurai-je l'air devant Anna ?... Quand je pense à quel point elle sera belle pendant la fête ! Elle aura les cheveux dénoués, une couronne de fleurs et une douzaine de bracelets aux poignets et aux chevilles. Comme les autres ondines, elle portera une robe faite de branches et de fleurs. Et tu sais quoi ? Sous son costume de feuillage, elle sera toute nue !

— Très intéressant, grommela Artem. Tu devrais moins penser à Anna !

Il resta songeur un instant. Peut-être Philippos pourrait-il l'aider à deviner le sens du mystérieux message laissé par l'assassin de Sofia.

— A propos des ondines... Il existe beaucoup de

légendes liées à ces pourvoyeuses de pluie. En connais-tu quelques-unes ?

— Tu m'as dit de ne jamais prêter l'oreille aux croyances des ignorants, répondit le garçon avec une feinte innocence. Ce que j'ai entendu, je l'ai oublié.

— Arrête de faire le pitre, répliqua le droujinnik, souriant malgré lui. Il s'agit d'informations nécessaires à l'enquête.

— Voilà qui rafraîchit la mémoire ! Alors, écoute. Les ondines sont les âmes damnées des belles pécheresses qui vivent au fond du fleuve. Elles quittent leur demeure aquatique pour errer dans les forêts, les champs et même dans les villes. Mais, le plus souvent, elles se balancent sur les branches des saules au-dessus de l'eau, ou se prélassent sur la berge pour se réchauffer au clair de lune. Elles peignent leur longue chevelure verte et racontent des histoires merveilleuses pour attirer le voyageur égaré.

— Je suppose qu'on les croit dangereuses et néfastes pour l'homme ?

— Et comment ! Rien de pire que ces perfides créatures. Personne ne résiste à leur charme ! Elles savent ôter le courage au plus brave, brouiller l'esprit au plus lucide. Et lorsque, fou d'amour, l'homme se jette dans les bras de la fée, elle le chatouille, le mange de caresses et lui dévore l'âme. Les ondines elles-mêmes ne connaissent pas l'amour. Ce n'est pas du sang qui coule dans leurs veines mais de la vase sombre et froide, comme celle qu'on trouve au fond de la Desna.

— C'est donc ça, murmura Artem. Le meurtrier reprochait à Sofia la passion qu'elle avait suscitée en lui.

— Quel rapport avec les ondines ? Puisque je t'ai dit qu'elles sont jeunes et belles !

— Sofia n'était ni vieille ni laide.

Philippos réfléchit un instant d'un air peu convaincu, puis proposa :

— Je peux me renseigner davantage sur les nymphes du fleuve. Et aussi sur Sofia... Si, bien sûr, tu m'y autorises. Je te promets d'être discret. Parole de boyard !

Artem lui lança un regard dubitatif.

— Tu n'as pas le choix, insista Philippos. Nos fidèles Varlets sont partis avec le prince. Or, il te faut un assistant pour mener ton enquête. Je te jure que je serai muet comme une carpe et prudent comme un serpent !

Le droujinnik dissimula un sourire. Cependant, Philippos avait raison ; il pouvait se rendre très utile en recueillant des informations pour une affaire qui s'annonçait embrouillée. D'autre part, le garçon commettrait moins d'imprudences si Artem lui confiait des missions précises.

Sans plus hésiter, le droujinnik raconta les circonstances du meurtre de Sofia dans ses moindres détails. Philippos l'avait écouté d'un air grave et concentré. En apprenant que Sofia avait un amant, et que celui-ci la tenait pour une ondine, il haussa un sourcil étonné.

— Iann voyait en Sofia une mère, les autres, la dévotion faite femme. Et voilà quelqu'un qui la prenait pour une nymphe des fleuves et des forêts ! J'ai du mal à imaginer de quoi cette veuve avait l'air. Dommage que ni toi ni moi ne l'ayons connue. A ton avis, quel est le véritable mobile du crime ? Est-ce que tu soupçonnes déjà quelqu'un ?

— L'argent est le mobile le plus puissant ; j'ai donc d'abord pensé à ton ami... Laisse-moi finir avant de protester. Effectivement, pourquoi Iann aurait-il tué Sofia juste avant qu'elle modifie son testament en sa faveur ? On peut, certes, supposer que la boyarina ait changé d'avis au dernier moment. En l'apprenant, Iann l'aurait assommée sous l'effet de la colère et de la déception. Mais le scribe connaissait la maison ; il n'aurait pas manqué d'emporter des objets bien plus précieux qu'une poignée de bijoux.

— En plus, ajouta Philippos, même si Iann ne devait plus hériter de Sofia, celle-ci était pour lui la poule aux œufs d'or. Elle aurait continué à le couvrir de cadeaux et à l'aider financièrement comme par le passé.

Artem acquiesça avant d'avouer :

— Ce qui m'ennuie le plus, c'est l'impossibilité d'obtenir des informations fiables sur Sofia. De toute évidence, elle n'avait pas de confident. Il nous faudra de longues recherches ou une chance incroyable pour découvrir l'homme qui détient la clé de toutes les énigmes.

— J'ai une idée ! s'écria Philippos. Il s'agit peut-être de deux hommes différents. Imagine : Sofia attend son amoureux — mais c'est un autre qui arrive à sa place ! Un véritable fou, puisqu'il la prend pour une ondine. Il s'introduit dans sa chambre, la tue avec le premier objet qui lui tombe sous la main, puis laisse son sinistre message avant de repartir. Ensuite, l'amant trouve le corps et se sauve, épouvanté. Il n'en parle à personne, persuadé qu'on l'accuserait du crime.

— Bon raisonnement, approuva le droujinnik. Il existe une autre possibilité. Le meurtrier est bien l'amant de Sofia. Il l'assomme au cours d'une dispute violente. Comme il se rend compte qu'elle est morte, il rafle les objets de valeur qu'il découvre sur place...

— Mais pourquoi perdre du temps à gribouiller un message qui n'a aucun sens ? l'interrompit Philippos. D'autant qu'il a dû feuilleter tout le psautier avant de tomber sur la bonne image !

— Pour brouiller les pistes. Notre homme est très malin. Il a laissé un faux indice avec l'espoir de faire croire au Tribunal que le crime a été commis par un individu à l'esprit troublé. Jusqu'à présent, son astuce a réussi — puisque nous sommes bien obligés d'examiner l'hypothèse d'un assassin maniaque.

— Dans tous les cas, il faut commencer par retrouver l'amoureux de Sofia, avança le garçon. Pendant que tu interrogeras les notables, j'essaierai de tirer les vers du nez des domestiques. Ils ne se méfieront pas de moi ; ils ne sauront même pas à qui ils ont affaire ! Je prendrai un air innocent, un peu niais...

Il fit une brève démonstration qui arracha un éclat de rire au droujinnik.

— Un vrai histrion de foire ! Si ton numéro n'a pas le

succès qu'il mérite, tu peux révéler à Glacha que c'est moi qui t'envoie. Mais seulement à elle. Maintenant, file !

Ravi, Philippos bondit de son siège et se précipita vers la sortie du jardin. Au détour d'une allée, il faillit renverser un jeune homme vêtu d'un caftan de soie rouge, qui se dirigeait vers la tonnelle.

C'était Manouk, le médecin du prince. D'origine arménienne, il avait un visage fin au nez busqué et aux magnifiques yeux ambrés, qui contrastaient avec sa chevelure noir de jais. Entré au palais comme apothicaire peu avant le départ de Vladimir pour Tchernigov, il avait souhaité suivre le couple princier dans sa nouvelle capitale. Artem n'avait eu recours au savoir de Manouk qu'une seule fois [1], mais il le tenait pour compétent et consciencieux.

— Pardon, boyard, je vois que je te dérange...

— J'ai fini de déjeuner, le rassura Artem d'un ton bienveillant. Je suppose que tu viens m'apprendre les résultats de l'examen du corps ?

— En effet.

Le droujinnik l'invita à s'asseoir et frappa dans ses mains. Un serviteur accouru débarrassa la table, puis apporta de l'hydromel frais et une coupe pour Manouk.

— Aucun doute en ce qui concerne l'arme du crime, commença le médecin. J'ai trouvé quelques cheveux de dame Sofia collés à la reliure du psautier. La blessure à la tempe témoigne de la violence du coup : le crâne a été défoncé à cet endroit. La mort a été presque instantanée. Pour frapper avec une telle force, l'homme a dû se tenir debout, dominant la victime. Il est droitier, de taille plus grande que la moyenne. Je ne dispose malheureusement d'aucun autre élément pour décrire l'am... l'assassin de Sofia.

— Qu'est-ce qui te fait croire qu'il s'agit de son amant ? demanda vivement Artem.

Manouk rougit, ce qui lui donna soudain un air de

1. Voir *La Parure byzantine*, 10/18, n° 2891.

gamin. L'instant d'après, il recouvra son maintien digne et grave.

— Sofia a eu des rapports intimes avant le meurtre. La substance vitale n'est pas coagulée, et elle n'a pas été absorbée par la matrice. Il s'est passé très peu de temps entre le moment où la victime s'est unie avec un homme et celui de sa mort. Comme rien ne permet de supposer qu'elle a été violentée, pour moi, le coupable est son amant... As-tu envisagé une hypothèse différente, boyard ? ajouta-t-il avec curiosité.

— A vrai dire, non. Mais c'est seulement après l'examen médical que je tiens certains faits pour acquis.

Artem écouta la suite du rapport de Manouk, qui ne lui apprit pas grand-chose. Pas de trace de peau sous les ongles, pas d'autres blessures sur le corps. Les muscles de la victime étaient parfaitement détendus, ce qui confirmait que Sofia n'avait pas été forcée à obéir ni n'avait cherché à se défendre. Le médecin situait l'heure du décès au milieu de la nuit.

Après avoir remercié Manouk, le droujinnik termina pensivement sa coupe d'hydromel, puis regarda le soleil. C'était l'heure de l'assemblée des Anciens. Il boutonna son caftan, rajusta son épée et se hâta de regagner le palais.

Au premier étage, il se joignit à la file des vieux boyards qui transpiraient dans leurs costumes d'apparat recouverts d'amples capes bordées de fourrure. Sous l'œil attentif des deux gardes, ils pénétraient un à un dans la salle d'armes. Quand le droujinnik entra à son tour, il trouva presque tous les fauteuils occupés. Il s'adossa contre le chambranle de la porte en attendant l'arrivée de Guita.

L'apparition de la princesse suscita des cris enthousiastes. La plupart des Anciens, originaires de Tchernigov, n'avaient aperçu Guita que deux ou trois fois, mais sa beauté et sa douceur avaient conquis les vieillards les plus revêches.

Guita s'arrêta sur le seuil pour saluer l'assemblée puis

invita Artem à la suivre vers l'estrade supportant le trône. Le visage solennel et impénétrable, le droujinnik lui emboîta le pas. Participer à cette cérémonie ne l'empêchait pas de réfléchir au meurtre de Sofia. Tout à ses pensées, il s'avança entre les boyards qui se tenaient debout à côté de leurs sièges.

Et soudain, l'imprévisible se produisit.

Guita poussa un cri perçant, vacilla et se serait effondrée si Artem ne s'était pas précipité pour la soutenir. Immédiatement, ce fut le branle-bas général. Les vieux boyards se pressèrent autour d'eux en gesticulant et en commentant l'incident.

— La princesse est morte ! hurla quelqu'un.

— Elle n'est qu'évanouie ! rétorqua un autre.

— Un siège, vite ! commanda Artem.

Le cercle compact s'ouvrit, et il put installer Guita dans un fauteuil. Le bruit et l'agitation atteignirent leur comble : certains essayèrent de sortir de la salle pour demander de l'eau et appeler le médecin, mais les gardes, obéissant à l'ordre d'Artem, repoussèrent énergiquement les boyards et bloquèrent la porte.

Le droujinnik jura entre ses dents. Il fut sur le point d'aller lui-même chercher de l'eau mais, à cet instant, Guita ouvrit les paupières et adressa à Artem un regard terrifié.

— Le coffre, murmura-t-elle. Il n'est plus là ! Va vérifier...

Le droujinnik repoussa sans ménagement les boyards qui encombraient le passage menant vers le trône. Guita avait dit vrai. Le coffre avait disparu.

Ce fut le début d'un interminable cauchemar. Cachant sa fureur et son désarroi sous un masque impassible, Artem accomplit les démarches qui s'imposaient avec une méticulosité exemplaire, ne laissant rien au hasard. Après avoir appelé des renforts, il examina les barreaux qui protégeaient les fenêtres. Ceux-ci étaient intacts. Il ordonna alors que chacun des boyards ôte sa cape, afin de s'assurer que la précieuse petite caisse n'y était pas dissimulée.

Lorsque les Anciens, outragés, menaces et imprécations à la bouche, furent partis, la salle fut fouillée de fond en comble. Le tout sans résultat.

Guita, pâle comme une morte, observait la scène en silence. Elle semblait à bout et finit par se retirer en compagnie de sa première suivante, qui l'attendait à l'extérieur.

Le droujinnik entreprit alors d'interroger les soldats qui avaient monté la garde. Livides et tremblants, les deux hommes jurèrent leurs grands dieux que personne n'avait pénétré dans la pièce entre le moment où Artem les avait postés à l'entrée et l'arrivée des Anciens. Ces derniers n'étaient ressortis que lorsque Artem en avait donné l'ordre.

Enfin, il autorisa les soldats à regagner la garnison. Il n'eut pas besoin de leur rappeler le terrible châtiment qui les attendait : l'expression d'épouvante peinte sur leurs visages montrait qu'ils n'en étaient que trop conscients.

Resté seul, il promena son regard autour de lui. La fouille n'avait apporté aucun indice, pas l'ombre d'une explication. Toujours avec l'impression de vivre un mauvais rêve, il fixa la place vide au pied du trône. Par quel tour de magie le voleur avait-il pu pénétrer dans une pièce inaccessible et en repartir avec le coffret ?

— Il faut que ce soit le Diable lui-même, grogna Artem entre ses dents.

Mais il savait que ce diable-là appartenait à l'espèce humaine. C'était donc à lui de le trouver.

CHAPITRE IV

Dès le lendemain matin, Artem convoqua dans son cabinet de travail les deux gardes restés en faction devant la salle d'armes. Après les avoir soumis à un nouvel interrogatoire, il fut convaincu qu'ils disaient la vérité. Les soldats lui parurent sincèrement bouleversés, trop effrayés pour couvrir quelqu'un, encore moins capables d'avoir commis un crime aussi audacieux. Le règlement prescrivait de les jeter au cachot mais, se fiant à son intuition, Artem décida de les laisser libres.

Cependant, les suspects ne manquaient pas. Qui aurait résisté à la tentation de cent grivnas d'or — véritable fortune même aux yeux des notables les plus aisés ? Il se souvint du regard plein de convoitise de Sergios, des mains tremblantes de Trofim... Oui, ces deux-là avaient approché le trésor — ainsi d'ailleurs que la suivante Daria, entrée à l'improviste alors que Trofim s'apprêtait à compter les pièces.

Mais il y avait aussi les fonctionnaires du palais et la suite de la princesse, en effervescence à cause du fabuleux présent ramené de Kiev. Plusieurs d'entre eux auraient pu assister à la dispute du trésorier et du Garde des Livres à propos de la protection du coffre...

Artem abattit violemment son poing sur la table. Il avait l'impression de chercher une aiguille dans une meule de foin ! S'il voulait démasquer le coupable, il devait d'abord résoudre l'énigme principale : comment le voleur s'était-il introduit dans la pièce ? Les barreaux des fenêtres, ainsi que le sol, avaient été soigneusement inspectés et trouvés intacts. Restait la porte. Mais enfin, il aurait fallu que le criminel possède la « chapka-qui-rend-invisible » des contes de fées pour échapper à la vigilance des deux gardes !

Il se leva d'un bond. Peut-être, une fois sur place, aurait-il la révélation.

Après avoir gagné à la hâte le palais, il monta dans la salle d'armes et en examina une nouvelle fois les accès possibles. Puis, les sourcils froncés, il se mit à arpenter la pièce.

Un froufrou soyeux le tira de ses pensées. Il se retourna : Anna se tenait dans l'entrée. Elle était vêtue d'un chemisier blanc aux manches bouffantes, et de la même sarafane que la veille, dont le bleu intense soulignait la clarté de son teint. La jeune fille s'inclina profondément pour le saluer puis demanda :

— As-tu découvert la porte secrète, boyard ?

— La porte secrète ? répéta Artem, surpris.

— Celle que le voleur a utilisée. La salle ne peut communiquer avec un souterrain, n'est-ce pas ? Ce sont donc les murs, et non le sol, qui dissimulent un passage qui donne sûrement sur une autre pièce. Il faudra enlever ce tissu qui tapisse les parois.

— Je te remercie. J'ai déjà songé à cette possibilité.

— Vraiment ?

Se glissant entre les fauteuils, Anna s'approcha d'une lourde épée à double tranchant et tenta de la décrocher de son support mural.

— Attention ! s'écria Artem en se précipitant vers elle. Tu risques de te blesser. Toutes les lames sont bien aiguisées !

— Ce n'est pas ce que je cherche à vérifier, répliqua la jeune fille.

Elle se retourna brusquement et fixa le droujinnik. Artem sentit le léger parfum qui émanait d'elle, mélange de verveine et de romarin, semblait-il. Cette odeur le troublait, lui montait à la tête. S'efforçant de se maîtriser, il recula d'un pas.

— Si tu tiens à le savoir, déclara-t-il d'un ton qu'il espérait neutre et posé, chaque pouce carré des murs a été inspecté et ausculté. Rien ne permet de supposer l'existence d'un couloir secret.

— Puisque tu n'as pas résolu le mystère de la salle, cherche le voleur. C'est lui qui te dira le fin mot de l'histoire.

— Crois-tu que j'aie besoin de tes conseils ? demanda Artem d'un air renfrogné. Il est préférable que tu me laisses travailler en paix. Je suis certain que ton père s'inquiète déjà de ton absence !

— Me prends-tu pour une enfant ? s'exclama Anna en rougissant. Tu te trompes sur moi, boyard — ainsi d'ailleurs que sur mon père. Ses craintes ne sont pas...

Elle s'interrompit et détourna la tête.

— Eh bien, termine ta phrase ! insista Artem, intrigué.

— Par moments... Non, ce n'est rien. Ça doit être son long veuvage qui l'a rendu un peu bizarre. Il n'a jamais voulu se remarier afin ne pas nous imposer une marâtre à ma sœur et à moi.

— Voilà une décision qui l'honore, remarqua Artem. A présent, je te prie de me laisser...

Il plongea son regard dans celui d'Anna et se tut. Une sensation de douceur, depuis longtemps oubliée, irradiait tout son corps. Il lutta contre l'envie de serrer la jeune fille dans ses bras, de respirer à pleins poumons son odeur enivrante, de s'emparer de ses lèvres fraîches...

Anna baissa les paupières. Maintenant, le droujinnik contemplait un visage aux traits délicats, joli mais ordinaire. C'étaient les extraordinaires yeux verts qui donnaient à Anna tout son attrait. Tendres et caressants comme le fleuve par un temps calme — puis, soudain, troublants et dangereux comme un tourbillon. Non pas les yeux d'une innocente pucelle mais ceux d'une femme consciente de sa séduction, curieuse, hardie.

— Je sais que ton temps est précieux, boyard, dit-elle

sans lever la tête. Je t'ai suggéré tantôt de chercher le voleur, au lieu de te casser la tête sur la façon dont il s'y est pris. Tu crois sans doute qu'il appartient au palais, n'est-ce pas ?

— As-tu la preuve du contraire ?

— En un sens, oui... J'ignore qui il est ; pourtant, cet homme m'a paru suspect.

— Raconte-moi exactement ce qui s'est passé, ordonna Artem.

— Hier après le déjeuner, nous aurions dû faire la sieste, Borka et moi. Mais père nous avait prévenues qu'il serait occupé tout l'après-midi dans la salle des archives. Nous en avons donc profité pour traîner dans la cour au lieu de dormir. D'abord, nous sommes allées au puits boire de l'eau fraîche. En revenant, j'ai remarqué un inconnu qui venait de sortir du palais et se dirigeait vers le portail. Je le voyais de dos. Sa silhouette m'a rappelé vaguement quelqu'un, mais je n'ai pas réussi à l'identifier.

— Est-ce qu'il portait quelque chose ?

— Non, fit Anna en haussant les épaules. La résidence est vaste ! Il a pu cacher le coffre avant de partir les mains dans les poches.

— Peux-tu me décrire son allure et sa tenue ?

— Grand, épaules larges, démarche assurée. Habillé comme un boyard. Je me souviens qu'il avait un beau caftan rouge et une chapka assortie.

— Tu n'as vu aucune autre personne étrangère au palais avant l'arrivée des Anciens ?

— Si. Cet horrible Kostas, répliqua Anna avec une grimace de dégoût. Nous sommes sortis en même temps. Il avait dû venir vanter ses œuvres à la princesse.

— Qu'as-tu contre Kostas ? s'étonna Artem.

— Il me répugne, j'ignore pourquoi. Avec ses longs bras et son corps si maigre, il me fait penser au singe qu'on montrait à la foire l'été dernier.

— Saurais-tu reconnaître l'homme au caftan rouge ?

— Assurément, s'il porte le même costume. Mais

pourquoi ne pas simplement demander son nom à Sa Seigneurie Guita ?

Anna lui lança un rapide regard aigu. Tout de suite, un sourire espiègle retroussa les coins des lèvres d'Anna. Elle avait bien réussi son petit effet !

— Ce visiteur m'a intriguée, reprit-elle. Au lieu de le rattraper, j'ai examiné les fenêtres du palais. Les volets du boudoir de la princesse étaient ouverts. Elle se tenait là, immobile, les yeux rivés sur l'homme pendant qu'il franchissait le portail et s'engageait sur la place du Marché. Elle serrait le poing contre sa poitrine. Je t'assure que Guita est amoureuse de cet inconnu !

— Comment oses-tu parler de la princesse en ces termes ? s'exclama Artem. D'autant que tu n'as pas la moindre idée de ce qu'est l'amour !

— Tu te trompes, boyard, répondit gravement Anna, tandis qu'une ombre étrange passait sur son visage. Quant à Guita, c'est une femme comme les autres, toute princesse qu'elle soit.

Sur ce, la fille de Sergios pivota sur ses talons et quitta la salle d'armes d'un pas ferme.

Artem resta quelques instants à réfléchir aux informations apportées par Anna. Puis il sortit à son tour et gravit l'escalier qui menait au deuxième étage. Une suivante partit annoncer sa visite à la princesse, avant de l'introduire dans une vaste pièce aux murs ornés de superbes tapisseries de maîtres étrangers. Toutes représentaient des scènes de guerre ou de chasse — les deux occupations qui séparaient si souvent Vladimir de sa jeune épouse.

Guita entra, suivie de Daria qui servit de l'hydromel frais et du jus de cerise, la boisson favorite de la princesse. Celle-ci autorisa Artem à s'asseoir et demanda d'une voix anxieuse :

— Du nouveau, boyard ? As-tu deviné par quel tour de magie le voleur a réussi son forfait ?

— Hélas ! dit le droujinnik.

— Mon Dieu, quelle épouvantable, quelle invraisemblable histoire ! s'écria Guita en se tordant les bras. Il faut à tout prix qu'on retrouve le coffre avant le retour de Vladimir. Sinon... Quelle honte ! Il en parlera au grand-prince, à la reine Élisabeth...

Elle tourna nerveusement autour de son index une bague où un magnifique rubis entouré de diamants brillait d'un éclat sauvage.

— Princesse, n'ordonne pas de me châtier, mais ordonne de me pardonner. Puis-je te parler sans détour ?

Guita lui lança un regard surpris avant d'acquiescer.

— Quel est l'homme qui a eu l'honneur de s'entretenir avec Ta Seigneurie hier après le déjeuner ?

— Eh bien... J'ai reçu le peintre Kostas, répondit la princesse en rougissant. De quoi m'a-t-il parlé, déjà ? Les dorures... J'ai cru comprendre que ma commande pour la Saint-Jean est presque terminée. D'ailleurs, Kostas n'est resté que peu de temps.

— Ma question concerne *l'autre* homme, princesse, insista Artem. Celui qui t'a offert cette belle bague. Son caftan est de la même couleur que la pierre.

— Cette bague est un présent de ma tante Gunhilde, répliqua Guita d'un ton glacial.

— Dans ce cas, c'est toi qui l'avais offerte au boyard, avant de la lui reprendre hier, affirma calmement Artem.

Pendant de longues secondes, la princesse demeura muette et immobile comme une statue. Puis elle se mordit la lèvre, tandis que de grosses larmes se mettaient à couler sur ses joues.

— Impossible de te cacher quoi que ce soit, murmura-t-elle en s'essuyant les yeux avec un mouchoir de soie. Je vais tout te raconter — afin qu'aucun soupçon indigne de ta suzeraine ne t'effleure l'esprit. Ratmir — c'est son nom — est un noble de Tchernigov. Il a sauvé la vie à mon époux au cours de la dernière partie de chasse. Un énorme lynx a sauté d'un arbre sur le cou du prince. Il a raté sa cible de peu, atterrissant sur la croupe du cheval. Néanmoins, Vladimir était en danger de mort ! Par chance, Ratmir chevauchait juste derrière lui. Il a tué l'animal d'un habile coup d'épée, sans même blesser la monture du prince.

Guita s'était tue. Artem demanda d'un air innocent :

— Vladimir n'a-t-il pas récompensé le vaillant boyard ?

— Si. Selon la coutume, il lui a offert une de ses propres capes — celle bordée d'hermine. Moi aussi, j'ai voulu témoigner ma reconnaissance à Ratmir. C'est alors que je lui ai donné cette bague.

— Mais Vladimir ignore ton geste, n'est-ce pas ?

En guise de réponse, Guita rougit et baissa les yeux.

— Crois-moi, je me fais déjà assez de reproches, reprit-elle après un silence. J'y ai repensé pendant mon voyage à Kiev. J'avais agi de manière irréfléchie. D'autant qu'on prête à Ratmir des aventures galantes...

— A tort, bien sûr, glissa Artem d'un ton qui se voulait convaincu.

— Bien sûr. Un homme aussi amène suscite la jalousie, source de toutes les calomnies... Toujours est-il que mon présent m'a soudain paru si ambigu que j'en ai été effrayée. Bien que Vladimir me laisse souvent seule, il m'aime de toute son âme. S'il venait à apprendre... Hier midi, à peine arrivée, j'ai fait porter un message à Ratmir. Il a fort bien compris mon embarras et m'a rendu la bague. Quelle sensibilité ! Quelle noblesse de caractère !

— Je n'en doute pas. Te souviens-tu de l'heure à laquelle tu l'as reçu, et de la durée de l'audience ?

— Il est arrivé peu après notre réunion avec le trésorier et le Garde des Livres. Je venais de rejoindre Ratmir ici quand Daria est revenue annoncer Kostas. J'ai donc prié Ratmir d'attendre dans la pièce à côté. Daria a introduit le peintre qui m'a parlé de sa fresque. Après son départ, j'ai poursuivi mon entretien avec Ratmir. Il a pris congé une demi-heure plus tard. Mais pourquoi ces précisions, boyard ?

Artem lui raconta la dispute entre Trofim et Sergios. Ratmir y avait certainement assisté. Pour peu que l'idée de s'emparer de l'or eût germé dans son esprit, il aurait pu quitter la résidence sous les yeux de Guita — il devait se douter que la princesse l'observait — puis revenir par la sortie arrière et commettre le vol.

— Kostas a lui aussi entendu la discussion sur le perron ! souligna Guita avec chaleur. Ainsi qu'une bonne dizaine de courtisans ! Ratmir se comporte en fidèle serviteur de Vladimir et de moi-même, je t'en ai fourni des exemples. C'est un homme de foi et de vaillance. Comment le soupçonner de la moindre malhonnêteté — sans parler d'un crime ? Et d'abord, *comment* l'aurait-il commis ?

A cela, Artem n'avait rien à répondre. Il assura donc Guita qu'il ne soupçonnait ni Ratmir ni personne, et qu'il s'employait en premier lieu à résoudre l'énigme de la disparition du coffre. Puis il tira sa révérence à la princesse.

Quoi qu'en dît Guita, il décida que le bourreau des cœurs n'allait pas échapper à un interrogatoire — et qu'il allait s'y consacrer sur-le-champ. L'heure du déjeuner n'était pas encore terminée. Artem préférait sauter un repas mais être sûr de trouver Ratmir chez lui.

Le droujinnik se dirigea d'un pas résolu vers la sortie de la résidence. Il était à mi-chemin du portail lorsque son nom, prononcé d'une voix masculine haut perchée, attira son attention.

Un garde se disputait avec un visiteur, insistant pour l'accompagner chez le receveur des plaintes tandis que l'homme exigeait d'être entendu par Artem en personne. Le droujinnik s'approcha tout en examinant l'inconnu. Petit et maigre, il devait avoir une quarantaine d'étés. Sa chapka aux bords usés ainsi que son caftan de couleur indéfinissable semblaient avoir vu des jours meilleurs. Pourtant, une grosse bourse en cuir épais, solidement attachée à sa ceinture, témoignait de sa fortune considérable.

Artem se présenta. Un bref sourire de contentement apparut sur le mince visage de l'homme.

— Je suis le marchand Frol, de la guilde des drapiers, annonça-t-il en ôtant son couvre-chef et en s'inclinant très bas. Je désire te parler d'urgence, boyard. J'ai de graves ennuis... trop graves pour perdre mon temps avec le receveur des plaintes. Mon épouse a disparu !

Le garde dissimula un ricanement et toussota d'un air entendu. Cette attitude ne pouvait s'expliquer que d'une seule façon : la femme de Frol était connue dans la ville pour ses mœurs légères.

— C'est moi qui déciderai de quel service du Tribunal relève l'affaire, déclara Artem en faisant signe au soldat de s'éloigner. Pour cela, il faut que tu précises les circonstances de cette disparition, ajouta-t-il à l'adresse du drapier.

Frol s'inclina une nouvelle fois avant d'expliquer avec précipitation :

— Eudoxie, mon épouse, tient notre boutique sur la place du Marché. D'habitude, elle ferme à midi et demi, prend la recette de la matinée et rentre déjeuner. Ma maison est située à quelques minutes de la place, à la limite du quartier de notre corporation. Eudoxie a de bonnes jambes et elle n'est jamais en retard. Or voici plus d'une heure que je l'attends ! Je suis passé au magasin : personne. Je ne te cache pas mon inquiétude, boyard. Ou bien il lui est arrivé un malheur...

— Ou bien ? insista Artem en haussant les sourcils.

Le marchand se mit à tortiller nerveusement son couvre-chef.

— Comment dire... Vois-tu, Eudoxie est de quinze étés plus jeune que moi, et Dieu l'a parée de bien des attraits. Blonde, blanche, ronde, elle réjouit le cœur et les sens comme un gâteau de Pâques. Et la coquine ne craint pas les mauvaises langues, au contraire ! Elle encourage certaines attentions...

— Évitons de tourner autour du pot, l'interrompit le droujinnik. Tu suspectes ta femme d'infidélité, n'est-ce pas ?

— De la pire infidélité qui soit ! s'écria Frol. De s'être enfuie avec son amant — et avec la caisse !

— As-tu la moindre preuve de ce que tu avances ?

— Tu veux que j'attende des preuves ? Boyard, tu ne

parles pas sérieusement ! Il faut agir tout de suite, pendant qu'on peut encore rattraper les coupables !

Artem l'arrêta d'un geste.

— Qui soupçonnes-tu d'être l'amant de ta femme ?

— Pour ça, j'ai le choix, répliqua amèrement Frol. Tous les habitués du marché lui content fleurette, surtout les jeunes freluquets sans le sou. Il y a aussi mes clients. Tu crois traiter avec un homme d'affaires, mais non : dès qu'il avise Eudoxie, on dirait un chat devant un pot de crème fraîche ! N'était l'honneur du métier...

Le drapier se mit à tirailler rageusement sa maigre barbiche, ne laissant aucun doute au sujet de ses intentions belliqueuses.

— Il me semble que tu vas un peu vite en besogne, déclara froidement Artem. Si ta femme ne rentre pas avant ce soir, tu soumettras cette affaire au receveur des plaintes. Cependant, garde-toi d'accuser qui que ce soit sans preuves — sous peine d'être condamné pour calomnie. Le montant de l'amende que tu devrais verser au Trésor te ferait oublier tes soucis actuels !

— Une amende ? Par la Sainte Croix, en quoi ai-je mérité...

— J'ai dit, coupa le droujinnik.

Il suivit des yeux le marchand qui s'éloignait en maugréant. Frol disparu, Artem se dirigea à son tour vers le portail. Le soldat, hilare, traînait près de la sortie. Apparemment, le sens de la scène ne lui avait pas échappé. Il prit un air complice puis remarqua :

— Si le Tribunal devait surveiller toutes les épouses à la cuisse légère, il y aurait dans notre ville plus de fonctionnaires que d'hommes mariés !

— On ne t'a pas enrôlé pour faire de l'esprit ! rétorqua Artem. Pourquoi n'es-tu pas en faction ? Où est ton poste ?

— Je... je n'ai rejoint la garnison qu'avant-hier, bredouilla le garde. Je suis allé jeter un coup d'œil sur la célèbre collection d'armes du prince avant de remplacer le planton à la porte nord. Avant, j'étais surveillant de quartier. C'est pour ça que je connais ce grippe-sou de Frol.

— Eh bien, dépêche-toi de relayer ton camarade.

L'ancien surveillant de quartier adressa au droujinnik un salut militaire et se hâta de sortir. Comme les deux hommes quittaient la résidence, Artem lui demanda où habitait Ratmir.

La maison du boyard ne fut pas difficile à trouver. Située à deux carrefours de la place du Marché, dans une rue bordée de riches demeures à deux étages, elle se démarquait par son portail. Construit en bois de chêne ainsi que la haute palissade, il s'ornait d'une pièce fort originale : un aigle sculpté dans du marbre rose. L'artiste, sans doute un Grec des temps anciens, avait merveilleusement représenté le fier profil de l'oiseau et ses grandes ailes déployées.

— Il est magnifique, n'est-ce pas ? dit soudain une agréable voix masculine. C'est le fruit de mon dernier voyage à Tsar-Gorod[1].

Artem tressaillit. L'homme qui avait parlé se tenait dans un verger plutôt délaissé de l'autre côté de la clôture. Le droujinnik remarqua, à travers les pieux de la palissade, son caftan et sa chapka rouges. Ensuite seulement il aperçut une autre tache de couleur qui se confondait presque avec la luxuriante végétation — une sarafane vert pâle.

« Une femme ! Il fallait s'y attendre », songea Artem en soupirant.

Comme pour le narguer, un léger rire lui parvint du jardin.

Sans se presser, Ratmir se dirigea vers le portail, suivi par sa compagne. Dès qu'il l'eut ouvert, Artem annonça son nom et le but de sa visite — une transaction privée. Le boyard et la jeune femme s'inclinèrent courtoisement. Puis tous les trois se dévisagèrent avec curiosité.

---

1. Nom que les Russes donnaient à Constantinople. *Gorod* signifiant « ville » en russe, le terme pouvait s'entendre autant comme « ville-reine » que comme « ville du tsar ».

Ratmir, qui ne devait pas compter trente étés, était moins beau qu'Artem ne l'avait imaginé. Il avait une stature de guerrier, mais son visage charnu aux lèvres gourmandes manquait de raffinement. Ses yeux bleus pétillaient de malice et d'une joie secrète, comme s'il venait de goûter à quelque plaisir défendu. Pourtant, l'air insouciant qu'il arborait parut à Artem un peu forcé.

Quant à la jeune fille, elle semblait incarner le charme féminin. Son corps souple mais épanoui avait la grâce sensuelle d'un jeune animal. L'abondante chevelure d'un roux foncé soulignait la transparence de son teint et l'éclat de ses yeux noisette fendus en amande. Un sourire espiègle et aguicheur jouait sur ses lèvres pleines.

— J'ai l'honneur de te présenter Laska, fille du potier Iakoun, déclara Ratmir. Elle est venue me voir pour... hum... une affaire...

— De la plus haute importance, enchaîna Laska en riant. Nous discutions des « adieux aux ondines » — et j'en suis une ! Et toi, boyard, vas-tu participer à la fête ? Un homme de ta prestance est toujours le bienvenu !

— On a besoin de moi ailleurs, répliqua Artem.

— Mais tu viendras avec nous te baigner dans la Desna la nuit de la Saint-Jean ?

— Sûrement pas.

— Eh quoi ! N'es-tu bon qu'à frotter bois contre bois avec les vieillards pour allumer le « feu vivant » ?

— Je préférerais certainement leur compagnie à celle des jeunes filles frivoles, rétorqua Artem d'un ton glacial.

Une moue boudeuse apparut sur le visage de Laska, vite remplacée par un sourire ironique. Elle échangea un coup d'œil complice avec Ratmir, salua Artem et s'éloigna d'un pas provocant, en balançant les hanches.

Le maître du domaine s'effaça pour laisser entrer le droujinnik et le conduisit à l'intérieur de la maison.

Les deux hommes s'installèrent dans la grande salle sur le banc muni de coussins qui courait le long des murs. Pendant que le boyard ordonnait à une vieille servante à la mine revêche d'apporter des boissons rafraîchissantes, Artem examina la pièce.

Tout témoignait ici des goûts hétéroclites de Ratmir. Seuls la traditionnelle table des banquets en bois sculpté ainsi que le vaste siège destiné au maître de maison et à l'invité d'honneur avaient été fabriqués par des artisans locaux. Une dalle de porphyre placée sur une demi-colonne de marbre, sûrement ramenée de Tsar-Gorod, présentait plusieurs statuettes de femmes en terre cuite ou en pierre. Leur grâce rappela à Artem les déesses païennes grecques. Un grand paravent, qui devait provenir des contrées lointaines d'Orient, s'ornait d'une collection de poignards de diverses origines, aux manches décorés de pierreries.

— Je vois que tu préfères les lames courtes aux lames longues, observa Artem. Comment un boyard russe peut-il résister à la beauté d'une épée ?

— Hormis la mienne, cette arme me laisse indifférent, répondit Ratmir en souriant. Sans être un lâche, je ne suis point un homme de guerre.

— Est-ce pour cette raison que tu n'as pas voulu participer à la campagne de Vladimir contre les Koumans ?

— J'aurais accompagné le prince par sens du devoir, mais j'étais encore en route lorsqu'il est parti avec son armée. Je ne suis arrivé de Tmou-Tarakan [1] qu'il y a cinq jours.

— Quel genre de commerce pratiques-tu ?

— Je voyage pour mon plaisir, boyard. Cette fois, je suis retourné dans une ville à laquelle je suis particulièrement attaché. On y respire l'air parfumé et voluptueux de Byzance, mais on y rencontre des gens gais et insouciants comme seuls les Russes savent l'être. J'aime aussi découvrir des terres étrangères... En fait, tu n'as pas tout à fait tort : sans me consacrer aux affaires, je ramène souvent de

1. Ville et principauté de la Russie de Kiev, située au bord du Pont-Euxin (mer Noire), plaque tournante du commerce entre Kiev et Constantinople.

mes expéditions des objets de valeur que je revends aux connaisseurs. En ce moment, le Garde des Livres est en train d'évaluer quelques manuscrits que j'ai achetés à Tmou-Tarakan.

— As-tu trouvé un acquéreur pour ces belles statues ? demanda Artem en désignant les figurines disposées sur la dalle de porphyre.

— J'aurais pu en trouver. La stupide réticence envers l'art grec païen est moins forte chez nous qu'à Byzance. Mais je ne parviens pas à m'en séparer. Chacun son goût ! Certains ne résistent pas à l'éclat d'une belle lame ; j'apprécie, moi, celui d'une belle femme. Pardonne-moi, boyard : le but de ta visite est-il de négocier le prix...

— Nullement, coupa Artem. L'objet que je suis venu chercher ne se monnaye pas en argent. Aussi vas-tu me le remettre sans discussion. Il s'agit de la lettre que la princesse t'a adressée hier, et dans laquelle elle te prie de lui restituer sa bague.

Ratmir lança au droujinnik un long regard pénétrant. Puis il inclina la tête en signe d'obéissance et frappa dans ses mains. Quand la vieille servante à la mine renfrognée réapparut, le boyard lui ordonna d'apporter le coffret contenant sa correspondance récente. Quelques instants plus tard, il tendit à Artem un petit rouleau d'écorce fraîche.

— Voici le billet de Guita. Me crois-tu sur parole ou désires-tu vérifier ?

Ignorant la lueur moqueuse qui brillait dans les yeux de Ratmir, le droujinnik déroula la lettre et la parcourut. Puis il la cacha au fond de sa poche d'un air impassible.

— J'espère pour toi, boyard, que tu n'as mentionné cet incident à personne, remarqua-t-il froidement.

— Cette fois, il faudra bien que tu te contentes de ma parole ! répliqua Ratmir avec un sourire amusé. Mais rassure-toi. Pourquoi souhaiterais-je compromettre la princesse ? Quelle gloire pourrais-je tirer de ses bontés ? Épouse et sans doute bientôt mère, elle est aussi naïve qu'une pucelle ! J'ai un faible pour les conquêtes difficiles et prometteuses. La belle Laska, par exemple. Si jeune, elle sait déjà embraser les sens et faire languir. Comme il serait bon de croquer avec elle le fruit défendu ! Comme elle porte bien son nom[1] ! J'avoue préférer cette petite friponne tout feu tout flamme à la froide Guita.

— Tu oses parler de notre suzeraine comme de la première venue ! s'exclama Artem, indigné. Il suffit ! Je t'ordonne à présent de raconter par le menu ce que tu as fait hier après ton entretien avec la princesse.

Ratmir le dévisagea d'un air perplexe. Il s'apprêtait à protester, mais l'expression sévère du droujinnik l'en dissuada. Haussant les épaules, il répondit :

— Il n'y a pas grand-chose à raconter. Je suis rentré directement chez moi. Après avoir pris une collation, j'ai composé pour Laska un petit poème à la manière grecque. Il ne s'agit que d'une dizaine de vers, fort mauvais en vérité, mais qui m'ont donné beaucoup de mal. Désires-tu les voir ?

— Inutile. Ensuite ?

— Je n'ai pas pu recevoir Laska car un de mes clients occasionnels m'a envoyé quérir d'urgence. Il s'agit d'un dénommé Frol, commerçant de son état.

— Le marchand de draperies ? s'étonna Artem. Voilà quelqu'un que j'imagine mal en amateur d'art.

— Il ne l'est pas. Sa femme Eudoxie — une fort charmante dame — est d'origine grecque et s'intéresse à tout ce qui vient du pays de ses parents. Elle s'y connaît un peu en peinture, mais elle a surtout la passion des bijoux en émail — art dans lequel les orfèvres byzantins excellent. Bien sûr, Frol est trop pingre pour satisfaire ses goûts ! Comme je ne suis pas soumis à la taxe des négociants professionnels, j'ai pu lui vendre quelques belles pièces à prix coûtant.

Artem songea que c'était sans doute à Ratmir que le marchand avait fait allusion en évoquant un boyard parmi les soupirants de sa femme. Que Ratmir fût l'amant de la

1. *Laska* signifie « caresse » en russe.

belle Eudoxie ou pas, force était de constater qu'il ne s'était pas enfui avec l'épouse volage de Frol, et qu'il n'avait nul besoin de sa caisse !

— As-tu conclu une nouvelle vente ? demanda le droujinnik par curiosité.

— La dernière. Frol a toujours désapprouvé les dépenses de son épouse. Hier, il m'a convoqué pour mettre fin à mes transactions avec Eudoxie. Il m'a acheté les deux bracelets que j'ai rapportés de Tmou-Tarakan, mais son avarice l'a poussé à m'interdire désormais l'accès de son domaine.

— Peut-être n'obéissait-il pas seulement à l'avarice en agissant ainsi, observa Artem au passage. N'importe. Revenons à l'heure du déjeuner et de la sieste. Quelqu'un peut-il confirmer que tu n'as pas quitté ta demeure pendant ce laps de temps ?

— Ma foi, non... Enfin si, ma nourrice, la vieille Klava. Tu l'as aperçue tantôt. C'est la servante la plus dévouée au monde !

— Et tes autres domestiques ?

— Je n'en ai pas encore. J'en change toutes les fois que je pars en voyage. Aussi ai-je donné congé à mon cuisinier et à mon garçon d'écurie avant de quitter la ville pour Tmou-Tarakan. Quant à Klava, elle me sert depuis mon enfance et a toujours vécu sous mon toit.

— Tu n'as croisé personne sur le chemin vers ta maison ?

— Non. C'était le moment du repas ; les rues et la place du Marché étaient désertes. Mais à quoi riment toutes ces questions ?

— Un vol a été commis au sein du palais peu après ta visite, expliqua laconiquement Artem. J'effectue des vérifications de routine. Appelle ta nourrice !

Celle-ci arriva en traînant les pieds et s'inclina devant le droujinnik autant que la rigidité de son vieux corps le lui permettait. Elle confirma la déposition de Ratmir sans même écouter les questions d'Artem. Son visage maussade et ses petits yeux hostiles étaient plus éloquents que sa réponse : la vieille femme se serait plutôt laissé couper en rondelles que de témoigner contre son maître !

Artem réprima un soupir. Rien ne prouvait que Ratmir ne s'était pas attardé au palais avant de rentrer, mais le droujinnik n'avait pas non plus obtenu la preuve du contraire. Cachant son dépit, il prit congé du boyard.

A peine eut-il franchi le portail dominé par l'aigle de marbre qu'il éprouva de nouveau la détestable sensation d'être observé. Il n'avait aucune chance de surprendre son espion dans la foule compacte qui emplissait la rue. Comme il s'engageait sur la place du Marché, il faillit s'arrêter devant l'étal du marchand qui vendait des miroirs en acier ou en argent poli. Au dernier moment, il changea d'avis : capter le reflet de son poursuivant dans une glace était un procédé trop banal pour leurrer même un gamin.

Soudain, il eut une idée. Ralentissant le pas, il tourna la tête et feignit de scruter un des étals dans la galerie des orfèvres. Puis il pointa un doigt vers la scène imaginaire et cria d'une voix de stentor :

— Regardez, braves gens ! Ce lascar vient de se remplir les poches sans payer un sou ! On a dépouillé un honnête commerçant. Au voleur !

— Au voleur ! hurla la grosse mercière à côté de lui, soutenue par son voisin.

Certains se ruaient déjà dans la direction désignée ; tous cherchaient du regard le voleur et sa victime. C'était le moment qu'il attendait. La personne qui le surveillait n'aurait su réprimer un mouvement de curiosité spontanée.

Le droujinnik examina les gens qui se pressaient autour de lui.

Il aperçut Anna !

La jeune fille, à moitié cachée par un gaillard aux larges épaules, scrutait comme tout le monde les boutiques des orfèvres. Pourtant, Artem ne douta pas que c'était elle qui l'avait suivi : à la différence des badauds, son visage gardait une expression grave et réfléchie. Sa distraction n'allait durer qu'un instant.

Il en profita pour se fondre dans la foule des passants, se hâtant vers le palais. Dérouté, troublé, il gagna son cabinet de travail et se plongea dans ses pensées. Mais son esprit battait la campagne. Quand le soir fut tombé, il descendit dans le jardin et commanda un dîner frugal qu'il mangea sans appétit. Philippos l'avait prévenu qu'il allait s'attarder dans les écuries pour s'occuper du cheval qu'il devait monter le lendemain ; aussi Artem ne l'attendit-il pas pour rentrer et se coucher. Il mit longtemps à s'endormir, se retournant dans son lit, songeant au meurtre de Sofia, à l'inexplicable disparition du coffre et, enfin, à Anna. Il avait l'impression qu'une troisième énigme venait de s'ajouter à celles qui le tourmentaient déjà. Artem finit par sombrer dans un lourd sommeil peuplé de cauchemars.

Au même moment, l'assassin rentrait chez lui et se glissait dans sa chambre.

Une obscurité presque totale régnait dans la pièce, à l'exception du coin aux icônes éclairé par la veilleuse devant l'image de la Sainte Vierge. Sans allumer les bougies, il ouvrit le coffre à vêtements pour y laisser tomber le paquet qu'il portait sous le bras. Puis il alla s'effondrer sur son lit, enfouissant le visage dans l'oreiller.

Les draps fleuraient bon le linge propre. Il reconnut aussi l'odeur de sa propre peau, qui le rassura. Peu à peu, le sentiment de colère et d'indignation qui emplissait son cœur s'estompa, laissant place à l'amertume, et au mécontentement envers lui-même.

Il avait pris un risque inutile et stupide. Quelqu'un aurait pu le voir bavarder avec la femme dans la journée et, le soir, l'épier depuis le jardin de la demeure. L'approcher avait été une erreur.

Seulement, il n'avait pu s'en empêcher.

Il avait tout de suite compris que, si elle faisait la coquette avec plusieurs hommes, surtout avec de jeunes garçons, c'est qu'elle souhaitait le rendre jaloux ! Elle le regardait différemment, et, quand il lui avait pris la main, elle ne l'avait pas retirée. Ensuite, elle avait préféré rester avec lui au lieu de rentrer chez elle, afin de le convaincre qu'elle le distinguait entre tous.

Il pouvait la rendre heureuse, il le savait ! Et il n'avait pas su résister à sa silencieuse prière. Elle avait besoin de lui. Il avait bien senti ce signal secret que lancent parfois les femmes. L'odeur !... Parfois, elle le poursuivait pendant des jours, lui collant à la peau. Il était rarement tenté d'y répondre car il craignait un piège. Cette fois, c'était différent. L'odeur n'était ni lourde ni poisseuse, mais fraîche, piquante. Il l'avait longuement humée sans ressentir le moindre dégoût. C'était bon signe.

Pendant le reste de la journée, il avait fait semblant de vaquer à ses occupations. En réalité, il n'avait pas cessé de songer à sa future compagne. Elle était si belle avec son sourire à la fois timide et espiègle, ses joues rosies par l'émotion ! Il avait imaginé comment il lui témoignerait son affection. Il avait préparé le rituel avec soin. Et il avait rêvé de la Sainte Vierge. Marie, rayonnante. Sans faille. Parfaite. Se pouvait-il qu'il eût enfin rencontré une femme à son image ? Il avait dû se retenir pour ne pas pleurer de joie.

Pourtant, la première réaction de son élue l'avait chagriné. Avait-elle besoin de toutes ces manières, de toutes ces simagrées ? C'était elle qui l'avait forcé à venir ! Elle n'avait pas le droit de le décevoir.

Un moment, il avait failli se fâcher pour de bon. Mais peut-être, avait-il songé, serait-elle purifiée par le rituel. Et quand il l'avait vue parée, sa beauté l'avait de nouveau ébloui. Les lourds bijoux soulignaient la finesse de ses traits ; l'éclat de l'or et des pierres précieuses rehaussait le lustre de ses cheveux et la brillance de ses prunelles.

Non, elle n'était pas comme les autres ! Il avait alors décidé d'accepter ses caresses et d'y répondre de son mieux. L'union de leurs corps serait parfaite — tout comme celle de leurs âmes, pures et harmonieuses, semblables à ces voix célestes qu'il entendait parfois...

Imbécile !

Tout ce qu'elle voulait en réalité, c'était l'attirer dans son piège. A quel moment m'en suis-je aperçu ? se demanda-t-il.

Ses pensées se brouillèrent. Il s'assit sur son lit, se prit la tête entre les mains et fixa l'obscurité d'un air éperdu.

Son corps se souvenait. C'était humide et visqueux. Il s'y enlisait comme dans un marécage. Un gouffre ! Pourrait-il seulement en émerger ?...

C'est alors qu'il avait senti le corps de la femme bouger sous lui. Une panique mêlée de dégoût l'avait submergé. La chair molle, moite, menaçait de l'aspirer tout entier comme une vase épaisse. Et cette répugnante mollesse gagnait son propre corps...

Il ne fallait pas qu'elle bouge.

Il avait tenté de l'immobiliser en l'écrasant de tout son poids. Mais elle avait continué à remuer, tandis que lui s'engluait lentement, irrémédiablement. Quelques instants encore, et elle aurait happé sa proie...

D'un geste brusque, il lui avait encerclé le cou. Ses doigts s'étaient enfoncés dans la chair tiède et flasque. Surmontant sa répugnance, il avait serré, serré... Enfin, sentant la nausée refluer, il s'était écarté du corps avachi, inerte. Alors qu'il se relevait en titubant, il avait jeté un dernier regard sur la femme. Dire qu'il avait pu la trouver belle ! Maintenant qu'il lui avait arraché son masque, elle montrait son vrai visage — hideux, boursouflé, marqué par le péché et la mort.

... Ce souvenir lui souleva de nouveau l'estomac. Il chercha à tâtons la coupe d'eau fraîche qu'il laissait pour la nuit sur sa table de chevet, y trempa son mouchoir et s'humecta le front. La prochaine fois, se promit-il, il saurait reconnaître une ondine.

CHAPITRE V

Le lendemain, Artem se réveilla tard, se sentant fort mal en point. Le visage d'Anna l'avait hanté toute la nuit. Il avait aussi rêvé d'une autre femme, une inconnue aux cheveux clairs et au sourire qui creusait deux charmantes fossettes dans ses joues rondes. Il ne parvenait pas à se souvenir de ses traits, mais une vision d'horreur apparaissait sans cesse dans son esprit : la jolie blonde renversait la tête, ouvrait la bouche dans un hurlement muet, tandis que deux mains aux doigts forts comme des crochets d'acier se tendaient vers son cou. Lentement, le visage virait au violet ; les yeux roulaient dans leurs orbites et devenaient vitreux ; une langue noire et enflée sortait des lèvres bleuies...

Cet inexplicable cauchemar lui avait donné des sueurs froides et une violente migraine.

Il s'extirpa de son lit et alla chercher sur l'étagère un gros flacon de terre cuite. Celui-ci contenait l'unique remède contre ses maux de tête — une potion aux graines de pavot. Il en avala deux longues gorgées puis se frotta vigoureusement les tempes. Peu à peu, la douleur s'estompa, remplacée par la sensation familière de lucide légèreté. Le sombre pressentiment qui l'habitait depuis son réveil finit par se dissiper.

Les cloches de la cathédrale du Saint-Sauveur venaient de sonner dix heures. Le droujinnik se souvint que les « adieux aux ondines » devaient commencer sous peu. Voilà qui expliquait le silence dans la chambre de Philippos : il avait dû rejoindre ses amis dans la cour. Les habitants de la ville allaient se rassembler devant le palais, avant d'accompagner les cinq élues jusqu'à la berge de la Desna. C'est là que se déroulerait le rituel de l'habillage des ondines par lequel débutait la fête.

Artem se rafraîchit à la hâte le visage et le cou, enfila une tunique propre, puis choisit un caftan de soie bleue et un couvre-chef assorti. Dehors, ne voyant aucun domestique, il alla lui-même aux cuisines et ordonna qu'on lui serve le repas du matin sous la tonnelle du jardin.

Un peu plus tard, il rejoignit l'avant-cour. Une foule joyeuse l'emplissait, entourant un impressionnant cortège. En tête se tenaient les jeunes filles qui allaient représenter les ondines. Tout de blanc vêtues, leur longue chevelure dénouée, elles avaient les épaules enveloppées de châles couverts de broderies symboliques : Lada, la déesse de la fertilité, montrait les récoltes qui poussaient à ses pieds, tandis que deux cavaliers maintenaient au-dessus d'elle le disque solaire. Derrière les ondines, les vieillards les plus respectés de la ville, l'air ragaillardi, l'œil pétillant, s'apprêtaient à jouer leur rôle d'arbitres lors des joutes sportives. Participants et spectateurs s'alignaient à leur suite dans un brouhaha de conversations et d'éclats de rire.

Artem examina les cinq élues, reconnaissant parmi elles Laska, la rousse aux allures provocantes qu'il avait rencontrée chez Ratmir. Elle bavardait avec ses compagnes — une ravissante petite brune aux formes épanouies, une blonde au visage rond et souriant, tout en fossettes, et une jeune fille grande et svelte, aux cheveux châtains, qu'Artem voyait de dos. Quelques garçons, qui n'avaient pas encore pris place dans le cortège, se pressaient autour des ondines en échangeant des commentaires admiratifs à mi-voix. Apparemment, c'était la belle rouquine qui suscitait le plus d'admiration. Le col de sa tunique était ouvert jusqu'à la naissance de ses jeunes seins fermes ; le fin tissu de lin soulignait la souplesse et la grâce de ses gestes. Consciente de son succès, elle riait très fort, imprimant un mouvement sensuel à ses épaules et renversant en arrière sa belle chevelure aux teintes dorées.

Anna se tenait un peu à l'écart de ses compagnes. Elle gardait le silence et semblait indifférente aux marques d'attention des garçons. Son expression grave, un peu mélancolique, lui donnait un charme particulier — plus subtil, mais tout aussi irrésistible que l'éclatante beauté de Laska. Le droujinnik se sentit de nouveau troublé. Évitant de croiser son regard, il fixa la voisine d'Anna, la blonde potelée. Il eut l'étrange impression d'avoir déjà vu ce joli minois souriant, cette cascade de boucles claires tombant sur les épaules rondes... Et soudain, l'inconnue de son cauchemar nocturne resurgit dans sa mémoire.

Fronçant les sourcils, il tenta de secouer la sensation pesante de menace qui l'avait envahi. Il n'y avait aucun rapport entre cette jeune beauté et la terrifiante vision qui le hantait. En revanche, pas plus tard que la veille, on lui avait signalé une disparition... S'il s'assurait que la femme du marchand Frol était saine et sauve, peut-être parviendrait-il à chasser son malaise.

Il chercha Philippos des yeux. Comme il fallait s'y attendre, le garçon s'était faufilé parmi les admirateurs des ondines et se trouvait non loin d'Anna. Le droujinnik l'appela discrètement.

— Je voudrais vérifier quelque chose, lui dit-il. Va chez le drapier Frol, qui habite à l'entrée du quartier de sa corporation. Tu lui demanderas si sa femme Eudoxie est bien rentrée chez elle. Cours vite ! Tu as le temps de revenir avant le début de la procession.

Philippos haussa les sourcils d'un air intrigué, lança un coup d'œil vers Anna puis, sans perdre de temps en questions, fila comme une flèche.

Pendant qu'il attendait, Artem repéra dans le cortège Ratmir, le peintre Kostas, et même le Garde des Livres, sans doute poussé par le désir de surveiller ses deux filles. Le droujinnik songea que, au lieu de gagner son cabinet de travail, il ferait mieux de rester dans la foule. Celle-ci réunissait la fine fleur de la capitale ; il y avait toutes les chances que le mystérieux amant de Sofia s'y trouve, ainsi que le voleur du coffre. A ce stade de l'enquête, il tirerait sûrement meilleur profit de son don d'observation que de ses capacités d'analyse.

Au moment où la princesse, qui avait décidé d'assister à la fête, donnait le signal du départ, Philippos réapparut aux côtés du droujinnik.

— Frol m'a chargé de te présenter ses excuses, lança-t-il d'une voix essoufflée. Il a fini par retrouver sa femme – ainsi que la recette de la matinée — dans son magasin. Ce sont ses propos exacts... J'ignore de quoi il retourne, ajouta-t-il d'un air hésitant, mais le marchand m'a semblé anxieux et préoccupé malgré cette bonne nouvelle.

— Eudoxie est saine et sauve, le reste ne nous regarde pas, répliqua Artem en rajustant affectueusement la petite chapka de Philippos. Va rejoindre tes amis !

Le cortège s'ébranla et, conduit par des garçons à cheval, franchit lentement le portail. Sur la place du Marché, les habitants de la ville qui n'avaient pas pu pénétrer dans la résidence s'y joignirent ; d'autres venaient compléter les rangs à mesure que la procession s'avançait vers la porte sud.

Ils suivirent d'abord la route de Kiev, dépassant le port et le chantier naval. Puis le défilé coupa à travers bois pour déboucher sur la berge en pente douce de la Desna. C'était le lieu habituel des baignades. L'herbe drue laissait place par endroits au sable mêlé de cailloux ; une grosse pierre marquait l'endroit où l'on pouvait entrer dans l'eau sans danger.

Le rituel de l'habillage des ondines commença. Les jeunes filles se séparèrent des garçons pour former un demi-cercle, fermé du côté des spectateurs et ouvert sur le fleuve. Les cinq élues se placèrent au milieu. Un vieillard, dont la barbe blanche comme neige tombait jusqu'aux genoux, se détacha de la foule. Il conduisait cinq garçons déguisés en chevaux. Artem savait que le cheval figurait l'apogée de la course du soleil durant l'été, mais c'était la première fois qu'il admirait de près la belle tête de l'animal : fabriquée en osier tressé, tendue de toile, chacune était peinte en jaune et en rouge orangé, avec de grands yeux mauves fendus en amande. Secouant leur longue crinière de paille, les chevaux hennissaient, frappaient du sabot et lançaient des ruades, au grand amusement du public. Trois musiciens vinrent s'asseoir aux pieds du vieillard ; à son signal, ils tirèrent un accord vigoureux des cordes de leurs gousli [1]. Les jeunes filles entonnèrent alors le chant traditionnel :

Là où les ondines sont passées
Secouant leurs longues manches,
Là le seigle pousse épais,
En lourds épis,
Bon à battre...

Tout en chantant, elles ouvrirent leurs jupes en éventail, formant un rideau qui cachait les cinq ondines. Ces dernières devaient se déshabiller entièrement et se jeter dans le fleuve. Après la baignade, elles porteraient des costumes fantastiques, cachés pour l'instant dans de grands paniers au milieu du demi-cercle.

Alors que les chanteuses imploraient le tsar des eaux de laisser ses filles au bon peuple de Tchernigov jusqu'à la nuit de la Saint-Jean, la plus courageuse des cinq, la petite brune, sortit toute nue de son abri derrière les sarafanes et courut vers l'eau en poussant des cris aigus. Elle fut saluée par de bruyantes acclamations et des éclats de rire. Les cris et les vivats augmentèrent quand ses quatre compagnes s'élancèrent à sa suite.

Artem, ému, regardait les ondines s'ébattre près de la berge. Elles rappelaient de jeunes animaux à la fois excités et affolés par le contact de l'onde fraîche. Il distin-

1. *Gousli* (s'emploie toujours au pluriel) : ancien instrument de musique russe à cordes pincées, de même type que la cithare, qui servait d'accompagnement à la voix. On le posait sur les genoux pour en jouer des deux mains.

guait à peine Anna parmi les gerbes d'eau qui scintillaient comme des myriades de diamants. Laska devait être la seule à savoir nager ; elle s'éloigna rapidement d'une cinquantaine de coudées vers le milieu du fleuve puis fit demi-tour. Ses compagnes sortaient déjà, se couvrant de leurs mains, avant de se cacher derrière le paravent de jupes.

Enfin, les ondines apparurent dans toute leur splendeur. Feuilles et tiges entrelacées, rameaux, roseaux, vigne vierge les habillaient, et des couronnes de pensées, marguerites, bleuets, pâquerettes leur ceignaient le front. Guirlandes d'absinthe et de menthe, bouquets de thym et de basilic ornaient leur poitrine ; une ceinture de marjolaine serrait leur taille ; un collier en grains de gui pendait à leur cou. Toutes les odeurs, couleurs, saveurs de la Saint-Jean consacraient cette tenue féerique.

En apercevant Anna, le droujinnik eut le souffle coupé, tant elle lui parut ravissante. Ses cheveux mouillés frisaient plus qu'à l'habitude, et un nuage de boucles brunes auréolait son visage fin. Sa robe de feuillage laissait les bras nus et les jambes découvertes jusqu'aux genoux. Le lustre des feuilles soulignait la douceur de sa peau. Quoi d'étonnant si les popes fulminaient contre ce rite et criaient à la vertu outragée ? Nul homme ne saurait résister au charme si impudique — et si innocent — des ondines.

A présent, chaque spectateur pouvait participer à la cérémonie en piquant une fleur dans la robe de sa préférée. Les garçons se mirent à défiler devant les cinq fées. Certains portaient de petits bouquets préparés à l'avance, d'autres choisissaient les fleurs parmi celles qui s'entassaient dans des paniers aux pieds des ondines.

Artem vit Philippos prendre une marguerite et l'accrocher timidement à la poitrine d'Anna. Iann le remplaça ; genou en terre comme pour rendre hommage à une princesse, il attacha à la ceinture de la jeune fille quelques Ivan-et-Maria, étranges fleurs jaunes et mauves. Soudain, Anna leva la tête, et le droujinnik croisa son regard. Il eut l'impression d'y déceler un reproche muet. L'instant d'après, Anna répondait à Iann en lui souriant tendrement.

Cependant, les jeux et les joutes sportives allaient commencer. Philippos s'inscrivit aux courses de chevaux et aux autres épreuves équestres. Les spectateurs se divisèrent en deux groupes, les uns se dirigeant vers les bois, les autres vers un grand pré où paissait un troupeau de chevaux. Artem suivit ces derniers.

Regarder Philippos disputer la course, puis accomplir des sauts périlleux en selle sur sa monture fit presque oublier au droujinnik la véritable raison de sa présence à la fête. C'était la première fois que Philippos participait aux épreuves d'adultes, dans une grande ville ! Certes, l'armée du prince et ses meilleurs cavaliers n'étaient pas là, mais Artem se sentit fier comme un paon quand Philippos fut proclamé vainqueur de la compétition. En même temps, Iann triomphait dans celle du tir à l'arc. Les deux amis rayonnaient de bonheur. Le droujinnik félicita le scribe et assena à Philippos une bourrade amicale entre les omoplates. Devançant les autres, ils se dirigèrent vers la forêt.

Lorsqu'ils atteignirent la grande clairière, le soleil brûlant était au zénith. On s'apprêtait à désigner la princesse des ondines, celle qui s'était montrée la meilleure danseuse et avait reçu le plus de fleurs en hommage à sa beauté. Le vieillard à la barbe majestueuse annonça le nom de la gagnante : Laska.

On l'acclama bruyamment, avant de la coiffer d'une belle couronne de coquelicots et d'églantines. Iann haussa les épaules d'un air scandalisé. Philippos lui aussi bouillait d'indignation. Ils se consultèrent du regard et s'empressèrent de rejoindre Anna.

Vint le moment de la pause. Les joueurs essoufflés et leurs admirateurs se dispersèrent dans la clairière. Certains sortaient de leurs balluchons du pain, des noix, de petits pots de miel, invitant à se restaurer ceux qui n'avaient rien apporté.

Artem s'avançait d'un pas nonchalant, souriant aux

uns, adressant un mot aimable aux autres, tout en étudiant les visages et en captant les conversations. Plus que jamais il avait l'œil aux aguets, le nez au vent, l'oreille aux écoutes.

Sergios, cramoisi par cette chaude journée ensoleillée, quitta la clairière pour chercher un peu de fraîcheur — ou bien pour espionner Anna et Borka. Ratmir contait fleurette aux jeunes filles qui l'entouraient. Assis à l'écart, le médecin Manouk contemplait d'un air fasciné le galant boyard et ses jolies compagnes.

Curieusement, Laska n'était pas du nombre. Belle comme la déesse du printemps, elle flânait paresseusement entre les gens, accueillait les hommages, répondait par une œillade langoureuse ou un sourire aguichant. C'était la tentation faite femme qui ne dédaignait aucune proie : garçons ou vieillards, Laska les voulait tous à ses pieds. Elle apostropha au passage le timide Manouk qui rougit et bredouilla quelques mots inaudibles, puis vint se camper devant Artem.

— Eh bien, boyard, quel est l'esprit maléfique coupable de la disparition du coffre ? lui demanda-t-elle.

Depuis que, la veille au soir, les hérauts publics avaient annoncé une récompense pour toute information permettant de retrouver le voleur et son butin, la ville entière n'avait que cela à la bouche.

— Sûrement une ondine ! répliqua le droujinnik avec un sourire.

Laska éclata de son rire argentin.

— Les ondines s'intéressent aux beaux gaillards et non à l'or, répliqua-t-elle. Cela dit, cent belles grivnas sauraient amadouer la plus cruelle d'entre nous. Par le Christ, j'aimerais connaître le voleur ! Il m'offrirait de magnifiques bijoux, des peignes incrustés de nacre...

— Espèce de petite dévergondée ! l'interrompit une voix acariâtre. Comment oses-tu évoquer ainsi le drame funeste qui a frappé la cour ?

Artem se retourna pour découvrir le trésorier Trofim. Il n'aurait jamais imaginé que cet homme grincheux fût capable de s'intéresser aux réjouissances populaires. Son costume — l'inévitable bonnet pointu et le riche caftan de brocart — contrastait étrangement avec les vêtements d'été de la foule.

— La belle affaire ! fit Laska avec un geste dédaigneux. Le prince possède bien des trésors. Un peu plus, un peu moins... D'ailleurs, ce fameux drame ne t'a pas empêché, *toi*, d'accourir ici lorgner les filles !

Trofim blêmit sous l'offense. Il ouvrit la bouche, mais pas un son n'en sortit. Enfonçant son couvre-chef jusqu'aux sourcils, il cracha par terre et s'éloigna, lançant à Laska des coups d'œil furieux par-dessus son épaule. A cet instant, Guita, installée en compagnie de ses dames d'atour, fit appeler la princesse des ondines afin de la féliciter.

De nouveau seul, Artem reprit le cours de ses pensées. Quand Laska l'avait abordé, il réfléchissait au mystérieux amant de Sofia. Celui-ci était sûrement un personnage en vue, un habitué de la cour. La veuve ne fréquentait guère que les églises et les monastères ; c'était donc au palais qu'elle avait rencontré son séducteur. En ce moment, l'assassin se trouvait certainement dans cette clairière, sous les yeux mêmes du droujinnik !

Avec ses trente étés et sa beauté mûre, Sofia paraissait vieille aux garçons tout juste sortis de l'enfance, mais les hommes plus âgés devaient se sentir très attirés par elle — sans doute davantage que par des jeunes filles à peine épanouies. Sergios, son robuste corps de bon vivant éprouvé par la longue abstinence à laquelle le contraignait l'éducation de ses filles, avait pu succomber aux charmes de Sofia. Trofim n'y était sûrement pas resté indifférent — alors que la grâce d'une Laska le laissait de marbre. Il y avait aussi, et surtout, Ratmir.

Ce coureur de jupons était suspect à plus d'un titre ! Et pourtant, rien ne permettait de l'accuser. Dans l'affaire du trésor disparu, les interrogatoires de la veille avaient démontré que, pas plus que Ratmir, visiteurs et habitants du palais ne pouvaient prouver leur innocence, chacun ayant passé seul l'heure de la sieste. Quant au meurtre de Sofia, un argument important pouvait témoigner pour ou contre le boyard. Si la jolie veuve avait été tuée par un fou, Ratmir était la dernière personne qu'Artem imaginait dans ce rôle. Inversement, si le message laissé par l'assassin était une diabolique astuce, Ratmir figurait en tête de la liste des suspects.

Celle-ci comprenait également Kostas. Tout raffiné qu'il fût, il devait apprécier la beauté sensuelle de Sofia.

Artem chercha le peintre des yeux. A sa surprise, il le découvrit engagé dans une conversation animée avec les « inséparables », à l'autre bout de la clairière. Artem le voyait de dos. Kostas accompagnait son discours de gestes gracieux, quoiqu'un peu maniérés. Son corps long et souple semblait habité par une émotion intense. Anna, les joues roses d'excitation, buvait ses paroles.

Le droujinnik ressentit une bouffée de colère. Le peintre comptait près de quarante étés ! N'avait-il pas honte de tourner la tête à une pucelle qui n'en avait que dix-sept ? Et Anna ? Encore la veille, elle trouvait le peintre répugnant — et voilà qu'elle le regardait avec adoration. A quoi tenait ce soudain changement d'attitude ? L'admiration des jeunes garçons comme Iann et Philippos ne lui suffisait-elle donc pas ?

Prenant un air détaché, Artem se dirigea vers le groupe. S'il surprenait Kostas en train de conter fleurette à Anna, il dirait au peintre ses quatre vérités ! Cela pourrait éviter à la fille de Sergios de commettre une bêtise irréparable.

Il était au milieu de la clairière quand Kostas s'éloigna des jeunes gens. Aussitôt accaparé par Laska, il lui donna le bras et la conduisit vers sa « table » — une serviette étendue sur l'herbe, où étaient disposés quelques mets très simples. Deux adolescents, sans doute les apprentis de Kostas, se poussèrent pour ménager une place aux nouveaux arrivants, tout en jetant à Laska des coups d'œil enflammés.

Quant aux « inséparables », ils s'étaient engagés dans les bois. Artem quitta la clairière et s'avança silencieusement sous le couvert des arbres, cherchant à se rapprocher des quatre amis. Quelques instants plus tard, il reconnut la voix grave d'Anna, puis celle de Philippos :

— Je me fiche de ce que raconte Kostas ! s'écria celui-ci. Un symbole peut aussi avoir des propriétés magiques. La preuve : le talisman d'Artem, qu'il a hérité de ses ancêtres varègues. C'est une pierre grande comme un quart de paume, très lisse, avec un bonhomme gravé dessus. Sa tête a la forme d'une coupe : ça veut dire qu'il faut ouvrir son esprit pour capter et déchiffrer les vibrations du ciel.

Artem distinguait maintenant à travers les feuilles la blancheur des bras et des jambes nus d'Anna et les taches colorées des fleurs qui ornaient son costume. Les silhouettes de ses amis se profilaient autour d'elle. Philippos gesticulait furieusement. Amusé, le droujinnik s'adossa au tronc d'un pin pour écouter la suite de la conversation.

— Rien ne m'empêche de fabriquer un tel talisman, remarqua Iann. Il suffit de choisir un galet bien lisse et d'y faire graver un symbole.

— Tu n'as rien compris ! s'indigna Philippos. Celui-là est unique. Il a des pouvoirs surnaturels — tout comme la poudre que je tiens de feu ma mère. Si on en jette une pincée dans les flammes, on découvre la face cachée des choses. C'est ce que cherche Artem quand il consulte son talisman.

— On ne s'occupe pas d'énigmes criminelles, nous ! intervint Anna. Alors, quel intérêt ?

— As-tu entendu parler du fabuleux trésor qu'on peut déterrer dans la forêt, la nuit de la Saint-Jean ? demanda Philippos d'un ton solennel.

— Une belle fable, oui ! rétorqua Anna. Il faut paraît-il cueillir d'abord la fleur de la fougère. Seulement, comme par hasard, personne n'a encore déniché cette fleur !

— Ce n'est pas en se moquant des mystères qu'on parvient à les percer, objecta Philippos. Écoutez tous : la nuit de la Saint-Jean, les plus braves s'aventurent dans la forêt en quête du trésor enfoui sous terre. Ils cherchent la fougère qui cache un unique bouton apparu le soir même. Le chanceux qui y parvient trace un cercle tout autour et prononce une formule magique qui éloigne les esprits du mal. A minuit pile, une fleur écarlate s'épanouit au milieu des feuilles. Son éclat est vif et lumineux comme une flamme...

— Je connais la suite, l'interrompit Iann. Il faut vite saisir la fleur sans sortir du cercle — sinon le Diable t'attrape ! Moi, je pense comme Anna. Même ceux qui croient à cette légende n'ont jamais rien trouvé.

— C'est parce que la fleur de la fougère est très rare ! protesta Borka avec fougue. Laissez donc Philippos terminer.

— Justement, ma poudre magique peut y conduire, déclara celui-ci. Dès qu'on tient la fleur flamboyante, les entrailles de la terre s'ouvrent et on entrevoit un fabuleux trésor : une montagne d'or, des pierres précieuses...

— Tiens, il pleut ! fit Anna.

Artem leva la tête. A travers la couronne du pin, il aperçut un gros nuage noir qui annonçait un de ces orages d'été aussi violents que brefs. Une goutte lui tomba sur la joue.

— Revenons dans la clairière, proposa Iann. On va se cacher sous le vieil orme, c'est le meilleur abri.

Un bruissement de branches annonça au droujinnik qu'Anna et Borka n'avaient pas attendu la suggestion de Iann. Les deux garçons coururent derrière elles, et Artem s'empressa de les suivre.

En attendant que passe l'orage, tout le monde s'était réfugié sous les arbres bordant la clairière. Toutes les ondines excepté Laska avaient troqué leurs robes de fées contre les fines tuniques blanches qu'elles portaient le matin. Certains spectateurs, dont Ratmir, étaient partis à la suite de Guita et de ses suivantes. Les autres, qui avaient envie de reprendre les jeux et de s'amuser tout leur soûl, lançaient des regards contrariés vers le ciel ténébreux.

Un éclair déchira la voûte sombre des nuages, suivi presque aussitôt d'un coup de tonnerre si retentissant que la terre sembla s'ébranler. L'averse s'abattit sur la forêt avec une violence soudaine. Abrité sous le vieil orme au feuillage touffu, Artem se laissa caresser le visage par le vent tiède. C'est en vain qu'il cherchait un peu de fraîcheur : malgré la pluie, il faisait une chaleur d'étuve.

Comme il s'écartait d'un groupe de jeunes gens qui discutaient bruyamment en bousculant leurs voisins, il se retrouva à deux pas de Iann et de Philippos. Absorbés par leur conversation, ils ne remarquèrent pas sa présence. Rien d'étonnant ! Les deux amis parlaient d'Anna.

— A mon tour de t'ouvrir mon cœur, déclara Philippos avec une émouvante gravité. Moi aussi, je l'aime... Attends, ne m'interromps pas ! Je vais être franc jusqu'au bout avec toi. Je veux l'épouser !

Iann fronça les sourcils. Puis son visage se détendit et il éclata de rire.

— Tu n'as que quatorze étés !

— Quatorze et demi, corrigea Philippos, avant d'ajouter : Quelle importance ? Ce qui compte, c'est de savoir lequel d'entre nous elle préfère. Si elle m'aime, elle attendra que je sois en âge de l'épouser.

— Moi, je n'attendrai pas, déclara Iann d'un ton ferme. J'espérais que dame Sofia parlerait à Sergios ; elle l'aurait fait tellement mieux que moi ! Maintenant qu'elle n'est plus, j'ai l'intention de demander moi-même la main de sa fille au Garde des Livres.

— Commence par demander l'avis d'Anna, répliqua Philippos avec obstination. On dirait que tu ne la connais pas ! Elle n'aimerait pas que...

Il se tut, fixant la clairière bouche bée. Iann se retourna vivement avant de s'immobiliser, aussi ahuri que Philippos. Artem jeta un coup d'œil dans la même direction... et se figea à son tour devant le spectacle qui s'offrait à son regard.

Au milieu de la clairière, sous la pluie torrentielle, se tenait Laska. L'eau inondait son visage, ruisselait le long de ses cheveux, plaquait sa robe verdoyante sur son corps. Chaque feuille tremblotait et scintillait sous la pluie, rappelant l'éclat argenté des écailles de poisson. Un sourire langoureux jouait sur ses lèvres entrouvertes. Fredonnant un air étouffé par l'averse, elle improvisait une danse très lente, qui n'en paraissait que plus provocante. Une sensualité animale imprégnait ses mouvements et émanait de sa silhouette, enveloppant les spectateurs fascinés.

Cependant, fleurs et feuilles se détachaient de son costume, emportées par l'eau. S'apercevant que sa robe se défaisait sur elle, Laska eut pour toute réaction un éclat de rire. Une jeune fille sortit de la foule et courut vers elle pour lui passer sa tunique de lin blanc. Laska enfila son léger vêtement mais refusa de se laisser entraîner vers les arbres. Imbibé d'eau, le fin tissu de sa tunique lui collait à la peau, moulant chaque courbe de son corps, exposant à tous les regards ses seins aux pointes fièrement dressées, sa taille svelte et souple, ses hanches pleines à l'arrondi parfait.

Le droujinnik détourna les yeux de l'image troublante et essuya la sueur qui perlait sur son front. Philippos et Iann, pâles d'émotion, retenaient leur souffle. Leurs voisins volubiles s'étaient également tus. Les femmes affichaient un air scandalisé, les hommes paraissaient ensorcelés. Laska, ivre de volupté, dansait sous la pluie...

L'assassin lui aussi mangeait des yeux ce corps sublime. La jeune fille lui tournait le dos. Sa longue chevelure mouillée, couleur des feuilles mortes, avait pris une teinte plus soutenue. Ses hanches se mouvaient avec une grâce envoûtante. Il était pétrifié de stupeur. Jamais il n'aurait cru qu'une telle perfection existât ! Assurément, il contemplait la femme idéale, merveille de pureté et d'harmonie.

À chacun de ses gestes, il éprouvait une étrange sensation, à la fois douce et pénible. Ses membres étaient engourdis, sa tête lourde. Si seulement il pouvait contempler de nouveau ces tendres seins, ce ventre rond et blanc... Comme si elle avait entendu sa prière silencieuse, elle se tourna vers lui.

C'est alors seulement qu'il aperçut la tache sombre au bas de son ventre. Sans qu'il sût pourquoi, elle fit naître chez lui un malaise. Il voulut baisser le regard mais en fut incapable. Cette tache était une souillure. Il pensa de nouveau aux feuilles mortes, pourrissantes... Était-ce possible ? Cette beauté sculpturale n'était donc pas parfaite ! La putréfaction l'avait atteinte, elle aussi.

Soudain, il eut l'impression que le triangle sombre s'animait, se mettait à grouiller. Il fixa avec répugnance la masse d'insectes agglutinés entre les cuisses de la femme. Les mouches ! L'odeur de la mort attirait ces sinistres bestioles nécrophages. Leur nombre semblait augmenter, se multiplier. Elles se répandaient dans tous les sens, s'envolaient en bourdonnant pour s'abattre de plus belle sur la peau blanche. Il aurait voulu les chasser... Mais non. Rien ne saurait sauver ce corps magnifique — et déjà en décomposition.

Un dégoût irrésistible monta en lui. Il haïssait cette sensation. La nausée ! Ce terrible vide au creux du ventre lui glaçait le sang et lui soulevait le cœur. Il baissa la tête, se retenant de vomir.

Quand il osa regarder de nouveau, le centre de la clairière était vide. Perplexe, il la fixa quelques instants. Il avait l'impression de s'éveiller d'un rêve qui s'était évanoui sans laisser de trace. Qu'est-ce qui avait bien pu le troubler tant ? Il n'en avait aucun souvenir. La pluie avait presque cessé, et un fragile arc-en-ciel était suspendu entre les nuages couleur de nacre. Non loin, quelques jeunes filles entouraient Laska, dont seule la tête était visible. Elle était en train de se changer. S'était-elle fait surprendre par la pluie ?... Pendant qu'elle enfilait un chemisier et une sarafane, ses compagnes pouffaient de rire. Il détestait ces petits gloussements. Ce que les femmes pouvaient être stupides ! Un rien les amusait.

Il inspira profondément. Pourquoi diable cette maudite nausée était-elle encore venue le tourmenter ?...

Dès que l'orage fut passé, Artem décida de se rendre chez Sofia afin de terminer son examen du lieu du crime. Il décida d'emmener Iann avec lui : le scribe connaissait bien la demeure, il s'apercevrait des détails insolites qui avaient pu échapper à Glacha.

Artem s'approcha des deux garçons à peine remis du choc provoqué par le spectacle des charmes de Laska. Feignant de ne pas remarquer leur mine embarrassée, il expliqua à Iann ce qu'il attendait de lui. Comme il fallait s'y attendre, Philippos insista pour les accompagner.

Sur place, ils furent accueillis par Glacha. La brave femme fondit en larmes en apercevant Iann. Le scribe lui aussi se retenait à grand-peine de pleurer. Il enlaça la suivante et la tint quelques instants dans ses bras en silence. Leur émotion était d'autant plus vive que l'enterrement de Sofia devait avoir lieu le lendemain.

C'est seulement lorsqu'Artem lui eut rappelé l'importance de leur visite que Iann parvint à se maîtriser et se concentra sur sa tâche. Le visage assombri, il emmena Artem et Philippos faire le tour de la maison. Il considéra avec tristesse la bibliothèque, vide : Sergios avait déjà transféré les manuscrits au Dépôt des Livres. L'inspection des autres pièces ne révéla rien de suspect.

En dernier, ils pénétrèrent dans la chambre. Sofia, indisposée, y avait reçu Iann deux ou trois fois en compagnie de Glacha. Artem n'en espérait pas tant ! Il recommanda au scribe d'étudier la pièce avec une attention particulière. Au bout d'un instant, le garçon s'arrêta devant le coin aux images saintes et poussa une exclamation de surprise.

— Cette icône n'était pas là, déclara-t-il en désignant une représentation de la Vierge. Du moins n'était-elle pas là quand je suis venu ici il y a une lune. Il faudra que Glacha précise d'où elle vient.

Mais il s'avéra que la servante n'avait même pas remarqué cette nouvelle pièce qui s'était ajoutée aux autres. Les garçons échangèrent un regard dépité.

— A trois, nous saurons peut-être faire parler cette belle icône, les encouragea Artem.

En réalité, il comptait davantage sur ses jeunes compagnons que sur lui-même. Iann avait beaucoup appris sur les images saintes au contact des enlumineurs de la bibliothèque, et Philippos connaissait bien l'art byzantin grâce à feu sa mère, une Grecque érudite. Le droujinnik, lui, fut intrigué par un détail qui n'avait aucun rapport avec le noble art de la peinture : les deux cierges, fixés sur d'élégants supports en argent attachés au châssis, étaient neufs. On n'avait dû les allumer qu'une seule fois.

— Cette icône est de fabrication récente, annonça le scribe. On le voit à la brillance des couleurs.

— C'est du travail grec, ajouta Philippos.

— Et elle vient de Tsar-Gorod, précisa Iann.

— A quoi vous le reconnaissez ? s'étonna Artem. Il n'y a aucune inscription !

— A ce bleu saphir, dont les Grecs ont le secret, expliqua le scribe. Mais aussi aux dorures : elles ont été faites après le tableau, alors que les Russes commencent au contraire par les nimbes.

— Et puis, regarde le geste de la Sainte Vierge, se hâta d'intervenir Philippos. On dirait qu'elle étend son voile sur nous pour nous protéger. On la peint souvent de cette façon à Tsar-Gorod, depuis que l'icône de l'église des Blachernes a sauvé la ville assiégée par les Agariens [1]. C'est la Vierge de l'Intercession.

Apparemment, les deux amis avaient épuisé leur savoir. Un long silence s'ensuivit, pendant lequel Artem étudia l'œuvre une nouvelle fois.

— Je vous remercie, les garçons, déclara-t-il enfin. Vous m'avez beaucoup aidé.

— Pas autant qu'on aurait voulu, soupira Philippos. Admettons que dame Sofia ait acquis, peu avant sa mort, une belle icône byzantine. Je suppose que tu voudrais interroger celui qui la lui a vendue. Autant chercher une aiguille dans une botte de foin !

---

1. Nom donné par les Byzantins aux musulmans (de Agar, servante d'Abraham et mère d'Ismaël) qu'ils combattaient.

— Je me suis déjà piqué avec cette aiguille-là ! répliqua Artem avec un sourire malicieux. Je pense savoir où la trouver.

Philippos et Iann échangèrent un coup d'œil stupéfait.

— Et c'était juste, ce qu'on a dit ? demanda le scribe avec curiosité. C'est bien de Tsar-Gorod qu'on a ramené l'image sainte ?

Le sourire du droujinnik s'épanouit.

— Ce que vous m'avez appris est tellement juste que moi aussi, je peux maintenant apporter une précision. L'icône vient de Tsar-Gorod. Mais c'est à Tmou-Tarakan qu'elle a été achetée avant d'aboutir ici.

Un quart d'heure plus tard, Artem frappait au portail surmonté de l'aigle de marbre. Il avait aperçu Ratmir quitter la clairière avant l'orage et il espérait que le boyard était chez lui.

Celui-ci vint lui ouvrir en personne. Il salua cérémonieusement Artem, tout en le dévisageant d'un air un peu ironique.

Alors qu'ils se dirigeaient vers la grande salle, ils croisèrent la vieille nourrice. Elle gratifia le droujinnik d'un regard encore plus hostile que la fois précédente. Son attitude semblait amuser Ratmir ; réprimant un sourire, il lui ordonna d'apporter de l'hydromel frais.

Installés devant leurs coupes, ils attendirent que la servante eût refermé la porte derrière elle.

— Que me vaut le plaisir de te revoir ? demanda le boyard.

— Si plaisir il y a, il sera de courte durée, répliqua Artem.

— Ne crois pas ça ! J'apprécie la compagnie de toute personne qui aime l'art. Hier, tu as manifesté un intérêt sincère pour les belles pièces qui ornent ma maison...

— La seule pièce qui m'intéresse n'est plus chez toi. Tu l'as vendue peu après ton retour de Tmou-Tarakan.

— Je ne vois pas à quoi tu fais allusion, répondit Ratmir en haussant les épaules. Tous les manuscrits que j'ai rapportés de mon dernier voyage se trouvent en effet chez le Garde des Livres, mais nous ne sommes pas encore convenus du prix.

— Inutile de mentir ! coupa Artem. Tu as aussi ramené de cette ville voisine de Byzance une icône représentant la Vierge de l'Intercession, protectrice de Tsar-Gorod. Elle a été acquise par la boyarina Sofia, assassinée dans la nuit de dimanche à lundi.

— Dans la nuit ? s'exclama Ratmir, en proie à une vive agitation.

— En effet. Pourquoi n'as-tu pas informé le Tribunal de tes relations avec Sofia ?

— Une peur stupide m'en a empêché, avoua le boyard d'un air penaud. Comment pouvais-je savoir que plusieurs heures s'étaient écoulées entre ma visite et le meurtre ? Laisse-moi t'expliquer. Par le Christ, je n'ai rien à me reprocher hormis mon affolement !

Ratmir se passa la main sur le visage, avala une gorgée d'hydromel et commença :

— J'ai rencontré Sofia dans la bibliothèque du palais. J'étais venu demander au Garde des Livres s'il souhaitait me charger, pour le compte du prince, d'acquérir des manuscrits grecs à Tmou-Tarakan. Sofia m'a entendu parler du voyage. Elle m'a alors passé une commande personnelle : une belle icône de la Sainte Vierge, de facture grecque.

— On en trouve pourtant à Tchernigov !

— Selon ses propres paroles, elle désirait une œuvre provenant de la ville du basileus de tous les chrétiens. J'ai réussi à trouver exactement ce qu'elle voulait : une œuvre de parfaite qualité, peinte au célèbre monastère du Stoudiou, à Tsar-Gorod. A mon retour, j'ai averti Sofia. Elle m'a convoqué dans sa demeure dimanche soir et nous avons effectué la transaction à la plus grande satisfaction de chacun d'entre nous.

— A quelle heure t'es-tu rendu chez elle ?

— Tout de suite après le dîner. Je suis resté très peu de temps car Sofia semblait pressée.

— As-tu remarqué quelque chose d'inhabituel ?

— Ma foi, je la connaissais à peine... Pourtant, une chose m'a frappé. Je n'ai aperçu aucun domestique. C'est la boyarina elle-même qui m'a ouvert.

— Tu as essayé de la courtiser, n'est-ce pas ?

Ratmir lui lança un regard surpris.

— Je n'ai pas la prétention d'étendre mes conquêtes à toute la gent féminine, boyard. Je t'ai déjà parlé de mes préférences. Sofia ne m'attirait pas. Du reste, elle-même affichait la plus grande indifférence à mon égard.

Il avait dit cette dernière phrase avec un petit air perplexe, qui amusa Artem. Décidément, Ratmir se croyait irrésistible ! Toutefois, cette fatuité ridicule témoignait en sa faveur. Le criminel le plus froid et le plus calculateur n'aurait su jouer la comédie avec une telle perfection.

— Est-ce que tu as vu Sofia allumer les cierges ? demanda le droujinnik après un instant de réflexion.

Ratmir se gratta le menton d'un air hésitant.

— Je ne crois pas... Non, j'en suis sûr ! Elle ne les a même pas fixés en ma présence. Je l'ai aidée à installer l'image sainte dans le coin aux icônes, et j'ai aussitôt pris congé.

Artem se leva.

— Sais-tu que je pourrais t'arrêter dès maintenant pour avoir dissimulé des informations relatives à un meurtre ? demanda-t-il d'un ton sévère.

— N'ordonne pas de me châtier, mais ordonne de me pardonner, boyard ! s'écria Ratmir. Quand j'ai appris la nouvelle, une terrible frayeur m'a saisi. J'étais la dernière personne à avoir vu Sofia avant qu'elle ne succombe sous les coups de son meurtrier. Comment prouver mon innocence ? L'assassin pouvait avoir guetté mon départ, maquillé les indices... J'ignorais que de longues heures séparaient notre entrevue du funeste événement.

— Je te rappelle que le Tribunal t'interdit de quitter la

ville pendant la durée de l'enquête, déclara Artem en guise de réponse.

— Naturellement ! s'empressa d'acquiescer Ratmir. Si un détail me revient, je ne manquerai pas de te le communiquer.

— Je ne saurais trop te le conseiller, ponctua le droujinnik. Pour l'instant, rien ne m'empêche de penser que tu *es* le dernier à avoir vu Sofia vivante.

— C'est absurde ! s'exclama Ratmir en pâlissant. Ma nourrice peut confirmer...

Sans plus l'écouter, Artem le salua d'une légère inclination de tête et sortit.

Sur le chemin de la résidence princière, le droujinnik réfléchit aux nouveaux éléments dans l'affaire du meurtre. Il était temps de prendre quelques notes ; il décida de s'y consacrer sur-le-champ. Mais, dès qu'il eut franchi le portail, un garde accourut vers lui.

— Je t'attendais, boyard, lança-t-il avant de se figer au garde-à-vous.

En voyant son visage préoccupé, Artem se sentit une fois de plus envahi par une mauvaise prémonition. D'un geste, il autorisa le soldat à parler.

— Il y a une heure, le marchand Frol est arrivé, annonça celui-ci en baissant la voix. Il était dans tous ses états... Son épouse, Eudoxie, a été assassinée.

CHAPITRE VI

Accompagné de deux soldats qui portaient une civière formée de lanières de cuir et un drap de lin, Artem se rendit à la demeure de Frol. Une servante entre deux âges, aux yeux rougis par les larmes, ouvrit le portail. Laissant les gardes près de l'entrée, le droujinnik se dirigea seul vers la maison simple et solide, construite en madriers de chêne. Frol l'attendait sur le perron. Il avait un visage empreint d'une gravité de circonstance qui ne laissait rien transparaître de l'affliction sincère de la servante.

Artem lui présenta de brèves condoléances et demanda de le conduire sur les lieux du crime. Frol désigna un imposant hangar au toit d'étain, qui jouxtait la palissade.

— A quoi te sert ce bâtiment ? s'enquit le droujinnik pendant qu'ils traversaient l'avant-cour fraîchement balayée.

— C'est une de mes réserves. Les autres se trouvent à la limite du quartier des tisserands. Ici, j'entrepose toutes sortes de tissus — ce qui reste des plus grosses commandes. Tu ne peux t'imaginer ce que ça coûte, de satisfaire une importante clientèle comme la mienne !

— Mais si. Qui a découvert le corps ?

— Mon commis. Il a poussé des cris horrifiés, et je suis aussitôt accouru. Hélas ! Depuis hier, je sentais qu'un malheur allait arriver. Pourtant, lorsque ton fils est venu aux nouvelles ce matin, je n'ai pas jugé bon de t'alarmer, boyard — pas après ton avertissement concernant ces amendes monstrueuses qu'on paie si l'on ne dispose pas de preuves. Bien sûr, j'ignorais à ce moment-là que mes vauriens de domestiques avaient oublié de cadenasser l'entrepôt hier au soir. Tu me diras : rien n'a été volé...

— Je te prierai surtout de ne point parler sans que je t'y invite, coupa Artem d'un ton glacial.

Il vérifia que le cadenas suspendu sur la porte n'avait pas été forcé puis pénétra dans le hangar.

A l'intérieur, des rouleaux de tissu s'empilaient sur de larges tréteaux et sur les planches mal équarries du sol. Il s'avança entre les amoncellements de draperies vers la forme recouverte d'un drap, étendue au fond du bâtiment. Il ramassa sur le chemin une sarafane froissée, négligemment jetée à terre, ainsi qu'un châle à franges et deux chaussons de tille. Roulant les vêtements en boule, il les posa près du corps.

La lumière qui tombait de la lucarne percée sous le toit permettait un premier examen. En retirant le drap, le droujinnik réprima un frisson. Lui qui n'avait jamais cru aux rêves prémonitoires constatait avec désarroi que la victime ressemblait de façon troublante à la femme de son cauchemar nocturne.

Complètement nue, Eudoxie gisait sur le dos, bras et jambes écartés. Hormis les sinistres marques brunes sur son cou, de légères meurtrissures zébraient ses poignets. Les boucles blondes de sa longue chevelure défaite auréolaient son visage affreusement déformé. Ses yeux vitreux saillaient dans leurs orbites, et une grosse langue enflée sortait de ses lèvres noires. Une étroite écorchure lui traversait le front.

L'absence d'ecchymoses suspectes laissait supposer que la malheureuse n'avait pas été violentée. S'était-elle débattue avant d'être étranglée ? Le médecin saurait sans doute le préciser. Artem se pencha pour palper délicatement le cou et les bras de la jeune femme.

En se redressant, il contempla le cadavre une dernière fois. En dépit de l'horrible grimace qui la défigurait, on pouvait se rendre compte à quel point Eudoxie avait été séduisante. Ses formes, peut-être un peu trop épanouies pour une femme de son âge, mettaient en valeur la finesse de ses poignets et ses chevilles ; ses cheveux blonds comme les blés soulignaient la douceur de sa peau blanche. Belle comme un gâteau de Pâques, songea Artem tristement en se souvenant des propos de Frol. Son vieux grigou de mari lui faisait mener une vie impossible, ce qui expliquait ses écarts de conduite. Le dernier s'était révélé fatal.

— D'après la température et la rigidité du corps, Eudoxie est morte dans la nuit, annonça le droujinnik. Quand est-ce que tu t'es aperçu de son absence ?

— Dès que je me suis levé. J'ai pensé que ma femme était partie plus tôt pour le magasin. Pourtant, je me sentais inquiet. Comme je l'ai expliqué à ton fils, elle n'était pas rentrée déjeuner hier. J'ai dû aller la chercher moi-même à la boutique. A l'en croire, elle avait passé tout ce temps à vérifier les comptes. A d'autres ! Rien qu'à la regarder, je savais qu'elle mentait. Ce n'étaient sûrement pas les chiffres qui lui avaient donné ces yeux brillants et ce sourire béat ! Et je ne me suis pas gêné pour le lui dire...

Le drapier se mordit la langue et jeta au droujinnik un coup d'œil craintif. Manifestement, il ne détenait toujours pas de preuve de l'infidélité de sa femme.

— En venant ici, aurais-tu trouvé une paire de bracelets en forme d'anneaux ? demanda Artem.

Le marchand secoua négativement la tête. Soudain, il écarquilla les yeux puis se frappa violemment le front.

— Par la Sainte Croix ! Eudoxie les avait donc sur elle quand on l'a attaquée ! Et, bien sûr, le coquin les a emportés. C'était mon dernier cadeau à ma femme, précisa-t-il comme Artem l'interrogeait du regard. Tout à l'heure, j'ai vérifié le contenu du coffret à bijoux. Rien ne manquait excepté ces bracelets, mais j'ai cru qu'Eudoxie les avait rangés ailleurs.

A la demande du droujinnik, Frol décrivit les bijoux disparus. Il s'agissait de deux bracelets assortis, en argent et en émail — un ensemble de grande valeur, souligna le drapier. Ainsi qu'Artem l'avait deviné, il avait été acheté à Ratmir, qui l'avait rapporté de son dernier voyage.

En sortant de l'entrepôt, le droujinnik héla les gardes, leur ordonnant de transporter le corps à la chapelle mortuaire de la résidence princière et d'avertir Manouk qu'il pouvait procéder à son examen.

Frol l'invita à l'intérieur de la demeure mais Artem lui fit signe d'attendre. Il lui remit le paquet de vêtements et entreprit d'inspecter le sol autour de la réserve. Quelques instants plus tard, il poussa un grognement de satisfaction. L'objet qu'il cherchait gisait dans l'herbe, non loin de la palissade. Il le ramassa : c'était un fragment de bois résineux qui avait servi de torche. En réponse à sa question, Frol secoua la tête.

— J'ignore d'où elle vient, cette torche, mais pas de chez moi. Eudoxie et moi-même nous servons de bougies. Quant à mes gens, par mesure d'économie, je les oblige à utiliser de minces éclats de pin pour s'éclairer.

Dans la maison, le marchand conduisit Artem vers la grande salle. Il régnait une agréable fraîcheur dans cette pièce aux murs épais et au plafond bas. Épongeant son front moite, Artem s'assit sur un banc, le dos tourné à la fenêtre, et étala sur le plancher devant lui le châle, les chaussons et la sarafane d'Eudoxie.

Il s'agissait en fait d'une robe d'intérieur en fin tissu de lin. Les deux poches de la jupe toute froissée étaient vides. Le drapier, qui observait chacun de ses gestes, intervint d'un air penaud :

— N'ordonne pas de me châtier, mais ordonne de me pardonner ! Je n'ignore pas ce que le Tribunal exige en cas de meurtre. Aussi n'ai-je touché à rien... sauf pour les poches. Les objets qui s'y trouvaient ne représentent aucune valeur pour la justice.

— Laisse-moi en juger, répliqua Artem d'un ton cassant. Qu'attends-tu pour les apporter ?

Le drapier se précipita au-dehors.

Quand il revint, le droujinnik examina un petit mouchoir, quelques épingles à cheveux en cuivre et un lourd trousseau de clés.

— Es-tu sûr que tu n'as rien oublié ? demanda-t-il sévèrement.

— Boyard ! s'indigna Frol. Je n'ai pas hésité à te confier les clés de la maison que voici. Ce geste ne prouve-t-il pas ma bonne volonté ? Tout ce qui peut encore servir est devant toi. Il n'y a qu'un morceau d'écorce usagé que je voulais jeter. Ma femme y a griffonné un mot absurde...

— Misérable sot ! Tu as détruit un indice capital ! tonna Artem, se retenant de ne pas gifler le marchand. Je vais te faire condamner pour obstruction à l'enquête !

Frol roula des yeux épouvantés.

— Pitié, boyard ! gémit-il. Je l'ai encore, ce stupide gribouillis.

Il fouilla dans sa poche et finit par en sortir un petit carré d'écorce. Le droujinnik s'empressa de le dérouler. Un seul mot y était écrit en gros caractères inégaux : « Ondine. »

Le message de l'assassin de Sofia.

On l'avait tracé avec un instrument plus pointu que le stylet qu'on utilisait à défaut de la plume de roseau. Le meurtrier avait dû se servir de la pointe de son poignard — à moins que ce ne fût une épingle à cheveux.

— Qu'est-ce qui te fait croire que c'est ta femme qui a écrit ça ? demanda Artem.

— Eudoxie passait son temps à rêvasser — j'entends, quand elle n'était pas occupée à tourner la tête à quelque galopin, bougonna Frol, revenu de sa frayeur. Elle aimait évoquer le temps où elle était encore pucelle, en train de courir toutes les fêtes de la ville. Alors, pour les adieux aux ondines, je te laisse imaginer ! Elle aurait volontiers renoncé à sa condition de femme mariée pour aller se trémousser avec tous ces jeunes écervelés !

— Hier au soir, est-elle montée se coucher en même temps que toi ?

— Si seulement elle l'avait fait, il ne lui serait rien

arrivé. Mais elle avait une fois de plus cédé à son ridicule penchant pour la lecture. Son père lui avait appris à lire et à écrire — comme si les femmes avaient besoin de ça ! Je n'ai jamais encouragé cette dangereuse lubie, et je lui interdisais de pénétrer dans mon cabinet de travail. Ça a produit autant d'effet que l'eau sur les plumes d'un canard ! Le soir, elle prenait un de ces gros volumes qu'elle a hérités de son père pour venir s'installer dans la grande salle. C'est ici que je l'ai vue pour la dernière fois. Elle était assise là, à la table des banquets.

Artem s'approcha de la longue table d'aspect rustique. Les bancs qui servaient pendant les réceptions étaient rangés le long des murs. Un petit tabouret indiquait l'endroit où Eudoxie avait passé les derniers instants paisibles de son existence. Devant le siège, il trouva un petit chandelier de cuivre avec une seule bougie à moitié consumée, et un manuscrit en grec, *Les Aventures de Digénis Akritos*. Levant la tête, il regarda pensivement vers la fenêtre en face de lui. Eudoxie avait préparé avec soin son dernier rendez-vous galant. Alors que son mari la croyait en train de lire, elle attendait son nouveau soupirant assise devant les volets ouverts... Au signal convenu, la jeune femme le rejoint. Celui-ci a sans doute eu le temps d'inspecter l'avant-cour et de repérer la remise ouverte. Il y entraîne Eudoxie — qui n'en sortira plus vivante.

Il se leva pour prendre congé quand Frol l'arrêta :

— N'ordonne pas de me châtier, mais ordonne de me pardonner ! Eudoxie est morte d'une méchante mort, et j'ignore toujours comment c'est arrivé. N'est-ce pas son amant qu'elle guettait pendant que moi, pauvre imbécile, je dormais sur mes deux oreilles ? Et n'est-ce pas enfin la preuve que la perverse créature me trompait ? Eudoxie avait une sœur ; je pourrais porter plainte et exiger un dédommagement à la famille...

— Il n'en est pas question, coupa Artem, écœuré. Certes, ton épouse connaissait son agresseur, ce qui a permis à celui-ci de l'attirer dehors. Peut-être même lui avait-il fait la cour auparavant. Mais il ne s'agit pas de son amant — en admettant qu'il existe. Autrement, elle n'aurait pas recouvert ses cheveux d'un châle.

Quitte à mentir par omission, le droujinnik était décidé à ne rien révéler à l'insupportable bonhomme sur la dernière aventure de sa femme. Eudoxie avait elle-même donné rendez-vous à l'homme rencontré au marché la veille, et c'est de son plein gré qu'elle l'avait suivi dans la remise. Mais vivre aux côtés de Frol et mourir de la main d'un assassin représentaient un châtiment plus que suffisant pour quelques incartades.

— C'est bizarre... Comment aurait-elle pu suivre si facilement un autre homme que son amant ? finit par dire Frol.

— L'homme connaissait sans doute ses points faibles — l'intérêt pour les récits divertissants, la passion des bijoux...

— Par la Sainte Trinité, je sais qui il est ! hurla le marchand. Le boyard Ratmir !

— Je comprends ton raisonnement, admit Artem. Toutefois, Ratmir n'est pas le seul à avoir courtisé Eudoxie. De même, les goûts de ta femme n'étaient un secret pour personne dans votre entourage. Laisse donc au Tribunal le soin de rechercher les suspects. Il ne s'agit plus de ta vie privée mais d'une affaire de meurtre.

L'air renfrogné, Frol obtempéra.

— Cet homme a volé deux bijoux de valeur, rappela-t-il après un silence. J'espère que je pourrai les récupérer quand tu l'arrêteras. Comment as-tu deviné que ma femme les avait sur elle ?

— L'agresseur a dû lui immobiliser les poignets. Les bracelets y ont laissé des marques. A propos, ajouta-t-il en se levant, à ta place, je ne compterais pas trop remettre la main dessus. Les malfaiteurs ont pour habitude de se débarrasser au plus vite des objets compromettants.

« J'en viens presque à le souhaiter », songea-t-il en quittant la demeure du marchand.

De retour à la résidence, il se rendit d'abord à la chapelle mortuaire. L'intérieur était brillamment éclairé par des torches fixées aux murs de brique nus. A côté de l'autel dissimulé derrière une rangée d'icônes se trouvait un tréteau recouvert d'un drap qui tombait jusqu'à terre. C'est là qu'on posait le corps du défunt, puis son cercueil, si la veillée funèbre avait lieu au sein du domaine princier.

Manouk venait de terminer son examen. Il fit son rapport en fixant son regard ambré, voilé d'un soupçon de mélancolie, tantôt sur le droujinnik, tantôt sur le corps de la victime. Ses conclusions confirmaient celles d'Artem. Eudoxie avait été étranglée immédiatement après s'être livrée à l'acte charnel. La mort se situait aux alentours de minuit. La jeune femme n'avait pas cherché à résister à son agresseur. A la grande déception d'Artem, les marques sur le cou ne fournissaient aucun indice : l'assassin avait les mains fortes, mais la grosseur de ses doigts et la forme de ses ongles auraient pu correspondre à une bonne centaine de personnes.

— Il y a deux détails qui m'embarrassent, déclara Manouk pour finir. Les zébrures sur les poignets et l'égratignure sur le front. Je n'arrive pas à déterminer leur origine.

— Je peux t'éclairer sur le premier point, répondit Artem.

Il lui parla des bracelets en forme d'anneaux avant de conclure :

— L'écorchure sur le front m'intrigue moi aussi. D'autant que Sofia en avait une également. Cette coïncidence n'est pas fortuite. C'est comme si...

Il se tut et réfléchit un instant.

— A propos de Sofia, ajouta-t-il, pourquoi n'as-tu pas mentionné l'autre jour ton commerce avec elle ?

Manouk parut troublé.

— Je... je le jugeais sans importance, balbutia-t-il. Je n'ai rencontré la veuve que quelques fois. Rien ne la distinguait des autres boyarinas à qui je fournis des préparations pour embellir leur apparence. Aurais-tu besoin de ma déposition ?

— Je te convoquerai si je l'estime nécessaire. Et Eudoxie ? La connaissais-tu ?

— A peine. Tu as mentionné tout à l'heure l'avarice de son époux ; cela explique sans doute pourquoi Eudoxie achetait ses pommades et onguents au marché, chez de modestes apothicaires. Les onguents coûteux que je fabrique étaient au-dessus de ses moyens.

Alors qu'Artem s'apprêtait à prendre congé, Manouk remarqua d'un air perplexe :

— Étrange créature, cette Eudoxie ! Telles que je connais les femmes, elles raffolent toutes des lotions et des baumes pour prendre soin de leur visage. Eudoxie, elle, se contentait de préparations fort médiocres, mais elle n'a pas hésité à dépenser une fortune pour une paire de bracelets émaillés ! Frol est un bonhomme des plus déplaisants, mais il a quand même offert ces bijoux à sa femme. Ce geste me le rend plus sympathique.

Le jeune Arménien se tut d'un air gêné, comme s'il regrettait déjà d'être sorti de sa réserve coutumière.

— Ce n'est pas auprès de moi que tu pourras améliorer ta connaissance de la gent féminine, grommela le droujinnik pour toute réponse.

Laissant le médecin ranger ses instruments, il referma la porte de la chapelle mortuaire et se dirigea vers le palais. Un pli soucieux lui barrait le front. Il songeait aux dernières paroles de Manouk. Ce n'était pas sa volubilité inhabituelle qui avait intrigué le droujinnik mais la teneur de ses propos. Plus tôt dans la conversation, Artem avait lui-même mentionné les bracelets d'argent travaillé, dernier cadeau de Frol. Mais à aucun instant il n'avait précisé que ces bijoux étaient recouverts d'émail peint. Comment Manouk pouvait-il connaître ce détail ?

Une autre pensée — ou plutôt une vague réminiscence — hantait son esprit. Peu après son arrivée à Tchernigov, en parcourant les archives du Tribunal, il était tombé sur deux ou trois affaires criminelles classées sans que le coupable fût arrêté. Artem avait l'intention de les étudier plus tard. Se pouvait-il que l'un de ces dossiers eût un lien avec les deux derniers meurtres ? Il décida d'en avoir le cœur net sur-le-champ.

Il se rendit en toute hâte dans la salle des archives du Tribunal. Quelques fonctionnaires, courbés sur leurs pupitres, consultaient les procès-verbaux des jugements récents et vérifiaient le montant de l'amende prévu par le Code. Le droujinnik renvoya d'un geste le préposé qui s'était précipité vers lui d'un air obséquieux. Les affaires classées se trouvaient dans d'énormes coffres cerclés de fer qui jouxtaient les murs, mais les documents qu'il souhaitait compulser n'étaient pas difficiles d'accès, rangés dans des récipients cylindriques en terre cuite avec les dossiers en cours.

Il s'installa devant un pupitre libre, humecta les rouleaux d'écorce avec une éponge et se mit à lire. Quelques instants plus tard, il poussa une exclamation de dépit. Le crime non élucidé qui l'intriguait présentait moins d'intérêt qu'il n'avait imaginé. Par acquit de conscience, il décida de noter les éléments les plus importants afin de les avoir sous la main en cas de besoin. Il appela le préposé, lui demanda d'apporter une bande d'écorce vierge et se mit au travail.

En sortant du palais, Artem tomba nez à nez avec Philippos. Tout excité, le garçon lui annonça qu'il avait recueilli des renseignements intéressants sur dame Sofia. En même temps, il adressa au droujinnik un regard suppliant. Il brûlait de curiosité d'en savoir plus sur le meurtre d'Eudoxie. Artem n'y voyait pas d'inconvénient. L'enquête venait de prendre une tournure nouvelle, et c'était le moment de trier les informations. Le jour déclinait mais la chaleur était encore étouffante. Ils se dirigèrent donc vers le jardin, commandant au passage de l'hydromel, du jus de groseille et de l'eau fraîche.

Quand le serviteur arrivé avec les boissons fut parti, Philippos s'exclama :

— Eh bien, cette fois, j'ai réussi à tirer les vers du nez à Glacha ! Les autres domestiques n'avaient pas grand-chose à raconter. Mais le garçon qui chauffait et préparait les bains pour Sofia a confirmé en gros ce que j'ai appris par la vieille suivante.

Philippos but une gorgée d'eau puis reprit :

— Sofia était tellement tourmentée ces derniers temps qu'elle s'infligeait des châtiments corporels. Glacha dormait à côté de la chambre de sa maîtresse. Une nuit, elle a été réveillée par des gémissements. Effrayée, elle est entrée chez Sofia et l'a trouvée en train de se fouetter ! Quand la boyarina l'a aperçue, elle a éclaté en sanglots et s'est écriée : « Ma pauvre Glacha, si tu savais comme je souffre ! » Puis elle a voulu porter la haire et le cilice par pénitence. A ses risques et périls, la vieille femme les a volés et détruits, et Sofia n'en a plus reparlé.

— Glacha n'a aucune idée de ce que sa maîtresse se reprochait ?

Philippos secoua négativement la tête.

— Elle avait l'impression que Sofia perdait l'esprit ! La nuit, la boyarina pleurait et voulait se punir. Le jour, elle envoyait chercher Manouk pour lui acheter baumes, pommades et lotions qui ne l'avaient jamais intéressée auparavant. Pourtant, elle n'osait pas fréquenter les apothicaires de la ville, sans doute par souci de sa réputation. A l'exception de Manouk, Glacha n'avait repéré aucun visiteur. Je ne parle pas des popes, moines, mendiants et autres pique-assiette qui assiégeaient sa demeure.

— Le médecin est resté très discret au sujet de ses entrevues avec Sofia, marmonna Artem.

— Est-il suspect pour autant ? Pour lui, il s'agissait d'une cliente, rien de plus. Quant à la veuve, elle gardait en sa présence son masque de prude et daignait à peine lever les yeux. Ce n'est pas pour lui qu'elle prenait des bains parfumés et se frottait la peau avec des onguents coûteux !

— En somme, observa le droujinnik, la pauvre femme était déchirée entre la crainte de succomber à la tentation et le désir de plaire. Plaire à qui ? Sur ce point, nous n'avons pas avancé d'un pouce. Et entre-temps, l'assassin a commis un nouveau meurtre !

Philippos le fixa avec des yeux ronds. Artem raconta alors tout ce qu'il savait sur l'assassinat d'Eudoxie.

— Le message laissé par le criminel prouve que nous avons affaire au même homme — l'amant de Sofia, déclara-t-il pour conclure. Nous ignorons toujours s'il s'agit d'une astuce pour brouiller les pistes ou d'un aveu authentique, mais je penche pour cette dernière éventualité — ce qui nous amène à reconsidérer le mobile. Dans le cas de Sofia, il faut tenir compte de la jalousie et peut-être de la cupidité, mais ces facteurs ne jouent qu'un rôle secondaire. La mort d'Eudoxie a révélé la véritable motivation de l'assassin : une perversion de l'appétit charnel.

Le droujinnik se tut, scrutant avec inquiétude le visage bouleversé de Philippos. N'aurait-il pas mieux valu, pour quelques étés encore, épargner au garçon la connaissance de cet aspect du Mal ? Comment, du haut de ses quatorze étés, saurait-il comprendre — et accepter — que le corps humain, merveille de la Création et siège de l'âme immortelle, fût aussi le lieu où les forces des ténèbres étaient les plus fortes ?

Philippos avait dû deviner l'embarras d'Artem et son hésitation à poursuivre. Il baissa les paupières et murmura :

— Je t'ai fort bien entendu. Cet homme ressent de l'amour mais, euh... c'est au moment de le manifester qu'il ne peut s'empêcher de tuer. Écoute, j'enquête avec toi sur cette affaire ou pas ? On doit se communiquer tout ce qui peut permettre de l'élucider. Je te préviendrai s'il y a quelque chose que je ne comprends pas... sauf que mon ignorance est bien moindre que tu ne l'imagines ! ajouta-t-il en rougissant.

Il était trop tard pour faire machine arrière. Artem se décida.

— Soit. Tu as mis le doigt sur le point essentiel. C'est au moment de s'unir charnellement avec la femme que le besoin de tuer prend le dessus chez cet individu. La plupart du temps, il parvient à dominer ses redoutables pulsions. Il donne le change à son entourage et mène une vie à peu près normale. Mais un incident survenu dans ses relations avec Sofia a réveillé ses goûts dépravés. J'ai bien peur que, tant qu'il restera en liberté, rien ne puisse refréner son instinct meurtrier. L'assassinat d'Eudoxie en est la preuve.

Philippos acquiesça en silence et réfléchit quelques instants.

— Contrairement à ce qui s'est passé avec Sofia, le meurtre d'Eudoxie a été prémédité, n'est-ce pas ? Je pense à la torche que tu as ramassée près du hangar.

— Un fou peut agir selon un plan soigneusement préétabli aussi bien que dans un soudain accès de rage, répondit Artem en tirant sur sa moustache d'un air songeur. J'avoue que cette torche me rend perplexe. Elle prouve surtout que l'assassin avait besoin de *voir* sa victime — comme si cette contemplation revêtait pour lui un sens particulier.

— Il avait sans doute l'intention de dépouiller Eudoxie des bijoux qu'elle portait, suggéra Philippos. C'est bien ce qu'il a fait, non ? À propos des bijoux... Figure-toi que le Garde des Livres a récemment acquis une paire de bracelets assortis en argent travaillé !

— Recouverts d'émail ? demanda vivement Artem.

— Je n'en sais rien. C'est Anna qui m'en a parlé. Elle les a découverts aujourd'hui même, en fouillant dans la chambre de son père. Il est d'ailleurs entré dans une colère noire ! Une fois calmé, il a avoué qu'il voulait les lui offrir à la Saint-Jean, et qu'il les avait cachés exprès dans le coffret à mouchoirs. Qu'en penses-tu ?

— Pourquoi Sergios aurait-il fait une promesse qu'il ne saurait tenir ? répliqua le droujinnik.

— Ça ne doit pas être les mêmes bracelets, ce serait trop beau, soupira Philippos. On a si peu d'indices ! Et l'icône grecque ? As-tu découvert la personne qui l'a vendue à Sofia ?

Artem lui résuma son entretien avec Ratmir, puis déclara :

— Le témoignage du boyard contient un détail déroutant : les cierges. Ils n'ont été allumés qu'une seule fois. Sofia l'aurait donc fait en présence de son amoureux, ou peu avant son arrivée.

— Et alors ?

— Voilà un geste curieux de la part d'une femme qui craint Dieu, mais qui s'apprête à commettre le péché de la chair ! En bonne logique, elle aurait dû attendre le départ de son amant pour « chasser les démons par la flamme bénie », comme on dit, et prier la Sainte Vierge de lui accorder le pardon.

— Peut-être ne craignait-elle plus le courroux divin, risqua Philippos.

Artem secoua la tête.

— Au contraire. Son désir même d'acquérir une image sainte, venue du centre de la chrétienté, témoigne de la ferveur de sa foi. A mon avis, c'est le meurtrier qui a allumé les cierges... ce qui est encore plus étrange ! Comment l'imaginer en prière et repentant — puis prenant la fuite avec les bijoux dérobés à sa victime ? En dehors des crises de fureur incontrôlable, les malades de son espèce agissent avec un bon sens extraordinaire.

— C'est décourageant ! s'écria Philippos. On a affaire à un fou qui est plus malin qu'un homme sain d'esprit, et des suspects à la pelle : Ratmir, Sergios, Kostas, sans parler des inconnus.

— Kostas ? s'étonna Artem.

— Selon la vieille suivante, Sofia passait des heures à la cathédrale. Pas en prière, mais à regarder les peintures de Kostas.

— Intéressant, acquiesça le droujinnik.

— Avant de rentrer, je suis passé jeter un coup d'œil sur les deux fresques, poursuivit Philippos. L'une d'elles représente un ange. Il a, comment dire... quelque chose de familier.

— C'est une œuvre admirable, confirma Artem. Moi aussi, j'ai eu cette impression. Mais si Kostas est mêlé à l'affaire des ondines, n'espère pas découvrir la preuve de sa culpabilité sous son pinceau ! Quelles que soient les passions qui le consument dans la vie, il devient un autre homme quand il peint.

— Un artiste aime tout ce qui beau... Et les deux femmes assassinées étaient belles !

La naïveté de cette remarque fit sourire le droujinnik.

— Quel homme resterait insensible devant une jolie femme ? Mais seul un fou la perçoit comme une menace — jusqu'à la prendre pour une ondine. Tiens, ta remarque m'a donné une idée. Il faut que je la vérifie.

Artem fouilla dans sa poche, en sortit ses notes prises aux archives du Tribunal et les consulta.

— Quel dommage ! s'exclama-t-il au bout d'un instant. Impossible de savoir si la fille assassinée était attirante. Il s'agit d'un meurtre commis il y a deux lunes dans le quartier de l'église du Vendredi-Saint, expliqua-t-il à Philippos. La victime était une jeune prostituée surnommée Douce, qui travaillait dans... hum...

— Une maison de plaisir, enchaîna Philippos. Ne me prends pas pour un enfant, voyons ! Par contre, comment ça se fait que ces maisons existent toujours malgré l'interdiction du prince ?

Le droujinnik haussa les épaules avec résignation.

— On les déguise souvent en salles de jeu ou autre chose. Le meurtre de Douce a entraîné la fermeture du tripot clandestin et l'arrestation de la tenancière. Mais je suis sûr que cette brave femme n'a eu aucun mal à s'acquitter de l'amende imposée par le Tribunal. Aujourd'hui, son établissement doit prospérer sous une enseigne différente, dans un autre quartier malfamé !

— Cette Douce, comment s'est-elle retrouvée dans ce bouge ?

— Personne ne savait son vrai nom ni d'où elle venait. La misère pousse souvent les jeunes filles dans le besoin, qui n'arrivent ni à se caser ni à trouver un travail, à pratiquer ce métier honteux. Donc, Douce a été assassinée. Étranglée. Au procès, ni Agraféna — la tenancière — ni les filles n'ont pu décrire le dernier client de la victime. Du reste, le crime avait pu être commis par un rôdeur, car la fenêtre de la chambre était grande ouverte. Faute d'indices, l'affaire a été classée.

— Demain matin, j'irai mener ma petite enquête dans le quartier du Vendredi-Saint, déclara Philippos d'un air déterminé. Le nom de la tenancière me permettra de retrouver sa nouvelle maison. Je parie qu'elle sera plus bavarde avec moi qu'avec les fonctionnaires du Tribunal !

Avant qu'Artem ait pu protester, des cris effrayés leur parvinrent de l'allée qui longeait le jardin. Ils se levèrent d'un bond pour se précipiter vers la sortie.

Une servante affolée poussait des hurlements auprès du Garde des Livres, inconscient, étendu par terre de tout son long. Le visage empourpré, il respirait avec difficulté et saignait du nez. A l'évidence, Sergios était victime d'une de ces crises fréquentes provoquées par son sang trop épais et trop abondant qui affluait au cerveau.

Un garde alarmé arriva en courant.

— Vite ! Tu vas m'aider à transporter le boyard dans sa chambre, lui ordonna Artem. Philippos, cours chercher le médecin.

Non sans peine, le droujinnik et le soldat réussirent à monter Sergios dans ses appartements au premier étage du palais et à l'allonger sur son lit. Sa tête retomba lourdement sur l'oreiller. Il était toujours évanoui.

Artem jeta un coup d'œil alentour. C'était la première fois qu'il se trouvait dans la chambre de Sergios. Il constata avec stupéfaction que cet homme, qui faisait régner un ordre parfait et une discipline de fer dans la bibliothèque, vivait au milieu d'un fouillis invraisemblable. Vêtements, manuscrits, documents isolés occupaient toutes les surfaces et s'empilaient dans tous les coins. La pièce n'avait sans doute pas été rangée depuis des semaines. Sergios devait interdire aux domestiques de s'approcher de ses précieux livres.

Manouk arriva d'un pas pressé, suivi de son assistant qui portait une cuvette. Il salua Artem et s'installa près du malade. Le droujinnik le regarda retrousser une manche de Sergios et découvrir un grand bras musclé. Le médecin s'empara de sa lancette et ouvrit la veine. Pendant que le sang s'écoulait dans la cuvette, il leva la tête et sourit au droujinnik.

— Il va bientôt reprendre connaissance. Heureusement, on m'a appelé à temps. La syncope aurait pu mal tourner. L'important, c'est d'évacuer au plus vite l'excès de l'humeur viciée.

Sergios remua. Il ne saignait plus du nez, et le droujinnik voulut lui essuyer le visage. Comme Manouk était occupé à comprimer le point d'entaille avec une serviette, Artem se pencha sur l'étui qui contenait les instruments du médecin et des bandes de lin propres.

Soudain, il eut une idée. Il fit le tour de la pièce, soulevant les vêtements éparpillés, et finit par trouver un petit coffret incrusté de perles de rivière. Les indications de Philippos s'étaient révélées justes : sous une pile de mouchoirs pliés se trouvaient deux bracelets d'argent. Un coup d'œil suffit au droujinnik pour constater qu'ils n'évoquaient en rien les bijoux dérobés à Eudoxie. Néanmoins, il tressaillit en examinant le dessin gravé sur les larges anneaux métalliques. Il représentait un défilé de jeunes filles aux cheveux défaits, vêtues de longues tuniques aux amples manches serrées autour des poignets.

La tenue traditionnelle des ondines !

S'efforçant de se ressaisir, le droujinnik rangea les bracelets, prit un mouchoir au hasard et alla nettoyer le visage de Sergios. Celui-ci ouvrit lentement les yeux.

— Boyard, un seul repas abondant ne te tuera pas, mais, si tu continues à abuser de la nourriture et des boissons, tu mourras, lui annonça Manouk avec gravité.

Le Garde des Livres lui adressa un faible sourire qui se voulait insouciant. Puis son regard vint se poser sur Artem, le mouchoir sale roulé en boule dans la main. Sergios fronça les sourcils et sembla contrarié. L'instant d'après, son visage se détendit.

— Le mal dont tu souffres exige plus de prudence, poursuivit Manouk. Nausées, maux de tête, bourdonnements d'oreilles sont les signes précurseurs d'un malaise.

Un repos absolu s'impose dès l'apparition de ces troubles...

Artem attendit que le médecin termine son discours. Enfin, celui-ci referma son étui et partit, son assistant sur ses talons.

— Mon plus beau mouchoir de soie est fichu, grommela Sergios après un moment de silence. L'esculape n'avait-il pas un seul chiffon propre dans sa boîte à malices ?

— Pardonne-moi, j'ai agi sans réfléchir, répondit Artem, imperturbable. Ce n'est pas tous les jours que je porte secours à un malade.

— C'est à moi de te demander pardon, et de te remercier, fit Sergios d'un air contrit. Ces maudites crises me mettent d'une humeur de chien.

— En prenant le mouchoir, j'ai fait un mouvement maladroit et laissé échapper le coffret. J'ai alors découvert deux magnifiques bracelets. Voilà un cadeau idéal pour une jeune personne de goût ! Où as-tu déniché cette merveille ? Je te le demande, hum... entre hommes.

Sergios arbora un sourire satisfait.

— Un coup de chance ! Le marchand qui me les a vendus était de passage dans notre ville, et il était pressé. Il m'a cédé la paire pour le prix d'un seul. Je compte les offrir à Anna.

— Pour qu'elle se souvienne de son rôle d'ondine pendant les festivités ?

Sergios prit un air matois.

— Surtout pour l'empêcher de faire trop de folies ! Je lui ai promis un beau cadeau le jour de la Saint-Jean si elle se montre sage jusque-là.

Ils échangèrent encore quelques propos aimables, puis le droujinnik prit congé. En sortant, il faillit renverser le trésorier qui cherchait Manouk. On racontait au palais que, sans être vraiment malade, Trofim donnait au médecin autant de travail qu'une bonne douzaine de patients. Le droujinnik partit au moment où, après une première question sur l'état de santé de Sergios, Trofim commença à se lamenter sur le sien.

Dans la cour, Philippos errait comme une âme en peine. Il avait souhaité prévenir Anna du malaise de son père mais la jeune fille restait introuvable.

— J'ai beau la suivre comme un petit chien et faire ses quatre volontés, confia-t-il à Artem d'une voix morne, elle m'échappe toujours ! Même quand on est ensemble, on dirait que son esprit est ailleurs !

Son visage s'éclaira lorsque le droujinnik lui rappela sa nouvelle mission : se renseigner sur Kostas et, surtout, sur Ratmir.

— En ce qui concerne ce dernier, inutile de perdre ton temps avec la vieille nourrice : tu ne tireras rien de cette harpie, précisa Artem. Commence plutôt par visiter l'atelier du père de Laska, dans la rue des potiers. Cette jeune personne au comportement extravagant est la dernière lubie de Ratmir.

— J'essaierai aussi de bavarder avec les riches collectionneurs de la ville, ajouta Philippos. Pendant qu'ils courent après les objets d'art, Ratmir peut courir après leurs épouses !

Le garçon éclata de rire, son récent chagrin complètement oublié. Puis il revint à son idée de mener une enquête dans le quartier de l'église du Vendredi-Saint. Il avait l'intention de retrouver les anciennes compagnes de Douce et de les interroger sur le meurtre. Il arguait que, déguisé en va-nu-pieds, il n'attirerait pas les soupçons et aurait plus de chances que quiconque d'obtenir des informations dans le milieu très fermé de la pègre.

Il aurait aussi bien pu faire l'économie de son éloquence ! Artem lui interdit de s'aventurer dans ce quartier fréquenté par toutes sortes de malfrats. Ces derniers ne supporteraient pas un étranger rôdant sur leur territoire. Au premier affrontement, l'enquête de Philippos tournerait au vinaigre ; il risquait sa peau.

Philippos avait écouté le droujinnik d'un air docile, paupières baissées, dissimulant la lueur de défi qui brillait dans ses yeux. Lorsque Artem se tut, il s'abstint de tout commentaire et annonça qu'il allait de ce pas chez le père de Laska.

— Et toi, où vas-tu maintenant ? demanda-t-il avec curiosité.

— Dans la salle d'armes, lança Artem. Dussé-je camper dans cette maudite pièce, je n'en sortirai qu'après avoir résolu le mystère de la disparition du coffre !

CHAPITRE VII

Malgré sa promesse, Artem quitta la salle d'armes sans avoir éclairci l'énigme du coffret volé. Il passa une nuit agitée et se réveilla de fort méchante humeur. La veille, il était resté sur le lieu du crime jusque tard le soir, tournant comme un ours en cage, tantôt pestant contre le voleur, tantôt s'accablant de reproches. « Si je devais tenir ma promesse à Philippos, je transporterais mes pénates ici pour de bon ! » avait-il songé amèrement.

En regagnant la salle d'armes le matin, il commença par convoquer les deux plantons qui montaient la garde l'après-midi du vol, et les obligea à reconstituer la scène une nouvelle fois. Malgré leur zèle, leur déposition ne révéla rien qu'il ne sût déjà. Se rappelant l'intrusion d'Anna, Artem les posta alors devant la porte avec l'interdiction de laisser entrer toute personne étrangère à l'enquête. Ensuite, il entreprit d'inspecter minutieusement le sol, les barreaux des fenêtres, le tissu des murs, espérant découvrir l'infime indice qui lui avait échappé jusqu'alors. Rien ! Dépité, furieux contre lui-même, l'esprit assailli par des idées de plus en plus fantasques, il se sentait glisser dans la folie.

Finalement, il décida de faire appeler le trésorier. Celui-ci avait déjà abordé Artem à plusieurs reprises, exigeant un rapport sur l'avancement de l'enquête. Autant discuter avec lui sans quitter le lieu du crime.

Le droujinnik sortit, héla un domestique et l'envoya quérir Trofim. Il avertit les plantons de l'arrivée du trésorier puis revint dans la salle, s'approcha de la fenêtre et fixa d'un regard morose la cour ensoleillée. Le bruit de la porte le fit se retourner, mais ce n'était qu'un soldat venu astiquer les armes. Artem le renvoya. Il commençait à se demander ce qui retenait si longtemps le trésorier lorsque des cris retentirent dans le couloir. Il se précipita dehors, pour découvrir Trofim se débattant dans les bras vigoureux des gardes.

— Laissez-moi passer ! hurlait l'homme. Comment osez-vous... Ah, boyard Artem ! Enfin ! Dis à ces brutes de me lâcher.

— J'ai pourtant précisé que j'attendais le trésorier, lança le droujinnik avec agacement. Que n'avez-vous montré autant de vigilance au moment où il le fallait !

Stupéfaits, les soldats fixèrent le visage de Trofim déformé par la colère. Puis ils se figèrent au garde-à-vous devant Artem.

— N'ordonne pas de nous châtier, mais ordonne de nous pardonner, boyard ! balbutia le plus âgé. Nous n'avons pas reconnu Sa Seigneurie.

— Ne pas me reconnaître, moi !... vociféra Trofim, scandalisé. Ces rustres sont indignes d'appartenir à la Garde princière ! J'espère que tu les puniras comme ils le méritent !

— Je n'y manquerai pas, l'assura le droujinnik.

Il introduisit le trésorier dans la salle, en referma soigneusement la porte puis déclara :

— Je vois qu'on t'a tiré du lit, boyard. J'en suis désolé.

Pour une fois, Trofim n'arborait ni son bonnet pointu ni son lourd caftan rebrodé. Vêtu seulement d'une légère tunique usée, il paraissait plus jeune avec ses cheveux à peine striés de blanc et son corps mince et musclé.

— En effet. Hier, le médecin a trouvé que j'étais surmené et m'a prescrit deux ou trois jours de repos. Aucune importance ! En loyal serviteur du prince, je fais passer les intérêts de l'État avant mes problèmes de santé. J'ai hâte d'entendre les nouvelles.

Le droujinnik se taisait, le front plissé par la réflexion.

Une idée confuse venait de se former dans son esprit. Il s'épongea le visage du revers de sa manche et, oubliant la présence du trésorier, marcha de long en large dans la pièce. Soudain, il s'arrêta en se frappant le front. C'était ça, bien sûr ! La vérité paraissait stupéfiante. Naturellement, il devrait vérifier le moindre détail, mais s'il avait vu juste... il aurait démêlé la moitié de l'affaire ! Toutefois, sa théorie exigeait le secret absolu tant qu'elle ne serait pas confirmée.

Artem se retourna vers Trofim et prit un air navré.

— Je risque de te décevoir, mais pour l'instant, je n'ai qu'une vague idée qui ne permet encore de déboucher sur aucune piste. Je regrette vivement qu'on t'ait dérangé pour rien. On a mal compris mon ordre.

— Pour rien ? s'étrangla Trofim. Ah, non ! Parle-moi au moins de cette idée qui t'est venue à l'esprit. Je déciderai si elle vaut la peine d'être creusée.

— Elle est trop imparfaite pour que je l'expose, répliqua Artem d'un air évasif. Daigne m'accorder un sursis pour que je puisse élaborer une hypothèse digne de ton attention. En attendant, je suggère que tu retournes sur-le-champ chez toi afin de goûter au repos salutaire.

— Boyard, tu risques de payer cher cette offense ! lança Trofim, hors de lui.

— Je te répète qu'il s'agit d'un malentendu. A ta place, je m'abstiendrais de proférer des menaces. Tu connais la loi : en cas de vol d'un trésor princier, on châtie le trésorier faute de trouver le malfaiteur.

Cette dernière flèche arracha à Trofim un gémissement de rage impuissante. Sans répondre, il pivota sur ses talons et quitta la pièce en bouillonnant de fureur. Artem le suivit. Quand le bruit de ses pas se fut éloigné, il réprimanda les gardes avec sévérité :

— Par le Christ, vous méritez d'être rossés sur la place publique ! Même des blancs-becs n'auraient pas commis une erreur aussi stupide. N'avez-vous pas regardé son visage ?

— C'est qu'il porte toujours ce bonnet...

Coupant court aux protestations des plantons, Artem les conduisit dans le bâtiment occupé par la garnison princière, où il demanda à voir d'urgence le commandant de la Garde. Celui-ci, un tout jeune homme qui portait fièrement l'insigne de capitaine sur l'épaule droite de son armure, conduisit les trois hommes dans son cabinet. Après quelques minutes d'entretien, le capitaine ressortit pour ordonner à son aide de convoquer quatre autres soldats, dont il donna les noms. Enfin, une demi-heure plus tard, Artem quitta la garnison. Il arborait un air grave mais une lueur de contentement brillait dans ses yeux. Son intuition s'était révélée juste. Cette fois, il tenait la bonne piste !

Artem venait de contourner le palais lorsqu'il aperçut Philippos engagé dans une conversation animée avec Anna. La jeune fille lui parut plus ravissante que jamais. Elle portait sa robe de feuillage, et une couronne de coquelicots rouges ornait ses cheveux dénoués. En apercevant Artem, elle le salua avec déférence, adressa un petit salut au garçon et courut vers le portail.

Philippos rejoignit Artem.

— Je pensais que tu avais hâte de mener ton enquête sur Ratmir, observa le droujinnik d'un air détaché.

— J'ai tenu compagnie à Anna, expliqua le garçon, penaud. Sergios est encore mal en point, et elle a dû faire du rangement dans la bibliothèque. Elle était si triste de partir en retard pour la fête ! Je ne pouvais pas la laisser seule. Mais ne t'inquiète pas, je te jure que j'accomplirai ma mission avec succès ! Et toi ? As-tu découvert le voleur ?

— Pas encore. Mais j'ai trouvé la chapka-qui-rend-invisible !

Les yeux de Philippos s'agrandirent.

— Tu as compris comment il s'y est pris ? s'exclama-t-il.

— Je crois. Viens, je vais te raconter. Ça m'aidera à mettre de l'ordre dans mes idées.

Artem l'entraîna vers le jardin. Installés sous la tonnelle, ils échangèrent un regard joyeux et complice.

— Alors, cette chapka-qui-rend-invisible ? demanda Philippos.

— Un simple heaume.

Comme le garçon le dévisageait sans comprendre, le droujinnik lui raconta l'incident avec le trésorier que les gardes n'avaient pas reconnu à cause de sa mise inhabituelle.

— Le bonnet pointu et le luxueux caftan sont, comme dirait le peintre, les « accessoires » — les signes qui permettent d'identifier grossièrement Trofim. Il en était dépourvu ; aussi les plantons l'ont-ils empêché d'entrer. Pourtant, ils avaient laissé pénétrer dans la salle un soldat chargé de nettoyer la collection d'armes. Un peu plus tard, je les ai questionnés à ce propos en présence de leur chef. J'ai dû insister pour qu'ils se souviennent de son passage ! Dernière précision : à cause de la campagne en cours, la réserve de la garnison est ouverte à tous les vents. N'importe qui peut se procurer la tenue réglementaire !

— Mais alors... ce n'est pas par un couloir secret que le voleur s'est introduit dans la pièce ? demanda Philippos, incrédule.

Artem secoua la tête en souriant.

— Voilà l'astuce géniale de notre homme : sans être invisible, il a su le devenir aux yeux des gardes. Ceux-ci auraient remarqué n'importe quel personnage — sauf quelqu'un dont la présence paraissait tout à fait normale en ce lieu. Tellement normale qu'ils ne s'en sont pas aperçus ! Quoi de plus naturel que de voir un soldat entrer et sortir de la salle d'armes ? Certains ont pour obligation d'entretenir les instruments de combat ; d'autres, telles les jeunes recrues, s'y rendent pour les admirer...

Artem s'interrompit. Un garde, apparu à l'extrémité de l'allée, se dirigeait d'un pas pressé vers eux.

— C'est Volets, précisa le droujinnik. Je viens de l'interroger, lui et ses trois camarades. Ils ont été chargés d'apporter quelques sièges supplémentaires avant la réunion des Anciens. Volets s'est souvenu qu'un cinquième militaire s'était joint à eux avant qu'ils ne pénètrent dans la salle. Malheureusement, personne n'y a prêté attention sur le coup. En temps de guerre, la garnison se compose surtout de nouvelles recrues, et les soldats se connaissent mal entre eux. Rien d'étonnant à ce que les quatre gardes n'aient pas su donner une description fiable de l'imposteur ! En revanche, tout le monde affirme ne plus l'avoir revu depuis.

« Que veux-tu ? demanda Artem au jeune homme qui s'était approché. Parle sans crainte devant mon fils.

Après avoir adressé un salut militaire au droujinnik, Volets déclara :

— Un détail m'est revenu après ton départ. Ce jour-là, au moment de quitter la salle, je n'ai pu me retenir de jeter un coup d'œil sur le fameux coffre. Il était masqué par le dossier d'un des fauteuils que nous avions apportés, et qui était posé un peu de guingois. J'ai attribué ça à la négligence d'un de mes camarades...

— En réalité, il s'agissait d'un geste délibéré du malfaiteur, qui venait de s'emparer du coffre ! s'exclama Artem. Quand tu as regardé en arrière, tu as dû remarquer lequel d'entre vous fermait la marche, n'est-ce pas ?

Le garde repoussa son casque en arrière et frotta son front moite de sueur.

— C'était encore ce soldat qui a disparu dans la nature. Mais rien à faire, impossible de me rappeler son visage ! Je ne suis même pas sûr qu'il portait quelque chose. On était tous vêtus de l'uniforme d'apparat en l'honneur de la princesse...

— Et la petite taille du coffre a permis au voleur de le dissimuler sous son ample cape, conclut Artem. Je te remercie, brave Volets. Tes ultimes précisions ont confirmé mon idée.

Le militaire s'inclina devant le droujinnik et s'éloigna avec l'expression satisfaite du devoir accompli.

— J'avoue que notre imposteur m'inspire une certaine

admiration, confia Artem après un silence. Il est doué d'une intelligence et d'une présence d'esprit hors pair.

— Il a surtout eu une sacrée chance, objecta Philippos.

— Chance favorisée par un calcul avisé ! Il savait qu'on installe parfois des sièges supplémentaires lors des assemblées des droujinniks, et il a deviné que la nouvelle du présent d'Élisabeth allait attirer au palais même le plus cacochyme des Anciens. Malgré tout, il a couru un danger terrible. Seul un homme acculé, qui a désespérément besoin d'argent, peut faire preuve d'une pareille audace.

— Et qui connaît les habitudes du palais sur le bout des doigts, souligna Philippos. Ou bien il appartient à la cour, ou bien il en est un familier. Comme Ratmir ! Je devrais me renseigner sur l'état de sa fortune.

— A supposer que ce soit lui le coupable, il disposait d'encore moins de temps que n'importe qui d'autre à cause de son entretien avec la princesse, rappela Artem. Au fait, qu'as-tu appris sur lui hier ?

— Pas grand-chose, répondit Philippos avec une moue. J'ai commencé par discuter avec le père de Laska. C'est un honnête artisan accablé d'une ribambelle d'enfants et marié à une femme deux fois plus jeune que lui. Laska est née d'un premier mariage. Il n'a aucune autorité sur elle. Quand j'ai évoqué Ratmir, il a levé les bras au ciel, déclarant que les soupirants de sa fille étaient trop nombreux pour qu'il les distingue les uns des autres.

— Et les collectionneurs ?

— J'en ai déniché deux qui connaissent le boyard, mais ils ne sont même pas mariés !

— Au lieu de chercher des épouses délaissées, tâche de mieux t'informer sur les relations d'affaires de Ratmir, conseilla Artem. Voilà ta mission pour aujourd'hui. Quant à moi, je vais m'attacher aux pas du voleur.

— Le suivre ? demanda Philippos, les yeux écarquillés.

— Pas lui, mais sa trace ! La résidence a été fouillée de fond en comble sans qu'on trouve le coffre. Notre homme a donc quitté le palais revêtu de l'uniforme des gardes. J'essaierai de deviner sa façon d'agir... Mais je vais commencer par me changer. La tenue d'un boyard fonctionnaire du Tribunal est trop voyante pour ce genre de promenades.

— Je sais ce qu'il te faut ! déclara Philippos en bondissant sur ses pieds. Je te rejoins tout de suite chez nous.

Philippos se précipita hors du jardin. Artem lui emboîta le pas et gagna sa chambre. Quelques instants plus tard, le garçon apparut sur le seuil, une pile de vêtements et un étui en cuir sous le bras. Il commença par étaler devant le droujinnik une modeste tenue d'artisan composée d'une tunique en lin usée et d'un pantalon de même étoffe. Puis il ouvrit l'étui et invita Artem à examiner son contenu. Il y avait là divers instruments, un énorme trousseau de clés, des crochets, des morceaux de fil de fer tordus...

— Un véritable trésor, commenta Philippos. Ces outils te permettront de venir à bout des serrures les plus compliquées.

— Je suppose que tu as visité la chambre de nos amis Mitko et Vassili ? fit Artem. Je ne crois pas que je sois à la hauteur de leurs inventions.

— Tu apprendras sur le tas. Pendant qu'ils se battent contre les Koumans, leurs trouvailles peuvent servir notre enquête !

Artem referma l'étui d'un air sceptique. Il troqua son caftan de velours contre la tenue d'artisan, et son épée au fourreau orné de pierreries, contre un poignard qu'il suspendit à sa ceinture et dissimula dans les plis de la tunique. Comme Philippos insistait, il prit l'étui contenant les clés puis quitta la résidence par l'arrière-cour.

Après avoir traversé le marché, il hésita un instant, s'efforçant de se mettre à la place du voleur. Travesti en soldat et peut-être à cheval, celui-ci avait dû choisir la rue où son passage attirerait le moins d'attention. La grand-rue, donc. Et sans doute en direction de la porte sud : c'est par là que partaient soldats et messagers de l'armée du prince.

Il atteignit rapidement la sortie de la ville. Absorbé dans ses pensées, il tomba nez à nez avec un groupe de jeunes gens qui entouraient Laska vêtue de sa robe d'ondine. Le déguisement du droujinnik s'avéra parfait car ni la jeune fille ni Ratmir, qui faisait partie de la bande, ne le reconnurent.

Il dut cependant renoncer à l'anonymat pour interroger la sentinelle postée sur la tour de guet. Prouver au garde sa véritable identité ne fut pas une mince affaire ! Par chance, Artem avait eu l'idée de s'armer de son propre poignard ; le manche incrusté d'argent et orné de ses initiales finit par convaincre le soldat.

« Encore un qui se fie aux accessoires ! » songea le droujinnik, amusé, tout en questionnant l'homme. Le jour du vol, celui-ci avait occupé le même poste. Il déclara que seuls deux militaires avaient quitté la porte sud au cours de l'après-midi. Artem savait que l'un d'entre eux était le messager porteur de sa lettre pour Vladimir. Le garde confirma que le cavalier avait l'air pressé et était parti au galop sur la grand-route.

Le second homme, lui aussi à cheval, avait quitté la route avec l'intention, semblait-il, de couper à travers champs. Naturellement, vu la fréquence des messagers chargés des commissions les plus variées, la sentinelle n'avait pas remarqué si le cavalier transportait quelque chose.

Descendu de la tour de guet, Artem suivit les indications du garde. Il traversa le pré où les joutes sportives s'étaient déroulées la veille et s'arrêta, indécis. L'homme avait pu se diriger vers le champ de seigle voisin, s'enfoncer dans les bois ou bifurquer vers la berge de la Desna. Comment deviner son choix ?

Une colline couverte d'herbes sauvages se dressait à la lisière de la forêt. Cet ancien tertre funéraire recouvrait la sépulture du Prince noir, fondateur de la ville de Tchernigov. La Colline noire, ainsi que les gens l'avaient surnommée, passait pour un endroit malfamé, hanté par le fantôme du prince païen.

Obéissant à une soudaine inspiration, Artem gravit la pente raide en cherchant les traces d'un trou fraîchement creusé. Au bout d'une heure de recherches, il dut reconnaître que son intuition n'était pas la bonne. Déçu, essoufflé, il s'assit sur le sommet du monticule, haut comme la cathédrale du Saint-Sauveur. Un magnifique panorama s'offrait à lui : à droite, le regard se perdait dans la majestueuse étendue des champs et des prés ; à gauche, la verte toison de la forêt voisinait avec un méandre de la Desna qui scintillait au soleil comme une lame en acier de Damas.

Soudain, Artem plissa les yeux. Il venait d'apercevoir au milieu de la verdure une tache ocre — le toit de chaume d'une cabane de bûcheron. Il y avait peu de chances que le moujik le renseigne mais, par acquit de conscience, il décida d'aller l'interroger. Ayant bien repéré l'endroit, il descendit vers les abords de la forêt.

L'épais taillis était percé par plusieurs sentiers. La plupart d'entre eux menaient vers la grande clairière où Laska s'était donnée en spectacle de manière si impudique. Un autre chemin bifurquait vers la berge en pente douce du fleuve. Enfin, une trouée à peine perceptible indiquait l'existence d'un sentier qui partait en direction de l'isba.

A peine Artem avait-il pénétré dans la forêt qu'il perdit toute trace de présence humaine. Il parvint à se frayer un passage à travers un sous-bois très dense, avant de tomber sur une étroite sente qui semblait n'être empruntée que par les animaux. Toutefois, l'occupant de la chaumière ne pouvait utiliser d'autre voie car partout ailleurs la végétation formait un taillis inextricable. A mesure que le droujinnik avançait, les branches des grands arbres se rejoignaient au-dessus de sa tête, ne laissant filtrer que de rares rayons de soleil jusqu'au sol couvert d'aiguilles de pin et de feuilles mortes.

Il commençait à se demander s'il ne s'était pas égaré quand le couloir sombre s'élargit. Sous ses pieds, les hautes herbes avaient remplacé le tapis humide et glissant. Puis il déboucha sur une clairière pas plus grande qu'un mouchoir de poche. En son milieu se dressait une isba à moitié enfoncée dans la terre.

Artem en fit le tour. Grâce à ses épais murs en rondins dépourvus de fenêtres, elle aurait pu résister à l'attaque de plusieurs hommes d'armes. Était-il tombé sur un repaire de brigands ? Intrigué, il décida d'en avoir le cœur net.

Il secoua la porte puis examina le gros cadenas qui la fermait. C'est maintenant que l'ingénieux attirail des Varlets allait pouvoir lui rendre service ! Sortant les instruments un à un, il les essaya tous sur le boîtier métallique. En vain. Après avoir peiné pendant un quart d'heure, il poussa un juron et se mit à ranger les outils. C'est alors qu'il aperçut une petite pochette au fond de l'étui. Elle contenait une épingle à cheveux.

Même s'il s'agissait d'un souvenir d'une aventure galante, ce n'était pas sans raison que ses amis le gardaient dans leur boîte à malices. Il tenta sa chance une nouvelle fois et parvint à crocheter le cadenas récalcitrant.

Quelques marches creusées dans la terre descendaient dans l'unique pièce de la hutte. Le droujinnik remarqua avec étonnement le riche tapis de laine éclairé par la lumière qui entrait par la porte. Le fond de la pièce était plongé dans l'obscurité. Il s'avança à tâtons et finit par trouver un chandelier garni de bougies, qu'il alluma à l'aide de son briquet de silex.

Ce qu'il découvrit lui arracha un sifflement de surprise. Le luxe environnant paraissait encore plus extraordinaire par contraste avec l'humble apparence de l'isba. Des tentures bariolées masquaient les murs dont un s'ornait, à la façon grecque, d'un plat en étain aux bords gravés. Un immense lit, des coussins aux vives couleurs éparpillés sur des draps de soie, occupait le centre de la pièce. A côté, un coffre à vêtements supportait le chandelier en cuivre qu'Artem avait allumé, ainsi que nombre de pots et de fioles.

Il ferma la porte avec soin et poursuivit son examen. Les flacons, tous remplis de baumes, pommades et parfums, semblaient indiquer une présence féminine. En revanche, le grand coffre contenait uniquement des habits d'homme — quelques légères tuniques d'été brodées au fil d'or et d'argent. Une petite table, placée dans un coin, était nue.

Artem se laissa tomber sur le tabouret, l'unique siège du lieu, et tira sur sa moustache d'un air songeur. L'isba avait sans doute été aménagée par un riche boyard afin d'y recevoir ses maîtresses. Le propriétaire devait avoir de bonnes raisons pour cacher ses rendez-vous galants ! Malheureusement, aucun objet personnel n'indiquait son identité ni celle des femmes. Les longues et amples tuniques rebrodées parlaient de l'élégance de l'homme mais non de sa taille.

Posant le chandelier sur le sol, il fouilla sous le lit. Quelle ne fut pas sa surprise lorsqu'il en sortit une pelle toute neuve ! En l'examinant attentivement, il constata qu'elle avait servi au moins une fois... Ainsi, l'astucieux voleur du coffre et le coquin qui avait déguisé ce lieu de débauche en pauvre chaumière ne faisaient qu'un !

Il imagina l'enchaînement des événements. Après avoir laissé le trésor et l'uniforme des gardes dans son pavillon secret, le malfaiteur avait regagné sa résidence officielle. Plus tard, il s'était procuré une pelle — en l'achetant sans doute au marché — pour enfouir coffre et vêtements dans la forêt. Quand le Tribunal abandonnerait les recherches, il disposerait de l'or à sa guise...

C'était sans compter avec le droujinnik !... Cependant, une extrême prudence s'imposait : au moindre signe suspect, le propriétaire de la cabane pouvait s'apercevoir de la surveillance exercée. Artem décida donc de ne poster qu'une seule sentinelle pour monter la garde à proximité de la maison. Relevée régulièrement, elle surveillerait l'entrée jour et nuit. A la première apparition de l'homme, Artem en serait averti. Ou bien il prendrait le voleur en flagrant délit, en train de déterrer son butin, ou bien il l'accuserait d'outrage aux bonnes mœurs. Un interrogatoire musclé ne manquerait pas de lui arracher des aveux complets.

Il remit la pelle sous le lit, vérifia que rien ne trahissait son passage et souffla les bougies. Puis il se dirigea vers la sortie... et s'arrêta, pétrifié.

La porte venait de s'ouvrir sans bruit. Une ombre se profila dans la tache de lumière sur le sol. Dégainant son poignard, Artem battit en retraite. Il vit d'abord un pied nu se poser avec précaution sur la première marche. L'instant d'après apparurent deux longues jambes sous une jupe de feuillage. Le droujinnik reprit son souffle et marcha vers la silhouette familière.

— Que fais-tu ici, Anna, fille de Sergios ? demanda-t-il d'un ton sévère.

La jeune fille poussa un cri de frayeur et recula précipitamment.

Artem gravit les marches et referma la porte derrière lui.

— Connais-tu cette cabane ? reprit-il, un peu radouci.

Anna paraissait remise de son effroi.

— Oui, mais pas le bûcheron qui l'habite. J'ai découvert son isba avec mes amies, le jour où nous nous sommes égarées dans cette partie de la forêt. L'une de nous est allée frapper à la porte. Il n'y avait personne.

— Ainsi, tu n'es venue ici qu'une seule fois ?

— Comme je viens de te le dire. Et toi, boyard ? Serait-ce le trésor princier que tu cherches dans ce gourbi ? Un voleur appartenant au palais fréquenterait-il les moujiks ?

— Pourquoi pas ? Toi aussi, tu sembles t'intéresser à ce brave bûcheron. Sinon, quel est l'étrange hasard qui t'amène à sa maison ? Toute ondine que tu sois, il est dangereux d'errer seule dans les bois !

— C'est en errant en ville que j'ai aperçu quelque chose de fort curieux : un boyard travesti en pauvre artisan. Comment résister à la tentation d'en savoir plus ? Je ne voulais pas me montrer, mais tu es resté si longtemps dans cette cabane...

— Je ne te crois pas ! s'exclama Artem. Personne ne m'a suivi.

— Oh ! Il suffit de respecter une certaine distance ! Tu

es monté sur la tour de guet puis sur la Colline noire, que tu as explorée pouce par pouce. Entre-temps, j'ai contourné le pré et me suis cachée dans les bois. Après, ça a été plus facile.

Désemparé, furieux, le droujinnik demeura muet. Cependant, le visage d'Anna prit une expression douce et câline. Elle lui lança un long regard puis s'empara de sa main et la serra entre les siennes dans un geste de supplication. Ce mouvement inattendu troubla Artem. Une étrange émotion le saisit, l'empêchant de se libérer.

— Boyard, dis-moi, qu'as-tu découvert... murmura Anna.

Les mots moururent sur ses lèvres. Artem sentait le souffle frais de la jeune fille lui caresser le visage, se mêlant au parfum enivrant qui émanait de son corps. Elle rougit et baissa la tête, ses longs cils ombrageant ses joues. Levant sa main libre, Artem effleura des doigts la courbe gracieuse du visage d'Anna. La petite couronne de coquelicots qui ornait ses cheveux bruns tomba silencieusement sur l'herbe. Aucun d'entre eux ne s'en aperçut.

Qui bougea le premier ? Chacun s'était-il rapproché de l'autre ? Le droujinnik n'aurait su le dire, et cela n'avait pas d'importance. Dégageant sa main, il enlaça Anna et l'attira vers lui. Le corps de la jeune fille se cambra et se pressa contre le sien. Et soudain, le monde bascula... Artem s'empara des lèvres d'Anna et l'embrassa avec fougue. Il fut surpris de la violence de son propre désir. Son baiser n'avait rien d'une tendre caresse. Il avait soif de cette fille, il avait besoin de son corps, besoin d'elle.

Il ignorait combien de temps il était demeuré ainsi, serrant Anna dans ses bras avec la détermination du désespoir, comme s'il avait voulu la retenir à jamais contre lui. Le temps semblait arrêté. Le monde réel, son agitation et ses angoisses n'existaient plus, emportés par le souffle de la passion. Seul comptait le moment présent, la saveur des lèvres d'Anna, la douceur de sa peau.

Lorsqu'il se détacha d'elle, Anna poussa un gémissement qui ressemblait à un sanglot. Il plongea son regard dans le sien. Ses yeux verts, mi-clos, paraissaient noirs. Elle eut un long frisson et exhala un soupir saccadé — tout comme le faisait parfois Philippos quand il n'arrivait pas à maîtriser ses émotions...

... Incrédule, Artem recula d'un pas. Qu'avait-il fait ? Comment avait-il pu s'oublier à ce point ? Qu'avait-il à offrir à cette gamine ? Jamais il n'agirait comme ces boyards sur le déclin qui prenaient une jeune épouse, l'encombrant de leurs soucis, de leurs manies, et de leur corps vieillissant ! Anna méritait un garçon de son âge, encore plein de ces illusions qui donnent la force non pas de les réaliser, mais tout simplement de bâtir une vie à deux.

Anna, qui scrutait son visage, se rembrunit et s'écarta à son tour, d'un mouvement brusque.

— Tu ne veux pas de moi, murmura-t-elle d'une voix sourde.

Artem évitait de la regarder. A présent, il se sentait submergé de honte.

— Non.

Dans son esprit, ce mot était un cri de désespoir, mais c'est un son à peine audible qui avait franchi ses lèvres.

Anna tressaillit comme si on l'avait giflée et détourna la tête. Un long moment s'écoula, pendant lequel ils restèrent tous deux immobiles. Artem fixait d'un regard vide la couronne de coquelicots sur l'herbe. A la honte qu'il éprouvait se mêlait une terrible sensation de manque.

Quand Anna lui fit de nouveau face, son expression ne laissait rien paraître de son trouble récent. Elle arborait même un petit sourire de défi qui déconcerta le droujinnik. D'une voix claire et ferme, elle reprit la conversation là où celle-ci s'était interrompue.

— Boyard, qu'est-ce que tu faisais dans cette cabane ? Et qu'y as-tu découvert ?

— Euh... rien d'extraordinaire, marmonna Artem, l'esprit encore plein de pensées confuses. Je... j'attendais quelqu'un. On m'a prêté cette isba pour que je puisse rencontrer cette personne.

Il avait dit la première chose qui lui était passée par la

tête, et il s'étonna aussitôt d'un mensonge aussi stupide, aussi équivoque.

Le sourire s'évanouit du visage d'Anna.

— Un rendez-vous secret ! Avec qui ?

— La discrétion... commença le droujinnik, qui avait l'impression de se noyer.

— Tu n'en as pas besoin avec *cette personne-là* ! s'exclama Anna en chargeant ses derniers mots d'une telle haine qu'Artem en fut stupéfait. Laska ! Toujours elle ! Mais qu'a-t-elle donc de si extraordinaire ?

— Par le Christ, tu te trompes ! Laska n'y est pour rien. Je te supplie de me croire, tout cela est ma faute !

— En plus, tu la défends !

Pâle, tremblante, Anna pivota sur elle-même et courut vers les arbres.

Le droujinnik éprouva une bouffée de colère contre lui-même. Voulant protéger le secret de sa découverte, il avait tenu des propos d'une ambiguïté insupportable.

Quelle honte ! Non seulement il avait perdu toute maîtrise de soi et s'était comporté comme un gamin, mais son mensonge maladroit avait blessé Anna.

Il fit quelques pas dans la direction où elle s'était enfuie comme s'il espérait la retenir. Mais il savait que c'était impossible. Il ramassa la couronne de coquelicots et la contempla quelques instants d'un air mélancolique.

Puis il se retourna vers la cabane, remit le cadenas en place et appuya sur l'arceau. A présent, il ne restait aucune trace de sa visite. Il ramassa l'étui qu'il avait caché dans l'herbe et s'engagea dans la forêt.

CHAPITRE VIII

Deux heures plus tôt, alors qu'Artem suivait la trace du voleur sans soupçonner qu'Anna l'observait, Philippos achevait les préparatifs de son expédition secrète. En dépit de l'interdiction d'Artem, il était convaincu que lui seul saurait explorer les bas-fonds de la ville et obtenir des renseignements sur Douce et son agresseur inconnu. Une fois de plus, il avait pioché dans les coffres de leurs amis les Varlets pour trouver un déguisement approprié. Il avait revêtu une tunique de paysan en drap épais, serrée à la taille par une simple ficelle, un large pantalon rapiécé et des chaussons de tille. Il aurait préféré rester pieds nus, mais sa peau blanche et soignée risquait de le trahir.

Il décida aussi de s'armer d'un couteau. Il se savait habile dans l'art du lancer, surtout s'il s'agissait de son propre poignard, mais il n'était pas question d'emporter celui-ci : son manche richement décoré s'ornait des initiales de son nom. Où pouvait-il se procurer ce dont il avait besoin ?

La réserve de la garnison était inaccessible car Artem venait de poster un garde à son entrée. Restait le pavillon de chasse du prince.

Philippos y pénétra sans encombre. Parmi les couteaux de chasse fixés sur des râteliers, il en choisit un, simple et solide, de la même longueur et du même poids que sa dague. Après l'avoir accroché à sa taille, il en cacha la lame en faisant un nœud dans le pan de sa tunique, à la manière des gens du peuple. Enfin, il barbouilla ses chaussons de crasse et de poussière pour donner l'impression qu'il avait récemment parcouru de longues verstes.

Un passant lui indiqua la direction de l'église du Vendredi-Saint. A l'époque du meurtre, la maison de plaisir clandestine se trouvait au carrefour le plus proche de la placette de l'église.

Il s'éloigna du marché, se frayant un chemin à travers la cohue qui remplissait les rues commerçantes. Boyards à cheval, chars à bœufs, marchands ambulants avec leurs étals et paniers, moines, ménagères, prostituées se bousculaient, s'interpellaient, se querellaient d'une voix sonore. Le pavé de bois glissant était couvert d'ordures et d'excréments d'animaux.

Peu à peu, la foule devint moins dense, son aspect changea. Ce quartier pauvre grouillait de mendiants et d'infirmes, de moujiks ivres à l'allure agressive, de femmes au visage meurtri et d'enfants à l'air affamé. Philippos zigzagua quelque temps dans les ruelles malodorantes bordées de bicoques délabrées. Des odeurs peu familières lui chatouillaient les narines : bois pourri, fumée grasse, soufre... A cela se mêlait la puanteur de la vinasse, de l'urine et du vomi lorsqu'il passait devant les bruyantes tavernes pleines à craquer.

Il se rendit compte qu'il avait perdu tout repère. Avisant un gamin en haillons d'une dizaine d'étés, il lui demanda de le conduire à l'église du Vendredi-Saint. Celui-ci lui lança un regard sournois, acquiesça en silence et se mit à courir. Philippos s'élança à sa suite.

Ils débouchèrent sur une petite place près de la porte nord de la ville, bordée sur un côté par l'enceinte. Les isbas pauvres qui cernaient la place semblaient sur le point de s'écrouler. Certaines ressemblaient à de simples appentis adossés à la muraille. En face se dressait une modeste église en bois surmontée d'un unique bulbe aux dorures écaillées.

Le gamin détala avant que Philippos pût le remercier. Et maintenant ? se demanda-t-il. Il n'eut pas le temps de réfléchir. On le saisit par-derrière, et il sentit le bord froid et tranchant d'une lame sur sa gorge.

— Ce quartier est à nous, déclara une voix jeune. Un étranger ne peut pas travailler ici.

— Ce n'est pas ce que je cherche ! protesta Philippos.

On le relâcha. Il se retourna et aperçut un garçon de taille moyenne, à peu près de son âge, maigre, mais tout en muscles. Sa tunique crasseuse contrastait avec sa luxueuse ceinture de cuir, à laquelle pendait le fourreau de son imposant couteau. Son visage aux joues creuses était défiguré par une balafre qui courait de sa pommette gauche à son menton.

— Alors, qu'est-ce que tu viens faire ici ? demanda-t-il, avant d'émettre un sifflement strident.

A ce signal, une douzaine de gamins surgirent comme par enchantement pour venir se placer derrière leur chef. La plupart devaient avoir le même âge ; les plus jeunes, entre sept et dix étés. Les aînés étaient tous armés de couteaux.

— Je viens du village de Rybniki, expliqua Philippos avec assurance. Je suis à la recherche de ma sœur. Elle nous a quittés, notre père et moi, voici trois étés. Aux dernières nouvelles, elle...

— Hé, la Balafre, t'as vu sa lame ? l'interrompit un grand gaillard à la tignasse rousse. Trop bonne pour un manant, non ?

La Balafre hocha la tête. Avant que Philippos ait pu dire ouf, deux paires de mains se saisirent de lui et le maintinrent fermement pendant qu'on le dépouillait de son couteau.

— Mon arme me sert à me défendre, tandis que vous utilisez les vôtres pour couper les bourses ! lança-t-il, furieux.

La Balafre fronça les sourcils mais ne se mit pas en colère.

— Couteau ou pas, nous savons nous défendre, répondit-il d'une voix neutre. Toi qui es si malin, montre-nous donc de quoi tu es capable à mains nues !

A ces mots, le costaud aux cheveux roux et un blond mince et large d'épaules se détachèrent du groupe. Les autres reculèrent, laissant un grand espace au milieu de la place. Le cœur battant à tout rompre, Philippos déchira un pan de sa tunique et l'enroula autour de son bras gauche. Il comptait s'en servir comme d'un bouclier, au cas où ses adversaires sortiraient leurs poignards. Il savait que dans les bagarres entre malfrats — qu'il s'agisse d'un règlement de comptes ou d'une épreuve de force — tous les coups étaient permis.

Cependant, les deux garçons se rapprochaient lentement de lui. Philippos les surveillait, immobile. Artem lui avait appris que ce genre de combat exigeait d'abord de la patience. Se lancer à l'assaut trop vite ou riposter à la légère conduisait à la défaite et, souvent, à la mort.

C'est le rouquin qui se montra trop pressé. Il chargea sauvagement, un rictus féroce sur le visage. Philippos feinta et recula vers la limite du champ de bataille. Son assaillant le suivit sans se soucier de son camarade qui resta en arrière. Alors, Philippos exécuta un de ces tours de force que l'étonnante souplesse de son corps rendait possible. Il fit un bond de côté et balança la jambe. Son talon vint heurter avec violence la tempe du rouquin. Comme il se recevait sur les pieds et les mains, son adversaire vacilla puis s'affaissa sur le sol.

Le blond poussa un cri de rage et se rua sur lui en brandissant son couteau. Philippos battit en retraite, cherchant à éviter le corps à corps. Il se dérobait, esquissait feintes et manœuvres, bloquant quand il le fallait le bras de son adversaire de sa main protégée par le pan de sa tunique. Et soudain, il déploya la large bande de tissu et gifla le blond. Comme celui-ci rejetait la tête en arrière, Philippos lui envoya un formidable coup de pied au bas-ventre. L'autre exhala un râle étouffé et se plia en deux, la main toujours crispée sur le couteau. Philippos abattit alors son poing sur le poignet du blond. Celui-ci s'effondra comme une masse. Philippos ramassa le poignard qui gisait dans la poussière et le tint fermement, prêt à se défendre. Un long silence s'ensuivit. Philippos reprit son souffle. Malgré son air résolu, il se sentait au bord du vertige.

— Pas mal pour un péquenaud, observa la Balafre.

Il s'approcha du rouquin encore inconscient, étendu sur le sol, et le contempla un instant.

— Tu l'as bien dérouillé, poursuivit-il. Où as-tu appris ce sacré coup de pied ?

Philippos rougit. Certes, il s'était montré à la hauteur dans ce combat inégal — mais l'entraînement régulier qu'il suivait avec le maître d'armes du palais, ainsi que les conseils d'Artem, avait contribué à sa victoire.

— Mon père est un lutteur de foire, mentit-il. Il y a deux étés, il a été recruté pour combattre le Prince sans terre et il a été blessé au genou. Depuis, il n'exerce plus son métier, mais il m'a enseigné des tas de trucs utiles.

— Ouais... Ce qui nous manque à nous autres, c'est la technique, observa pensivement la Balafre. Tiens, voilà ton couteau, et donne-moi celui-ci. Alors, comment ça se fait que ta sœur soit en vadrouille, alors qu'elle a la chance d'avoir un père et un frère ?

Philippos débita le récit qu'il avait préparé à l'avance : la jeune fille avait été séduite par un riche marchand de Tchernigov et avait quitté la maison natale espérant une vie facile. Il y avait de cela trois lunes, elle avait fait rédiger à quelqu'un un courrier destiné à son père. Elle y avouait que le marchand l'avait abandonnée, mais qu'elle avait trouvé gîte et travail chez une femme charitable.

— Je pensais la persuader de revenir chez nous, conclut-il. Cette femme ne doit pas être difficile à dénicher. Son nom est Agraféna...

Un rire tonitruant l'interrompit. Philippos simula la plus grande surprise, écouta les explications des garçons et feignit d'être accablé en apprenant les véritables raisons de la générosité d'Agraféna.

— Ne te fais pas d'illusions, lui dit la Balafre. Petite Mère — c'est comme ça qu'on l'appelle ici — est une femme de tête et de poigne. Elle ne laissera pas partir une de ses « nièces » sans recevoir une bourse bien garnie en contrepartie.

— Je veux quand même lui parler, insista Philippos.

— Si ça peut te rassurer... répliqua la Balafre, provoquant un nouvel éclat de rire.

Il expliqua que Petite Mère avait dû fermer son établissement pendant un temps à cause d'une affaire de meurtre. « Un type pas de chez nous », commenta le chef de la bande. Les garçons, ainsi que les gens du coin, croyaient que l'assassin était venu des quartiers malfamés situés près du port. Après avoir versé l'amende au Trésor, la tenancière avait réussi à récupérer presque toutes ses « nièces » et tenait à présent une nouvelle maison de plaisir deux rues plus loin.

Cependant, le rouquin costaud et le blond s'étaient remis de leurs blessures et avaient rejoint leurs camarades. Philippos constata avec étonnement qu'ils ne manifestaient aucune animosité envers lui. Le rouquin, surnommé le Païen, lui assena une bourrade amicale sur l'épaule. Quant au blond, qui portait l'énigmatique nom de Miraculeux, il lui dit :

— Si tu deviens l'un des nôtres, il faudra que tu m'apprennes ce coup de pied ! Celui avec lequel tu as démoli le Païen. Je ne suis pas plus gros que toi et tout aussi rapide.

— Au travail, tout le monde ! lança à cet instant la Balafre. C'est l'heure.

En se tournant vers Philippos, il expliqua :

— On passe toute la journée au marché et dans les environs. Sauf à l'heure du déjeuner, bien sûr. Lorsqu'il n'y a pas assez de monde, ça devient dangereux.

— Coupeurs de bourses ? demanda Philippos.

— Il n'y a pas que les bourses. Bien sûr, rien de mieux que de soulager un gros plein de soupe d'une grivna ou deux. Mais on ne dédaigne pas les éventaires... Tout ce qu'on a « mal placé », comme on dit, est à nous. Maintenant, viens. Je vais te montrer la maison de Petite Mère avant de partir.

Contournant des tas de détritus, il conduisit Philippos à

travers de minuscules arrière-cours entourées de palissades à moitié écroulées. Ils débouchèrent dans une ruelle bordée de misérables taudis qui donnait sur une petite place. Il y avait là une gargote dont la porte grande ouverte, surmontée d'un tonneau et d'une cuiller, laissait s'échapper les hurlements des ivrognes. En face se trouvait une construction plus grande et mieux entretenue que les autres. Elle ne portait aucune sorte d'enseigne, mais Philippos devina que c'était la maison d'Agraféna et de ses « nièces ».

— Quand tu en auras fini avec Petite Mère, viens me rejoindre dans la galerie des marchandises d'Orient, là où s'installent les marchands étrangers, lui dit la Balafre. Inutile de me chercher, je te repérerai moi-même. Bonne chance !

Resté seul, Philippos se dirigea vers la porte basse, s'efforçant de surmonter l'embarras qui l'avait saisi. Il n'avait encore jamais eu affaire aux femmes de mauvaise vie. Comment ne pas trahir son trouble ? Puis il se souvint de son rôle de petit paysan à la recherche de sa sœur. S'il avait réussi à convaincre de vrais durs comme la Balafre et sa bande, il saurait le faire avec quiconque ! Prenant son courage à deux mains, il était sur le point de frapper quand une voix forte et joviale retentit au-dessus de lui.

— Es-tu sûr de ne pas t'être trompé d'enseigne, mon canard ? Ici, on ne donne pas l'aumône, au contraire ! C'est à nous qu'on donne des sous.

Il leva la tête. Accoudée à la fenêtre du premier étage, une jeune femme vêtue d'une tunique de nuit au col ouvert le considérait avec un petit sourire. Son visage légèrement bouffi portait des traces de fard, mais ses joues rondes et roses étaient celles d'une robuste fille de la campagne.

— Je viens pour affaires, expliqua Philippos d'une voix qui se voulait assurée. Il faut que je parle à... Petite Mère.

— Elle n'a pas de temps à perdre avec des crève-la-faim de ton espèce. Qu'est-ce que tu lui veux ?

— Je cherche une jeune dame qui s'appelle... enfin,

elle aime qu'on l'appelle Douce, répondit Philippos après un instant d'hésitation.

Le sourire de la femme s'évanouit.

— Il n'y a personne de ce nom ici, déclara-t-elle en le toisant avec méfiance.

Philippos poussa un soupir déchirant, puis se lança une nouvelle fois dans son récit, en prenant la précaution de ne pas trop s'attarder sur les mésaventures de Douce.

— Pas de chance, mon coco ! dit la femme. Ta sœur est morte. Il paraît que c'est un vagabond qui l'a refroidie. On n'a même pas eu le temps de discuter de la chose car la maison a fermé aussitôt. Petite Mère s'est retrouvée au Tribunal. Nous aussi, on a eu des ennuis. Dieu merci, aucune de nous n'avait été serve avant de devenir dame de plaisir ! Sinon, on nous aurait toutes envoyées travailler dans les champs. Tu te rends compte ? Je ne suis pas faite pour ça, moi. Regarde comme mes mains sont soignées !

Du haut de sa fenêtre, elle tendit vers Philippos ses mains dodues.

— On dirait une princesse ! approuva-t-il, avant d'ajouter d'un air mélancolique : Douce aussi avait la peau très blanche.

La femme étouffa un bâillement et sembla réfléchir.

— Tu es un brave gosse, déclara-t-elle enfin. J'ai peu connu ta sœur, mais je vais dire deux mots à Petite Mère. Attends-la devant la porte.

Quelques instants plus tard, une matrone d'allure imposante apparut sur le seuil. Elle portait une ample sarafane rose et de longues boucles d'oreilles. Un collier de trois fils de pièces d'argent reposait sur sa généreuse poitrine. Elle étudia Philippos de son regard aigu sans cesser de se curer les dents avec une vieille plume de roseau.

— Douce était ma préférée, annonça-t-elle de but en blanc. Une vraie perle ! Les clients l'adoraient. Elle était craintive et réservée, mais ça excitait les blasés et ça rassurait les timides. En plus, les hommes aimaient ses manières affectueuses. On aurait dit une mère ou une sœur... Oh, pardon, mon petit ! Je ne voulais pas te blesser.

— Comment est-elle morte ?

— Un vagabond s'est introduit dans sa chambre par la fenêtre et l'a étranglée. Naturellement, ce rat immonde n'avait pas les moyens de s'offrir une fille comme un homme respectable. Il a dû épier Douce du dehors. Dès que son dernier client fut parti, il a escaladé la fenêtre, l'a violentée et l'a tuée.

— Qui a-t-elle reçu en dernier ?

Agraféna esquissa un sourire triste et secoua la tête.

— Je vois où tu veux en venir ! J'ignore de qui il s'agit, mais tu n'y es pas du tout. Au moment où il est arrivé, je suis partie saluer un de nos habitués. J'ai croisé Douce qui venait de ranger sa chambre. Elle m'a souri, disant qu'elle s'apprêtait à accueillir un homme charmant, un noble. Non, ça ne peut pas être lui ! Douce avait horreur des vicieux, elle aurait senti le danger.

— Comment a-t-on découvert le crime ?

— C'est moi qui ai trouvé la pauvrette. Le client était parti depuis un moment. Je savais que Douce aimait se reposer entre deux visites, mais quelqu'un l'a demandée. Je suis montée lui parler. Elle était étendue sur son lit, comme si elle dormait — sauf pour son visage... C'était horrible ! Rien qu'à y penser, j'ai la chair de poule.

— Et la chambre ? Y avait-il des meubles renversés, des objets cassés ?

Agraféna le dévisagea d'un air étonné.

— Pourquoi donc ? Non, tout était en ordre.

— Tu vois ! s'écria Philippos. Si ç'avait été un vagabond, elle se serait débattue, elle aurait appelé à l'aide. Je suis sûr qu'elle connaissait cet homme. C'est pour ça qu'il a pu l'attaquer par surprise.

— Tiens, par exemple ! Je n'avais pas pensé à ça. Mais peut-être qu'elle s'était endormie... Écoute, je dois te laisser maintenant. J'ai une foule de choses à régler avant l'arrivée des clients : commander de l'hydromel, négocier la réparation d'une cloison avec le menuisier...

Comme Philippos lui adressait un regard suppliant, Agraféna haussa les épaules.

— A quoi bon remuer le couteau dans la plaie, petit ? Mais enfin, tu peux revenir quand la nuit sera tombée. Tu frapperas comme ça...

Elle donna deux légers coups suivis d'un troisième après un instant.

— C'est toujours moi qui ouvre la porte. Nous bavarderons, et je te servirai une bonne bouillie de sarrasin. Je parie que tu n'as pas mangé depuis que tu as quitté ton village.

Philippos la remercia, contenant difficilement sa joie. Il était sur la bonne piste ! Il ne doutait pas que la mort de la jeune prostituée fût liée aux crimes récents. Avec un peu de chance, la tenancière se souviendrait d'une autre remarque de Douce, ou d'un détail quelconque qui permettrait d'identifier le mystérieux client. Aussi mystérieux et aussi discret que l'amant de Sofia...

Mais il lui faudrait patienter jusqu'à la tombée de la nuit avant d'en savoir plus. Il hésita un moment à repasser au palais puis décida d'aller retrouver ses nouveaux amis.

Arrivé au marché, il longea la galerie des marchandises d'Orient, humant au passage le parfum des épices et admirant les lames en acier de Damas... Il commençait à s'impatienter quand il sentit qu'on le tirait par un pan de sa tunique. En se retournant, il n'aperçut personne, mais un chuchotement lui parvint de derrière la boutique d'un marchand affublé d'une barbe couleur de feu et d'un turban bariolé. Philippos contourna la construction en planches de sapin et vit la Balafre.

— Je ne peux plus travailler ailleurs, lui confia celui-ci. Il y a belle lurette que les commerçants de la ville m'ont repéré grâce à l'ornement que je porte sur la figure. Ici, par contre, je ne risque rien. Les étrangers ne s'attardent jamais plus de quelques jours. Et toi ? As-tu appris quelque chose ?

Philippos lui résuma son entretien avec la tenancière. La Balafre se rembrunit.

— Je suis triste pour ta sœur. Je ne savais pas que c'était elle la victime. Quant à Petite Mère, elle mène son monde à la baguette, mais il faut reconnaître qu'elle a du cœur. Bon, en attendant le soir, tu peux nous donner un coup de main. Va te poster à côté du carrefour à l'entrée de la grand-rue. Il y a une telle bousculade à cet endroit que personne ne fait attention à personne. Les miens viendront te filer la marchandise. Tout ce que tu auras à faire, c'est de la planquer rapidement.

— Planquer ? Où ça ?

La Balafre sortit en silence un foulard crasseux de sa poche, en confectionna un balluchon et le tendit à Philippos.

— Maintenant, va te balader un peu, le temps que je passe le mot aux autres, commanda le garçon.

Sur ce, il prit la direction de la galerie des merciers, une des plus animées du marché, et disparut parmi les passants. Philippos alla flâner entre les étals, curieux de voir « travailler » les acolytes de la Balafre. L'espace d'un instant, il lui sembla en reconnaître un, surnommé le Pèlerin. L'air détaché, il ne quittait pas d'une semelle une grosse femme vêtue d'une robe de soie, la poitrine ornée d'un lourd collier en pièces d'or. Philippos le suivit. Soudain, il s'aperçut que le Pèlerin n'était plus là. La femme s'arrêta devant un éventaire, échangea quelques mots avec le marchand, puis fouilla dans une de ses vastes poches. Philippos la vit se figer et ouvrir grand la bouche. Quand le cri jaillit, il avait déjà plongé dans la foule.

En quittant le marché, il passa devant la cathédrale. Les plus jeunes enfants de la bande s'étalaient sur les marches près de l'entrée. L'un d'entre eux tamponnait d'un chiffon maculé de sang ses yeux révulsés, dont on n'apercevait que le blanc ; un autre, sa maigre frimousse arborant un sourire béat, proférait des propos incohérents entrecoupés du refrain : « Pour l'amour du Christ, une pièce pour le bienheureux Savka, faible d'esprit ! »

Réprimant un éclat de rire, Philippos se hâta de gagner le carrefour animé dont avait parlé la Balafre. Bientôt, ses nouveaux camarades se mirent à arriver. Ils défilaient un à un, en l'effleurant négligemment, ce qui leur permettait de lui remettre le butin. Quant à Philippos, il affichait l'air ahuri, celui d'un petit paysan étourdi par la cohue. Il jetait des coups d'œil apeurés à la ronde tout en remplissant prestement son balluchon. Absorbé par son rôle, il ne se rendait même pas compte de ce qui lui passait entre les mains.

Le soleil rougeoyant était à moitié caché derrière les bulbes scintillants de l'église Boris-et-Gleb quand un gamin que Philippos ne connaissait pas, vêtu d'un riche caftan en lambeaux, lui murmura que le chef les attendait tous derrière l'église du Vendredi-Saint.

Cette fois, Philippos trouva facilement le chemin. La Balafre avait réuni tous les siens — une bonne vingtaine de personnes — dans un terrain vague où se dressaient quelques marronniers au feuillage déjà jauni. Le chef de la bande commença par compter l'argent provenant des bourses coupées. Puis il examina le butin. Il y avait là vêtements, vaisselle, bougies et cierges, torches, ceintures, un beau poignard dans un fourreau métallique incrusté de nacre, un collier de cuivre orné de pierres bleues. Tout cela serait revendu au receleur habituel de la bande. Les garçons ne garderaient pour eux que la nourriture : pommes, miches de pain, raisins secs et même une tranche de viande salée. Quelqu'un alla au puits remplir d'eau un grand seau de bois. Le repas commença.

Philippos s'étonna que personne n'ait songé à assouvir sa faim au marché, en cachette, mais la Balafre faisait régner une discipline de fer : quiconque oserait garder pour lui le moindre larcin serait expulsé de la bande sur-le-champ.

Pendant que tout le monde ripaillait, Philippos aperçut de nouveau le garçon en caftan lacéré, surnommé le Boyard. Intrigué, il demanda si celui-ci était d'origine noble. La Balafre éclata de rire.

— La plupart d'entre nous ont choisi des surnoms en rapport avec leur travail habituel, expliqua-t-il. Le Boyard que voici se rend tous les jours à l'une des portes de la ville pour raconter la funeste mésaventure dont il est soi-disant la victime. Il voyageait avec ses parents chéris quand des brigands les ont attaqués... Tu devines la suite ! Il n'a pas son pareil lorsqu'il raconte le viol de sa mère et le meurtre de son père. Ensuite, il évoque par le menu les biens fabuleux dont la famille a été dépouillée. Les gens adorent voir un richard qui a tout perdu ! Le Boyard confie ses malheurs aux voyageurs qui prennent la grand-route. Il faut voir la tête de ces crétins, et l'aumône dont ils se fendent. Sacré Boyard ! Il saurait damer le pion aux bardes du prince !

— Ce n'est pas sorcier, dit modestement le Boyard, il suffit de prendre plaisir aux choses que tu inventes. Au début, je pensais à ma vraie mère. Elle m'a abandonné à ma naissance sous un tas de détritus au marché, et on a failli me balayer avec les déchets. J'imaginais ce qui pouvait lui arriver de pire, à elle et à celui qui l'a engrossée. Et puis, j'ai perfectionné ma blague en allant traîner près de la résidence princière, histoire de voir comment vivent les riches. Mais le coup de chance, ça a été le caftan que le Miraculeux a trouvé près du port. Il était tout barbouillé de sang séché ; ça aussi, ça m'a donné des idées.

— Et toi, qu'est-ce que tu fais ? demanda Philippos au Miraculeux, le garçon blond avec qui il s'était battu.

— J'étais paralytique et j'ai été guéri par l'icône de saint Nicolas le Thaumaturge vénérée dans mon village natal, confia l'intéressé.

— Est-ce qu'au moins elle existe, cette icône ? s'enquit Philippos avec méfiance.

— Autrefois, peut-être bien qu'elle a existé... Va savoir ! Notre unique église a été brûlée par les Koumans, et je me suis sauvé tout de suite après l'incendie.

Ébahi, Philippos écouta les autres larrons lui décrire en riant leurs « trucs de métier ». Outre plusieurs faux aveugles et infirmes, il y avait le Trembleur, qui simulait d'affreuses convulsions ; le Pèlerin, qui racontait son voyage à la Laure de Kiev et ses entretiens avec le saint moine Antoine ; le Pleureur, qui savait à tout moment éclater en sanglots déchirants. Le Païen, lui, demandait l'aumône sous prétexte qu'il était fraîchement converti ; un autre, surnommé le Fou, que son « frère » promenait attaché à une corde, mâchait un bout de savon pour faire couler une bave abondante et poussait des rugissements à glacer le sang... Les plus âgés volaient à la tire, coupaient les bourses et étaient tous des « hasardeurs » professionnels, qui trichaient au jeu et savaient fabriquer des dés pipés. Toutefois, la Balafre n'admettait pas dans sa bande les « envoyeurs » — autrement dit, les assassins.

La nuit était tombée. Philippos n'attendit pas la fin du repas. Il remercia la Balafre et ses amis, promettant de revenir les voir la prochaine fois qu'il se rendrait à Tchernigov. Incapable de contenir son impatience, il longea les ruelles en courant, au risque de se rompre le cou dans l'obscurité.

Les nuages apparus en début de soirée cachaient la lune, et la petite place n'était éclairée que par la maigre lumière qui provenait de l'entrée de la taverne et des fenêtres de la maison de plaisir.

Philippos reprit son souffle et s'apprêtait à traverser la place lorsqu'une silhouette d'homme surgit devant l'entrée. Un client ! Le garçon ne tenait pas à ce qu'on l'aperçoive en compagnie de la tenancière. Il resta donc dans l'ombre, adossé au mur d'en face qui sentait le bois pourri.

Malgré la douceur de la nuit, l'inconnu portait une ample cape foncée. Sa chapka ronde de boyard était enfoncée jusqu'aux oreilles. Voilà un notable qui a honte de ses fréquentations, songea distraitement Philippos. Il entendit l'homme frapper de façon convenue. Un habitué, donc.

Philippos vit la lumière vacillante d'une torche apparaître dans la lucarne au-dessus de la porte. Le verrou s'ouvrit avec un claquement métallique. La femme qui se tenait sur le seuil plaça la torche dans le support fixé au chambranle et s'inclina courtoisement devant le visiteur.

Philippos reconnut Agraféna. Elle portait la même robe d'un rose criard, et un sourire aimable éclairait son visage rond. L'homme lui adressa quelques mots à voix basse. Le sourire de la tenancière devint plus large. D'un geste, elle invita le visiteur à pénétrer à l'intérieur. C'est alors que l'imprévisible se produisit.

L'homme s'avança d'un pas mais, au lieu d'entrer, il projeta brusquement sa main en avant pour la retirer aussitôt. Agraféna se figea. Philippos avait l'impression de voir toute la scène au ralenti, comme cela arrive dans les rêves. L'homme essuyait maintenant l'objet qu'il tenait à la main. Il s'écarta de la tenancière, pivota sur ses talons et s'engagea sur la place. Agraféna, toujours immobile, bien éclairée par la torche fixée dans l'entrée, pressait ses deux mains contre son cœur. Enfin, elle s'affaissa sans un cri, roula sur le côté et s'immobilisa dans cette position. Le devant de sa robe était taché, et une petite flaque noire se formait lentement sous sa poitrine.

Le temps reprit ses droits. Philippos se rendit compte que l'homme s'éloignait de la maison d'un pas pressé, presque en courant. L'instant d'après, il se fondit dans l'obscurité.

Philippos n'avait pas besoin de s'approcher de la tenancière pour s'assurer que la malheureuse était morte — et, avec elle, l'espoir d'en apprendre plus sur le meurtre de Douce. La seule chose sensée consistait à prendre en chasse l'homme à la cape noire. Si ce dernier avait couru le risque de se débarrasser de la tenancière, c'est que le meurtre de Douce était bel et bien lié aux événements récents.

L'esprit en ébullition, le cœur battant la chamade, Philippos traversa la place et se précipita dans la direction que l'assassin avait prise. Il n'aurait qu'à lui filer le train, tout en maintenant entre eux une distance suffisante pour ne pas se faire remarquer... Facile à dire ! Par cette nuit sans lune, on ne voyait pas à cinq coudées. Pourtant, il entendait le bruit d'un pas souple et léger devant lui.

Le bruit cessa à la hauteur du premier carrefour. L'inconnu avait-il pris la ruelle qui partait vers le centre de la ville ? Ou bien... s'était-il aperçu qu'il était suivi ? Philippos imagina le tueur tapi dans le noir, prêt à fondre sur lui et à l'éliminer avec autant de sang-froid qu'il l'avait fait avec Agraféna.

Il tenta de chasser cette terrifiante image de son esprit. Ses paumes étaient moites, la sueur ruisselait sur son visage et dans son dos, sa tunique lui collait à la peau, mais il parvint à surmonter sa peur et s'avança vers le carrefour. Ses yeux s'étaient habitués à l'obscurité, et il reconnut les contours flous de la palissade délabrée qui se dressait à l'angle. Il s'immobilisa, l'oreille tendue. Un silence complet régnait alentour.

Il décida de s'engager dans la ruelle. Tournant à gauche, il risqua quelques pas prudents puis s'arrêta. Toujours aucun bruit ! L'assassin avait-il réussi à le semer ?

A peine cette pensée lui avait-elle traversé l'esprit qu'un bras puissant lui encercla la gorge. En même temps, on le tira brusquement en arrière pour le plaquer contre un torse dur et musclé. Il rassembla toutes ses forces et envoya un grand coup de pied dans les tibias de son assaillant. En vain ! Le bras serré contre sa gorge l'emprisonnait aussi sûrement qu'une barre de fer. Philippos avait l'impression d'entendre les battements effrénés du cœur de l'inconnu et sa respiration saccadée. On aurait dit que l'homme avait peur. Croyait-il que Philippos l'avait reconnu devant la maison d'Agraféna ? Si oui, c'en était fait de lui !

Une vague de panique le submergea. Il se sentait faiblir ; des cercles rouges dansaient devant ses yeux. Il rassembla ce qui lui restait de forces et tira sur la manche de l'homme, s'agrippa à ses vêtements, essayant de se libérer. Sa main se referma sur un mince objet métallique, sans doute une fibule. S'il parvenait à s'en emparer, il pourrait enfoncer l'aiguille dans le bras...

Soudain, l'étau d'acier se desserra. Philippos voulut faire un bond de côté mais trébucha et faillit tomber. C'est alors que l'inconnu lui assena un formidable coup sur la tempe. Philippos vacilla, des étoiles dans les yeux. A travers le brouillard qui lui voilait l'esprit, il perçut un cri perçant de femme :

— On a tué Petite Mère ! A l'assassin !

A cet instant il s'évanouit.

Quand Philippos reprit connaissance, il distingua au-dessus de lui un visage préoccupé, marqué d'une longue cicatrice violacée. La Balafre ! Non seulement il était vivant, mais un ami veillait sur lui.

Il se souleva sur son coude et jeta un regard curieux autour dc lui. Il se trouvait allongé sur une peau de mouton étalée à même le sol d'une misérable cabane. Ce n'était d'ailleurs pas une vraie cabane mais juste un toit soutenu par des piquets, accolé au mur de la bicoque voisine. Penché sur Philippos, la Balafre lui aspergeait la figure de l'eau qu'il puisait avec sa main dans un seau.

— Tu m'as tiré d'un sacré pétrin ! s'exclama Philippos en guise de remerciement.

— Plutôt, oui. Quand j'ai entendu crier, j'ai pensé que tu étais encore dans les parages. Tu as une sacrée chance que je t'aie trouvé avant les gens du quartier !

Philippos le dévisagea sans comprendre.

— Ils t'auraient fait la peau sans se poser la moindre question. C'est que Petite Mère était de chez nous, et on l'aimait bien.

— Mais enfin, je ne suis pour rien dans ce qui lui est arrivé !

— Tu crois qu'on aurait cherché à le vérifier ? Bon, raconte ce qui s'est passé.

Philippos s'exécuta. Cependant, comme il voulait masser sa gorge endolorie, il s'aperçut que ses doigts étaient encore repliés. En ouvrant la main, il vit une fibule d'argent — celle-là même qu'il avait arrachée à la cape de son agresseur. Elle représentait un aigle dessiné avec sobriété et élégance.

— Un bijou de boyard, commenta la Balafre. Voilà qui ne t'avance guère ! Toute une flopée de nobles fréquentent la maison de Petite Mère. Certains essayent de passer inaperçus en portant des vêtements modestes, mais ça ne trompe personne. Un boyard, un vrai, ça se voit dans ce quartier comme le nez au milieu de la figure !

— A quoi tu les reconnais ?

— Ils sont fiers et hargneux comme des coqs de combat ! Et puis, on dirait qu'ils ont peur de se salir. Pourtant, ils ne dédaignent pas nos filles et acceptent nos soins ! Je parle de ce gaillard qui est venu chez Petite Mère il y a près d'une lune. Les plus petits des miens traînaient le soir près de la maison. Certains clients leur donnaient une piécette. Lui, c'est à peine s'il ne les a pas chassés à coups de pied. Alors, quand il s'est effondré devant la fille avant même de commencer la besogne, tu penses si on a bien rigolé !

— Que lui est-il arrivé ?

— Dès qu'il est entré dans la chambre, il est devenu cramoisi, s'est mis à souffler comme un bœuf, puis est tombé raide. La fille l'a cru mort. Elle a poussé des hurlements qui ont réveillé la moitié du quartier. Nous sommes tous accourus, et l'apothicaire Jdan lui a fait une saignée. Il s'est reposé quelque temps, puis il est reparti en rasant les murs. Alors là, il avait l'air nettement moins fier !... Jamais on n'aurait cru ce gars malade. Il était solide comme un chêne.

A la demande de Philippos, la Balafre lui décrivit le boyard costaud. Puis Philippos quitta son ami en l'assurant qu'il préférait dormir dans la remise abandonnée qu'il avait repérée dans la matinée.

Sur le chemin de la résidence princière, il repensa à cette journée si riche en événements. Il avait réussi à se faire accepter par de jeunes truands sans foi ni loi et à gagner l'estime d'un garçon admirable, la Balafre ; il avait été témoin d'un meurtre et avait failli lui-même être tué. Pourtant, toutes ses émotions avaient reculé devant cette terrible question : comment Anna réagirait-elle en apprenant que son père était non seulement un vil débauché mais encore un assassin ?

CHAPITRE IX

Le lendemain, Artem se leva de bonne heure et alla réveiller Philippos. Le droujinnik l'avait attendu la veille en se rongeant les sangs jusque tard dans la soirée. A son retour, le garçon avait paru tellement épuisé et accablé qu'Artem l'avait serré dans ses bras, se bornant à lui adresser quelques reproches pour la forme. Il l'avait envoyé au lit sans lui poser la moindre question.

Maintenant ils avaient tous deux hâte de se raconter leurs aventures. Pendant que Philippos s'habillait, Artem commanda un repas copieux. Ils s'installèrent sous la tonnelle éclairée par les rayons obliques du soleil levant. Après avoir réprimandé le garçon avec sévérité, Artem lui fit promettre de ne plus prendre de telles initiatives sous peine d'être écarté de l'enquête.

La paix rétablie, Artem résuma ses recherches de la veille et décrivit la mystérieuse cabane dans la forêt. Puis ce fut à Philippos de conter ses aventures. Comme à son habitude, il les relata avec moult détails pittoresques et sans oublier de ménager les effets de surprise. La nouvelle du meurtre de la tenancière arracha au droujinnik une exclamation de colère, et l'agression contre Philippos le fit pâlir d'effroi. Quand le garçon eut terminé, Artem resta silencieux quelques instants.

— Je remercie Dieu, dit-il gravement, qu'il ait fait nuit noire et que tu n'aies pas pu distinguer le visage de l'assassin. C'est l'unique raison pour laquelle tu es encore en vie.

— Ça a été mon jour de chance ! sourit Philippos. Mon assaillant ne s'est pas rendu compte non plus que j'ai arraché la fibule de sa cape. Il pensera sûrement qu'il l'a égarée dans le feu de l'action !

Il tendit la fibule au droujinnik. Elle représentait un bel aigle d'argent aux ailes puissantes et à la tête entourée d'un nimbe.

— Ce bijou a été fabriqué sur commande, remarqua Artem d'un air songeur. Je me demande si cette effigie ne comporte pas un sens particulier — du moins aux yeux de son propriétaire. D'un autre côté, le motif de l'aigle est fort courant à Byzance... N'importe : ton trophée nous fournit indirectement un indice de première importance ! En arrachant la fibule, tu as dû déchirer la cape de ton agresseur. Cette marque devrait nous permettre de confondre le criminel.

Le droujinnik sortit son mouchoir de soie rouge, en enveloppa la fibule et rangea le petit paquet dans sa poche. Philippos l'observait en silence, le visage soudain assombri.

— Comment va-t-on annoncer à Anna qu'il s'agit de son père ? demanda-t-il.

— Évitons des conclusions hâtives, objecta Artem. Tout ce que nous savons, c'est que Sergios fréquente en cachette les filles de mauvaise vie. Son penchant répréhensible ne fait pourtant pas de lui un dément aux goûts pervers — ni un assassin !

« J'irai aujourd'hui même au Tribunal pour savoir le nom du fonctionnaire qui a été dépêché cette nuit sur les lieux du crime. Le meurtre de la tenancière sera sans doute considéré comme un règlement de comptes au sein de la pègre, et un enquêteur ordinaire s'occupera des premières démarches. Pour l'instant, je me garderai bien de l'avertir que ce nouveau crime est lié à l'affaire des ondines. La maison d'Agraféna est sans doute déjà fermée ; ses "nièces" seront interrogées aujourd'hui ou demain. Je trouverai un moyen d'apprendre si certaines filles ont subi des mauvais traitements de la part de Sergios, ou si elles le considèrent comme un client ordinaire. Nous saurons alors à quoi nous en tenir sur son compte.

Philippos acquiesça, soulagé. Artem lui ébouriffa les cheveux d'un geste affectueux et l'encouragea à se remettre en quête de renseignements sur Ratmir. Quand le garçon fut parti, le droujinnik gagna son cabinet de travail.

Il se consacra à la rédaction d'un commentaire détaillé des deux affaires. Celle du coffre volé était pour ainsi dire résolue. La veille, le soldat Volets avait commencé la surveillance de l'isba cachée dans la forêt ; un autre planton désigné par le commandant de la garnison princière devait le remplacer à midi. Tôt ou tard, le malfaiteur serait démasqué et l'or, restitué au Trésor.

Quant à l'enquête sur les meurtres des ondines, elle piétinait en dépit des éléments dont elle venait de s'enrichir. Le meurtre d'Agraféna pouvait qu'il existait un lien entre l'assassinat de Douce et la mort de Sofia et d'Eudoxie. Cela donnait à l'affaire une tournure nouvelle... cependant Artem ne disposait d'aucun véritable indice hormis la fibule apportée par Philippos !

Tout un écheveau de pensées et de questions sans réponse encombrait l'esprit du droujinnik. Les cierges allumés après le meurtre de Sofia prouvaient-ils que l'assassin fou était un dévot ? Pourquoi s'était-il muni d'une torche en venant au rendez-vous avec Eudoxie ? Qu'est-ce qui avait pu déclencher sa rage meurtrière deux lunes après l'agression de Douce ? Comment expliquer l'écorchure similaire que Sofia et Eudoxie portaient au front ?

Artem reposa sa plume de roseau, décidant de se rendre à la bibliothèque. Sous prétexte de demander à Sergios des nouvelles de sa santé, il lui poserait des questions en apparence innocentes, guetterait sa moindre réaction et parviendrait peut-être à découvrir s'il possédait une cape noire...

Il trouva porte close ; seul l'atelier de calligraphie présentait quelques signes d'activité. Un jeune copiste lui apprit que Sergios, complètement remis de son malaise, passait la matinée à vérifier les réserves du Dépôt des Livres.

La position du soleil indiquait qu'il n'était pas loin de midi. Sergios allait sans doute rentrer d'ici peu. Artem décida de l'attendre sur place, profitant de la fraîcheur qui régnait dans les couloirs du palais. Il alla se planter devant la fenêtre et tira son talisman de sa poche.

Bien que chrétien convaincu, il croyait à la « Force du Ciel » que ses ancêtres varègues attribuaient à la pierre ornée d'un étrange cryptogramme. Une silhouette à la tête en forme de coupe, surmontée de lignes ondulantes, symbolisait la capacité de l'homme à capter les vibrations des « Eaux Supérieures », ce mystérieux ciel-mer qu'avaient vénéré les Varègues païens.

Alors que ses doigts effleuraient le dessin gravé, Artem parvint à faire le vide dans son esprit, laissant résonner en lui la voix secrète de l'univers. Peu à peu, il réussit à se concentrer sur l'affaire, examinant ses différents aspects avec une lucidité nouvelle.

Des exclamations bruyantes l'arrachèrent à sa réflexion. Iann, Philippos et Borka venaient de pénétrer dans l'avant-cour. Les trois amis s'arrêtèrent pour bavarder devant le palais. Contrarié, le droujinnik s'éloigna de la fenêtre. Rien à faire ! Les voix sonores l'empêchaient de reprendre le fil de ses pensées.

Il descendit et sortit sur le perron.

En l'apercevant, Iann et Philippos se précipitèrent vers lui.

— Regarde, boyard ! N'est-ce pas que mon talisman est parfait ? demanda le scribe. Je viens de trouver la pierre qui convient, il ne me reste qu'à la donner à un graveur. Quant à l'emblème, j'attendrai l'avis d'Anna pour me décider.

Philippos lui lança un regard noir.

— Montre-lui la « Force du Ciel », insista-t-il. Il comprendra enfin la différence entre un objet sacré et un simple caillou, un galet de rivière !

— Mon talisman n'était rien d'autre avant de devenir

la « Force du Ciel », répliqua le droujinnik en rendant à Iann son fétiche. Tu ne travailles pas ce matin ? lui demanda-t-il.

— On a quartier libre jusqu'au retour de Sergios. Seuls les plus jeunes élèves s'entraînent à recopier les Écritures. Moi, je reviens des réserves. Je voulais m'assurer qu'il restait suffisamment d'écorce de bouleau vierge.

— Tu as sûrement croisé le Garde des Livres. Est-ce qu'il en a encore pour longtemps ?

— Sergios ? s'étonna Iann. Je ne l'ai pas vu à l'entrepôt. Il a dû partir avant. Puis-je t'aider, boyard ?

— J'ai besoin d'un document déposé dans la salle des archives, répondit évasivement Artem.

— Alors, tu es obligé d'attendre Sergios. Il n'autorise personne à y accéder — sauf Anna. Mais elle est partie se promener. Je doute qu'elle rentre avant son père.

A cet instant, un gamin d'une dizaine d'étés, pauvrement vêtu, franchit le portail. Les jambes de son pantalon remontées jusqu'aux genoux découvraient ses mollets maigres et ses pieds nus couverts de vase séchée. Après avoir jeté un coup d'œil à la ronde, il courut vers le droujinnik.

— Boyard, boyard ! Tu connais le chef des gardes ? articula-t-il, tout essoufflé. Je dois lui montrer quelque chose. Mon petit frère et moi, on a trouvé une femme sur la berge. Elle ne bouge pas, et elle a du sang sur le corps.

Borka poussa un cri effrayé ; Iann et Philippos échangèrent un regard inquiet.

— C'est moi qui viendrai avec toi, répondit Artem en s'efforçant de parler d'une voix calme. Comment t'appelles-tu ?

— Klim-le-poisson. Parce que je nage très bien, précisa fièrement l'enfant.

— Es-tu sûr de ce que tu as vu, Klim-le-poisson ?

— Oh, oui ! Elle est couchée sur le ventre, et son dos est en sang. Elle a des cheveux longs comme une ondine, et elle est toute nue.

Soudain, la terreur déforma les traits de Iann.

— Anna... murmura-t-il. Elle m'a dit qu'elle irait vers le fleuve. Elle voulait rester seule. Oh, mon Dieu ! J'aurais dû l'accompagner !

— C'est vrai, confirma Borka d'une voix tremblante. Elle avait envie de regarder l'eau, ajouta-t-elle en fondant en larmes.

— Courage ! chuchota Philippos, aussi blême que ses amis. Rien ne prouve que...

— De quelle couleur sont ses cheveux ? interrompit Artem en s'adressant à l'enfant.

Klim sembla hésiter, tandis que les autres le fixaient avec angoisse.

— Comme les feuilles en automne, répondit-il enfin, content d'avoir choisi le mot juste.

— Laska ! s'écrièrent d'une seule voix les garçons.

— Je le crains, fit le droujinnik en fronçant les sourcils. Philippos, va chercher deux gardes. Qu'ils prennent une civière et me rejoignent à la porte sud. Vous tous, restez ici. Allons-y, petit, commanda-t-il à Klim.

Ignorant le regard suppliant de Philippos, il se dirigea vers le portail, l'enfant trottinant devant lui.

A la sortie de la ville, les soldats rattrapèrent le droujinnik. Conduits par le gamin, ils suivirent d'abord le chemin qui menait vers le lieu habituel des baignades et des jeux. Puis Klim quitta le sentier pour couper à travers un bosquet de pins. Ils débouchèrent sur une étroite bande de terre sablonneuse qui séparait les arbres du fleuve.

— Je pêchais des écrevisses ici, déclara Klim en désignant une petite crique entourée de buissons. Mon frère lançait des cailloux dans l'eau plus loin, là-bas. C'est lui qui l'a vue le premier.

Artem aperçut le corps étendu sur le sol à quelques dizaines de coudées de la crique. Il fouilla dans sa poche, en sortit une piécette de cuivre et la tendit au garçon.

— Tu as bien fait de venir tout de suite au palais. Tu peux être fier de toi. Maintenant, c'est à moi de jouer. Prends ça et file !

Le gamin empocha la pièce d'un air ravi.

— Je vais la mettre de côté pour m'acheter une ligne plus tard ! confia-t-il au droujinnik avant de détaler.

Artem ordonna d'un geste aux soldats de patienter et s'approcha de Laska. Elle était allongée sur le ventre, les bras tendus vers les arbres tout proches. Son abondante chevelure aux boucles emmêlées ne cachait pas une profonde entaille sous l'omoplate gauche. De grosses mouches bleues grouillaient sur le sang coagulé qui couvrait le dos de la jeune morte.

Artem les chassa d'un geste irrité, et elles s'envolèrent en bourdonnant pour revenir à la charge l'instant d'après. Sortant son grand mouchoir de soie pour éloigner les insectes voraces, le droujinnik s'accroupit et examina la blessure. L'assassin s'était servi d'un poignard à lame longue et affilée, qui avait probablement atteint le cœur. La mort devait remonter à quelques heures à peine car le corps était encore tiède.

Il le retourna doucement. L'ombre des hauts pins recouvrait le buste de Laska, mais une tache de soleil tombait sur sa bouche, lui donnant l'air espiègle qu'elle arborait si souvent dans la vie. Artem fit écran de sa main et scruta le visage de la jeune fille. Ses sourcils s'arquaient légèrement dans une expression de surprise ; sa bouche était entrouverte comme si une exclamation venait de s'en échapper. Quant à ses yeux grands ouverts aux pupilles dilatées, ils trahissaient une profonde terreur.

Le droujinnik se redressa et contempla Laska. La beauté parfaite de son corps nu lui coupait le souffle, tandis qu'un sentiment de rage impuissante montait en lui. Cette merveilleuse créature aurait pu inspirer bardes et peintres, émouvoir les cœurs les plus endurcis et, tout simplement, rendre heureux un honnête homme et lui donner de beaux enfants... Au lieu de quoi, Manouk allait explorer sa tendre chair avec ses instruments de médecin ; Artem la livrerait à un père qui ne verserait pas une larme sur sa fille volage ; et dès qu'elle serait mise en terre, le monde oublierait que l'irrésistible Laska avait jamais existé... Le droujinnik saurait-il au moins retrouver le scélérat responsable de sa mort ? Laska avait le don de courroucer ses nombreux soupirants. La jalousie et le dépit avaient sans doute poussé l'un d'entre eux à commettre ce crime ignoble.

Il soupira et releva la tête. C'est alors qu'il aperçut, dans l'ombre des pins, un mot tracé sur le sol avec la pointe d'un couteau.

« Ondine. »

Artem tressaillit. Il se sentit brusquement envahi par une fureur glaciale, meurtrière, tellement violente que ses mains tremblèrent. Le sinistre maniaque continuait à satisfaire ses instincts dépravés en toute impunité, au nez et à la barbe du Tribunal ! Artem savait que ce genre d'individus agissaient sans se soucier des conséquences, mais il avait l'impression que l'insaisissable assassin le narguait. Trois jeunes femmes avaient été mises à mort depuis le début de l'enquête, sans compter les meurtres de Douce et de la tenancière Agraféna. Et lui, Artem, avait failli dans la tâche de protéger les vies que son suzerain lui avait confiées !

Il se retourna vers les deux soldats qui se tenaient respectueusement à l'écart, fascinés par la beauté de la jeune morte.

— Vous pouvez l'emporter, commanda-t-il. Déposez-la dans la chapelle mortuaire, et avertissez le médecin qu'il peut procéder à l'examen habituel.

Les gardes déplièrent la civière de lanières de cuir et soulevèrent le corps. La longue chevelure de Laska balaya le sol. Soudain, quelque chose attira l'attention d'Artem : une longue mèche avait été tranchée près de la tempe. Le meurtrier avait-il voulu la conserver en guise de fétiche ?

— Attendez, ordonna-t-il alors que les soldats s'apprêtaient à recouvrir le cadavre d'un drap de lin.

Artem inspecta les alentours. Il trouva la mèche coupée à quelques coudées de là, dissimulée dans l'herbe. Après avoir vérifié qu'il s'agissait bien des cheveux de Laska, il autorisa les gardes à emporter le corps. Il commençait à comprendre ce qui avait poussé l'assassin à accomplir son geste bizarre. Mais il pourrait y réfléchir plus tard : il fallait maintenant terminer l'examen des lieux du crime.

A une vingtaine de coudées de l'endroit où Laska avait trouvé la mort, quelques arbustes formaient un abri idéal pour un couple désireux de s'isoler. Comme il s'en approchait, il remarqua des feuilles vertes et des fleurs fanées, éparpillées çà et là sur le sol.

Derrière les buissons, le sable gardait encore la trace de l'étreinte amoureuse. A côté gisait ce qui restait du costume d'ondine de Laska : un tas de feuillage déchiqueté et piétiné.

Le droujinnik tenta de se représenter le déroulement du drame. Laska avait, bien sûr, suivi l'homme de son plein gré. Après avoir folâtré quelque temps avec lui, elle avait dû se rendre compte du danger. Elle s'était alors élancée vers la pinède, mais l'assassin l'avait rattrapée et poignardée dans le dos. Il avait tracé le mot « ondine » de la pointe de son arme puis s'était acharné sur la robe de feuilles et de fleurs, apanage des nymphes maléfiques.

Laska avait-elle essayé de se défendre ? L'examen de Manouk répondrait à cette question. Quant à la mèche de cheveux que l'assassin avait coupée, avant de la jeter négligemment... Artem frissonna. S'il avait deviné juste, le sinistre fou se livrait à un véritable rituel avec ses victimes. Ce besoin macabre s'était manifesté pour la première fois avec Sofia. Et c'est pour célébrer ce rituel que l'homme s'était muni d'un flambeau avant de se rendre chez Eudoxie.

Le droujinnik ramassa le monceau de feuillage, le dissimula dans les buissons et reprit le chemin de la ville. L'image de Laska vivante, belle comme la déesse du printemps, ne le quitta pas de tout le trajet.

De retour au palais, il se dirigea directement vers la chapelle mortuaire. Manouk venait de terminer son examen. Levant vers Artem ses grands yeux ambrés, il dit d'une voix mélancolique :

— Quel gâchis ! Une si splendide créature... Qui est le monstre qui n'a pas hésité à lui ôter la vie ?

— Le même qui a ravi celles de Sofia et d'Eudoxie, créatures de Dieu tout comme Laska, grommela Artem.

— Vraiment ? s'étonna Manouk. Je pensais qu'il s'agissait d'un amoureux jaloux.

— C'est possible, répondit le droujinnik d'un air évasif. Je ne saurais être plus précis avant d'avoir entendu ton rapport.

— Pardon, boyard, fit le médecin, embarrassé. J'aurais dû commencer par là.

Après avoir confirmé que le décès avait été provoqué par un coup de poignard, il déclara que les entrailles de la victime révélaient la présence de la substance vitale. Toutefois, Laska avait perdu son innocence bien avant de se donner à son dernier amant. Quant à l'heure du crime, elle remontait au début de la matinée.

— J'ai découvert des morceaux de peau et des traces de sang sous les ongles, poursuivit Manouk. Tout porte à croire que Laska s'est disputée avec son amant peu après l'acte charnel. Elle a dû se défendre et griffer l'homme avant de tenter de s'enfuir.

Le visage du droujinnik s'illumina.

— Enfin quelque chose qui devrait permettre d'identifier l'assassin ! Dommage qu'on ignore s'il porte des égratignures sur le visage ou s'il peut les dissimuler sous ses vêtements. Il faut à tout prix le retrouver avant que disparaissent ces marques accusatrices ! A propos de marques... Sofia et Eudoxie portaient toutes les deux une écorchure au front. A supposer que les deux femmes aient été coiffées d'un diadème, et qu'on l'ait ôté d'un geste brusque, est-ce que cela expliquerait cette légère blessure ?

— Sans doute, confirma Manouk, un peu surpris. Mais quel rapport avec les crimes ?

— J'ai supposé que l'assassin se livre à une sorte de rituel avec ses victimes : il les oblige à se parer. Il est possible qu'elles acceptent de leur plein gré de participer à cette mise en scène — sans se douter, naturellement, de sa sinistre signification.

— Laska n'aurait donc pas succombé au même homme, répliqua le médecin, car elle ne porte aucune trace au front.

— Dans tous les cas, ce n'est qu'une hypothèse, souligna Artem. Je te remercie, tes indications m'ont été fort précieuses.

Manouk s'inclina d'un mouvement plein de déférence et Artem sortit.

Absorbé dans ses pensées, il se dirigea à pas lents vers le jardin. Il s'était bien gardé de confier au médecin l'origine de ses soupçons. Apparemment, l'assassin amenait ses victimes à revêtir les somptueux bijoux de Sofia, auxquels s'étaient ajoutés les bracelets d'Eudoxie. Selon la vieille Glacha, le diadème de Sofia avait des pendeloques aux tempes. De toute évidence, l'une d'elles s'était prise dans les cheveux de Laska, et l'assassin avait dû trancher la mèche afin de dégager rapidement le bijou.

Ce dernier meurtre révélait l'extrême urgence de la situation. L'obsession qui taraudait le cerveau malade de l'homme le poussait maintenant à frapper de plus en plus souvent. Cela ne laissait guère de temps à Artem pour recourir aux moyens classiques de l'enquête, tels que vérifier le passé des suspects ou étudier leurs habitudes. Il lui fallait prendre des mesures immédiates...

Il pensa soudain à Anna. Un frisson glacial le parcourut lorsqu'il se rappela le danger que la jeune fille avait couru le matin même. Il devait la mettre en garde sans tarder !

C'est alors que le droujinnik entendit des voix au fond du verger. Il eut l'impression de reconnaître Iann et Anna.

Artem franchit l'élégante clôture en bois peint et longea l'allée principale. Comme les voix devenaient plus distinctes, il ralentit le pas. Il arrivait fort mal à propos : Iann était en pleine déclaration. Indécis, le droujinnik s'arrêta, observant le couple à travers les branches. Anna contournait un petit étang artificiel entouré de quelques bancs, tandis que le scribe la suivait docilement.

— Ma souffrance te laisse donc indifférente ? disait-il. Ou bien est-ce par crainte de ton père que tu n'oses me répondre ?

— En voilà une idée ! répliqua Anna en haussant les épaules. Mon père n'est pas l'ogre que tu imagines. S'il se montre exigeant envers ma sœur et moi, c'est en pensant à notre bien.

Elle tourna la tête, et il sembla au droujinnik qu'elle lança un bref regard dans sa direction. Si elle s'était aperçue de sa présence, elle n'en laissa rien paraître. Cependant, un sourire enjoué apparut sur ses lèvres.

— Sergios ne s'opposera donc pas à ton bonheur, souligna Iann. Si tu le désires...

— Qu'il est beau ! Je vais l'attraper ! interrompit la jeune fille en s'élançant à la poursuite d'un papillon aux couleurs chatoyantes.

Alors que Iann s'empressait de la suivre, Artem s'avança résolument vers le couple.

Le papillon se posa sur une branche de pommier et Anna monta sur un banc pour le saisir. Soudain, elle vacilla, poussa un léger cri puis tomba gracieusement dans les bras de Iann. Rouge comme une pivoine, le scribe contemplait la jeune fille appuyée contre sa poitrine.

— Que je suis sotte ! s'exclama Anna en éclatant de rire. Ça m'apprendra à grimper partout comme si j'avais l'âge de Borka.

Gauchement, Iann l'aida à se redresser.

Le malheureux garçon parut encore plus gêné lorsqu'il remarqua le droujinnik. Anna, au contraire, ne manifesta aucun trouble, mais s'inclina devant Artem jusqu'à terre puis le dévisagea d'un air interrogateur.

— Je sais que tu es allée sur la berge ce matin, déclara-t-il de but en blanc. Tu ne dois plus te promener sans être accompagnée. Tes amis ont dû te parler de la mort tragique de Laska, précédée par celles de dame Sofia et de la marchande Eudoxie. L'auteur de ces crimes est toujours en liberté.

— Je te remercie de ta sollicitude, répondit Anna en le

considérant de ses yeux verts, soudain assombris. En cas de danger, rien n'est plus rassurant pour une jeune fille que la protection de son fiancé... Sauf si *toi*, boyard, tu acceptes de veiller personnellement sur ma sécurité !

Iann, à qui le véritable sens de cette réplique avait évidemment échappé, regardait Anna d'un air suppliant. Quant à la jeune fille, elle se tenait devant Artem dans une attitude modeste, tout en le toisant avec une expression résolue. Le droujinnik fronça les sourcils et la fixa droit dans les yeux.

— Je veillerai sur toi, fille de Sergios, comme sur chaque personne menacée. Mais il me serait impossible de remplacer dans ce rôle ton futur fiancé.

Anna se mordit la lèvre et pâlit. Après un instant de silence, elle murmura :

— Soit. C'est Iann qui le fera.

— Tu es d'accord pour m'épouser ? s'écria celui-ci.

— Ne connais-tu pas l'usage ? répliqua Anna, les sourcils arqués. Il faut le demander à mon père

Bouleversé, le scribe s'exclama :

— Que dame Sofia, qui nous regarde du ciel, me soit témoin ! Je saurai désormais protéger ceux que j'aime. Tant qu'il me restera un souffle de vie, ma main et mon arc te serviront, et mon talisman nous défendra !

Sans écouter davantage, Artem tourna les talons et s'empressa de quitter le jardin. Ils formaient un si beau couple — lui, avec sa blondeur et son corps svelte de garçon du Nord, et elle, avec ses traits ciselés de Vierge byzantine. Oui, l'avenir et le bonheur appartenaient à la jeunesse, ce n'était que naturel.

Quant à Philippos, il connaîtrait son premier chagrin d'amour...

S'efforçant de chasser son vague à l'âme, Artem sortit de la résidence et longea l'enceinte en direction de la cathédrale du Saint-Sauveur. Il voulait interroger Kostas sur les visites de Sofia et l'intérêt soudain qu'elle avait manifesté pour la peinture.

Il découvrit l'artiste en train de restaurer un fragment

de mosaïque près de l'autel. Kostas le salua chaleureusement puis le conduisit devant ses deux fresques.

— Elles sont enfin achevées, annonça-t-il avec orgueil. Guita exigeait que je donne la priorité à ses autres commandes, aussi ai-je dû exécuter ces fresques par palier, en préparant chaque fois la chaux humide et les couleurs. Malgré ces interruptions, c'est le meilleur travail que j'aie fait à ce jour ! Je veux savoir ce que tu en penses. Prends ton temps !

Artem s'absorba dans la contemplation. Il avait l'impression d'assister à un festin de couleurs et de lumière. Enfin il déclara :

— En vérité, Kostas, tu peux rivaliser avec l'illustre Alimpii [1] de Kiev !

— Cette comparaison m'honore beaucoup mais je n'en suis pas digne. Sais-tu ce qu'on raconte à propos de son icône *Le Baptême de Notre-Seigneur* ? Le lendemain de sa consécration, on a trouvé une colombe vivante dans l'église. On dit qu'elle s'était envolée de l'image peinte par Alimpii.

— Le pinceau d'un grand maître peut opérer des miracles... dont le moindre consiste à éveiller l'amour de l'art. Crois-tu que ce fût le cas de Sofia, la veuve qui venait admirer tes œuvres ?

— Sofia ? répéta Kostas dans un éclat de rire. La digne et prude boyarina n'y entendait rien ! Sauf ton respect, l'ignorance de Sofia en la matière n'avait d'égale que son manque de sensibilité.

— Pourtant, il lui arrivait souvent de se rendre à la cathédrale, rien que pour contempler tes fresques.

— Oui, surtout *La Nativité du Précurseur*. Je n'ai jamais compris pourquoi. Peut-être rêvait-elle d'enfanter elle aussi... Pardon, boyard, s'empressa-t-il d'ajouter devant l'expression sévère d'Artem. La vérité, c'est que

1. Alimpii, célèbre peintre d'icônes de la seconde moitié du XIe siècle. Un des premiers à avoir créé une manière originale, bien distincte des écoles byzantines.

son inexplicable présence m'exaspérait. Belle, taciturne, immobile, elle se tenait derrière moi comme le Sphinx, ce monstre mi-femme, mi-bête des Grecs païens qui incarne l'énigme.

— A propos d'énigmes, j'en ai résolu une grâce à toi, remarqua le droujinnik. Ta théorie des « signes de reconnaissance » m'a aidé dans une enquête difficile.

— J'en suis heureux... encore que je trouve tes paroles aussi mystérieuses que celles du Sphinx ! s'exclama Kostas en souriant.

— Je te les expliquerai volontiers dès que l'affaire sera close.

Avant de prendre congé, il étudia une fois de plus la fresque qui semblait attirer Sofia. Hormis la beauté stupéfiante de l'œuvre, il ne découvrit rien qui pût justifier l'intérêt particulier de la veuve. Lui-même se sentit de nouveau fasciné par l'ange que Kostas avait peint devant lui. Sa silhouette à la grâce proprement aérienne accentuait la beauté juvénile et un peu efféminée de ses traits. Le droujinnik contempla l'arrondi délicat des joues, les yeux à l'expression tendre et rieuse...

Soudain, les propos de Philippos lui revinrent : l'ange avait un je-ne-sais-quoi de familier.

Il pensa à Anna puis se reprit avec sévérité. Son imagination lui jouait des tours ! Il n'y avait aucune ressemblance entre les deux visages. Pourquoi avait-il fait le rapprochement ? Sûrement à cause de son engouement ridicule pour la jeune fille ! Il avait réagi de la même manière que Philippos — sans avoir l'excuse de l'âge. Après avoir jeté un dernier regard sur la fresque, il quitta la cathédrale.

Quand il regagna la résidence, il était en nage : la canicule paraissait encore plus insupportable après la fraîche pénombre de l'église. Mais, tout en pestant contre la chaleur, il arborait un air satisfait et lissait sa moustache du geste qui, chez lui, signifiait que l'enquête avançait. Il avait le sentiment de tenir enfin quelques éléments qui, une fois analysés, le conduiraient à l'assassin des ondines.

Avant de se consacrer à son travail, il chercha Philippos. Le garçon devait déjà connaître le projet de mariage de ses amis ; il faudrait l'empêcher de broyer du noir. Le droujinnik fit le tour du palais et interrogea les domestiques. En vain : Philippos demeurait introuvable. Renonçant à sa quête, Artem monta dans son cabinet.

Au même moment, Philippos, la mine sombre mais le pas décidé, marchait en direction de la grand-rue.

Triste journée ! Le cœur en deuil, il pensait tantôt à Laska, morte, tantôt à Anna, perdue à jamais. Il imaginait l'avenir comme un long cheminement morose et la vie, comme un enchaînement absurde de jours ressemblant les uns aux autres. Il tâcherait de supporter avec courage sa peine et la monotonie de son existence. Son seul souhait serait désormais le bonheur de ses amis, et son unique joie, le souvenir d'Anna. Il l'aimerait toujours, du fond de sa solitude...

Pourtant, s'il devait rester inconsolable jusqu'à la fin de ses jours, il ne pouvait pas pour autant décevoir Artem ! Il devait réunir des renseignements sur Ratmir ; or son enquête auprès des collectionneurs de la ville n'avait rien donné. Il avait donc décidé de visiter discrètement la demeure du boyard.

Quand il reconnut le portail orné de l'aigle de marbre décrit par le droujinnik, il passa devant sans s'arrêter et inspecta le jardin à travers les pieux de la palissade. Personne ! Il entreprit d'escalader la haute clôture et atterrit sous un prunier. Puis il se faufila entre les arbres vers l'imposante maison à deux étages.

Au rez-de-chaussée, deux fenêtres aux carreaux de mica donnaient sur le verger. L'une d'elles était fermée. Par cette chaleur, cela voulait dire qu'il n'y avait personne dans la pièce. Si seulement le verrou n'était pas mis, il pourrait s'introduire à l'intérieur et jeter un coup d'œil sur les appartements privés de Ratmir.

Il s'avança à pas de loup vers la façade et tira sur les

volets à demi transparents. Ils étaient solidement fermés. Tant pis ! Il prendrait le risque d'approcher de la deuxième fenêtre. Selon Artem, le boyard n'avait pas d'autre domestique que la vieille Klava. Si le maître ou sa servante se trouvaient dans la pièce, Philippos attendrait qu'ils sortent pour que la voie soit libre.

Courbé en deux, il se glissa jusqu'à la fenêtre, s'immobilisa un instant sous le large rebord, puis commença à se redresser lentement. Encore un peu, et il pourrait apercevoir...

— Par le Christ ! En voilà une surprise ! s'exclama une voix d'homme au-dessus de lui.

Pétrifié, Philippos mit une fraction de seconde avant de bondir en arrière. Trop tard ! Une main vigoureuse le saisit par le col de sa tunique. Philippos décida de changer de tactique.

— Inutile de me retenir, boyard, déclara-t-il d'une voix qu'il espérait pleine d'assurance et de dédain. Je n'ai pas l'intention de me sauver. Au contraire, je suis venu te voir.

— Me voir, moi — ou plutôt ce qui se passe dans ma maison ? demanda Ratmir d'un ton amusé.

— J'ai frappé mais personne ne m'a ouvert. Je voulais m'assurer qu'il y avait quelqu'un.

— Bien. Et que me vaut l'honneur de ta visite ?

— Je souhaitais discuter avec toi à propos de... euh, de Laska. Est-ce que tu sais... ?

Le visage énergique de Ratmir s'assombrit.

— Hélas, oui. Quel malheur ! Laska était une fort jolie fille, elle était brave, et elle rendait les hommes heureux. Je pleure sincèrement sa mort.

Soudain, Philippos se sentit lui-même au bord des larmes. Pour rien au monde il n'aurait voulu pleurer devant Ratmir, mais son trop-plein de chagrin débordait en lui.

— Tu veux qu'on discute un peu ? demanda le boyard d'une voix adoucie. Allez, viens ! On boira une coupe d'hydromel à la mémoire de Laska.

Philippos s'essuya le visage de sa manche et se dirigea

vers le haut perron en bois sculpté. Discuter avec Ratmir n'était pas une mauvaise solution. En se montrant habile, il pourrait peut-être réparer sa bévue et obtenir des informations utiles.

Le maître de maison le conduisit dans son cabinet. Pendant que le boyard ordonnait à la vieille nourrice d'apporter les boissons, Philippos examina rapidement la pièce. Il remarqua un grand coffre à documents habillé de fer ouvragé, une étagère qui supportait de nombreux manuscrits, et une vaste table de travail où trônait une clepsydre en terre cuite.

Ratmir écarta les rouleaux d'écorce éparpillés sur la table pour poser le plateau apporté par Klava. Puis il s'installa dans son fauteuil en invitant le garçon à prendre le siège en face de lui.

C'est alors que Philippos aperçut un grand psautier à reliure en cuir fort modeste. De nombreux rubans de soie servant de marque-pages dépassaient du volume. Le boyard s'adonnait-il aux lectures pieuses ? Étrange ! Bon vivant, lettré, homme d'affaires, Ratmir était tout sauf un dévot.

— Je l'ai ramené de Tmou-Tarakan, déclara celui-ci, à qui l'attention de Philippos n'avait pas échappé. La reliure ne paie pas de mine mais les enluminures sont magnifiques. Mais tu dois mourir de soif. Que veux-tu boire ?

Le garçon fut tenté de goûter à l'hydromel, ce qu'Artem lui autorisait rarement, puis il se ravisa. Il devait garder toute sa lucidité pendant l'entretien ! Aussi accepta-t-il un gobelet de jus de cassis.

— A la mémoire de Laska ! dit Ratmir en levant sa coupe.

— A Laska, murmura Philippos.

Ils burent tous les deux. Pendant un long moment, Ratmir laissa errer son regard dans la pièce d'un air mélancolique.

— Venons-en au but de ta visite, déclara-t-il enfin. Je suppose que tu souhaites me rencontrer à cause de ce crime abject. Eh bien, je n'ai aucune intention de te raconter mes occupations ; que ton père vienne m'interroger sur mon emploi du temps. A toi, je ne dirai que ceci : si je pouvais retrouver l'infâme coquin qui a tué Laska, je lui tordrais le cou de mes propres mains ! J'avais beaucoup d'affection pour cette fille. Toi qui as du chagrin en ce moment, tu comprendras que ma peine est sincère.

— Comment as-tu deviné... souffla Philippos, les yeux écarquillés.

— Il n'est pas aisé de cacher les peines de cœur, sourit Ratmir. Je vais te donner un bon conseil, mon garçon. Si tu veux que les femmes t'aiment, commence par les aimer !

Stupéfait, Philippos ne put s'empêcher de s'exclamer :

— Mais je l'aime très fort ! Je donnerais tout pour qu'elle accepte de m'épouser !

— C'est ça : tu es amoureux et tu veux qu'elle t'appartienne. Ce n'est pas ce que j'appelle aimer ! Apprends d'abord à la chérir pour elle-même — pour sa beauté et sa grâce, pour le plaisir que tu éprouves en sa présence... Une belle fleur te ravit le cœur sans que tu aies besoin de la cueillir, n'est-ce pas ?

— On raconte pourtant que tu en as cueilli beaucoup, lâcha Philippos en rougissant de son audace.

— Qui dérobe des fleurs n'est pas un voleur, répliqua Ratmir en riant.

— Les femmes ne sont peut-être pas de cet avis ! osa le garçon en s'empourprant de plus belle.

— Aucune n'a jamais eu à se plaindre de moi. Je leur offre de riches présents, je dote honorablement les filles pauvres... Mais ce n'est pas ça qui m'ouvre le chemin de leur cœur. J'ai rendu heureuses toutes celles que j'ai aimées car, chaque fois, ma passion était sincère. L'homme, mon jeune ami, désire la femme — tandis que la femme désire inspirer l'amour. Tiens, je vais te raconter la merveilleuse aventure que j'ai vécue lors de mon dernier voyage...

Philippos écoutait. Les énormes étoiles du Sud brillaient au-dessus de lui dans le ciel noir, le souffle de la brise marine caressait ses joues en feu, le parfum enivrant des magnolias embaumait l'air. Une femme aux yeux noirs et langoureux l'attendait, impatiente de le couvrir de baisers. Des voiles légers enveloppaient sa gracieuse silhouette ; ses gestes étaient lents et paresseux, sa peau, foncée et douce comme de la soie. Bientôt, il goûterait à ses brûlantes caresses, le souffle de la passion les ferait vaciller, et ils s'uniraient, tremblant de désir... Palais somptueux, escalades audacieuses, rendez-vous secrets, moments de bonheur volés à un mari jaloux... Puis, soudain, poursuite, folle chevauchée à travers la ville endormie, claquement sonore des sabots dans les rues désertes... Enfin, le calme d'un petit jardin, une déesse de marbre se découpant sur le ciel rosi par l'aube, le ruissellement d'une fontaine dans l'ombre sommeillante des cyprès ; une délicieuse sensation de fatigue, et le souvenir du dernier baiser, de l'ultime aveu...

Ratmir se tut. Philippos regarda la clepsydre : une heure s'était écoulée. Il avait l'impression de s'arracher à un merveilleux rêve qu'il aurait voulu sans fin.

— Je comprends que tu sois tombé amoureux de cette Théophano, soupira-t-il. Mais alors, Laska... Tu n'as jamais souhaité l'épouser ?

— Tu crois que les jeunes filles ne sont faites que pour les épousailles ? sourit Ratmir, avant de demander à son tour : Et toi ? Quel est le nom de ta belle ?

— Anna, fille de...

Il se mordit la langue. Comment avait-il pu être aussi indiscret ? Mal à l'aise, il se leva et s'inclina devant Ratmir pour prendre congé, balbutiant une formule de politesse.

— Ne t'inquiète pas, cela restera entre nous, le rassura le boyard comme s'il avait lu dans ses pensées. Je sais garder un secret.

Lorsque Philippos arriva à la résidence, il alla droit dans le cabinet du droujinnik.

En l'apercevant, Artem reposa sa plume et lui lança un coup d'œil inquiet.

— Tu connais, bien sûr, la nouvelle concernant tes amis. Sergios a donné son accord au mariage.

— Je suis heureux pour Iann et Anna, répondit Philippos, le visage fermé. Si tu veux bien, parlons plutôt de l'enquête.

— Volontiers. Qu'as-tu appris ?

— Rien de particulier du côté des collectionneurs. Ratmir entretient avec eux des rapports épisodiques, et ils le considèrent comme un homme d'affaires honnête. Cela ne m'étonne pas. Je crois... je crois que nous avons eu tort de le soupçonner.

— Comment ? fit Artem, interloqué. Pas plus tard qu'hier, tu le comptais parmi les suspects !

— Je viens de discuter avec lui, et j'ai changé d'avis.

Il raconta sa visite improvisée, en se gardant bien d'évoquer les aventures galantes du boyard.

— Tu n'aurais jamais dû te laisser entraîner dans cette conversation, grommela Artem. Ce fourbe est capable d'emberlificoter n'importe qui !

— Ratmir n'aurait jamais pu commettre tous ces meurtres, répéta obstinément Philippos. Il aime et admire les femmes.

— Qu'est-ce que tu en sais ? Il s'agit peut-être d'un homme aux goûts pervers qui s'est inventé une réputation de séducteur !

— Mais enfin, il passe pour un bourreau des cœurs, et les femmes raffolent de lui !

— Qui pourrait attester de ses exploits ? Laska n'est plus ; Guita le trouve séduisant, certes, mais elle ne connaît ses prouesses que par ouï-dire. Or notre meurtrier est un dangereux maniaque qui cherche à régler ses comptes avec la gent féminine. Rappelle-toi les cierges allumés dans la chambre de Sofia. Je pense avoir compris ce geste étrange. La prière de l'assassin ne témoigne ni de sa dévotion ni de son repentir, mais de la gravité des fantaisies de son esprit malade !

Troublé, Philippos songea au psautier aperçu chez Ratmir et s'abstint de tout commentaire. Pourtant, il était persuadé que son intuition ne le trompait pas. Sofia, Eudoxie, Laska... Chacune si belle — et si fragile ! Comment pouvait-on s'en prendre à un être plus faible que soi ? Non, Ratmir n'était pas homme à commettre des actes d'une telle ignominie. Perdu dans ses pensées, il laissa le droujinnik sans ajouter mot.

A peine Philippos était-il sorti dans la cour que Borka se précipita vers lui. Le lendemain, lui rappela-t-elle, c'était la nuit de la Saint-Jean ! Son ami avait-il toujours l'intention de rechercher le trésor mythique ? Borka ne doutait pas du succès de l'entreprise. Elle proposa à Philippos d'offrir le fabuleux trésor à Iann et à Anna comme cadeau de noces. Philippos acquiesça, ravi. Il craignait par-dessus tout de laisser ses amis s'apercevoir de sa jalousie, ce sentiment indigne d'un cœur noble. L'idée de Borka lui permettrait d'accomplir un geste généreux qui prouverait son amitié pour Iann et son amour désintéressé pour Anna. Les futurs fiancés ne manqueraient pas de l'admirer !

Borka et lui allèrent donc ramasser du bois sec pour la divination par le feu. Silencieux et discrets comme deux ombres, ils montèrent au deuxième étage du palais. Le soir tombait, et il faisait déjà sombre dans la grande salle aux fenêtres étroites et au mobilier imposant. Intimidée, Borka proposa d'allumer les bougies des appliques murales, mais Philippos railla ses craintes.

L'énorme âtre n'avait pas été nettoyé depuis des semaines. Borka fut secouée de brefs éternuements sourds qui ressemblaient à ceux d'un chat. Tout en riant, ils s'accroupirent pour disposer les bûches.

Soudain, Philippos saisit sa compagne par le bras, lui intimant le silence. Un bruit de conversation confus leur parvenait du côté du couloir. Quelqu'un descendait de la terrasse supérieure. Philippos et Borka se cachèrent prestement dans l'âtre, tandis que deux personnes s'arrêtaient devant l'entrée de la salle. Elles poursuivirent leur conciliabule, mais sur un ton plus bas — sans doute à cause de la proximité des appartements de la princesse.

Philippos tendit l'oreille. La discussion lui parvenait par bribes. Dès les premiers mots prononcés par une voix d'homme étouffée, il retint son souffle, dévoré par la peur et la curiosité. Car ces mots avaient suffi à lui faire comprendre que résoudre l'affaire du trésor disparu dépendait désormais de lui.

CHAPITRE X

— J'ai pris un risque terrible, disait l'inconnu dans un chuchotement rauque. Ma démarche confine à la folie... Artem est dangereux... il a deviné comment j'ai sorti le coffre... Non, il ne me soupçonne pas, mais il n'y a pas de temps à perdre...

Malgré tous ses efforts, Philippos ne parvenait pas à reconnaître la voix. Pourtant, il était sûr de l'avoir déjà entendue. Était-ce le ton, la manière de parler ou le timbre qui lui paraissait familier ? Quant au second individu, ses propos restaient inaudibles ; on aurait dit un bruissement de feuilles agitées par la brise.

Soudain, Borka pressa son visage contre l'épaule de Philippos et éternua. Ils se figèrent, en proie à la panique.

Les voix s'étaient tues. Philippos entendit l'un des deux interlocuteurs pénétrer à l'intérieur et s'avancer vers le centre de la salle. Parvenu à la hauteur de l'âtre, l'homme s'arrêta. L'obscurité n'était pas complète, et Philippos distinguait ses bottes en cuir vert de Damas, ornées de clous argentés. Si seulement il pouvait redresser la tête et jeter un coup d'œil sur son visage ! Mais le moindre geste risquait de trahir leur présence. Finalement, l'homme revint vers la porte et dit :

— Ne t'inquiète pas, c'est une fausse alerte. Pourquoi quelqu'un aurait-il l'idée de venir ici ? Personne ne m'a vu monter sur la terrasse. Nous ne courons aucun danger — enfin, pour l'instant. Je te le répète, c'est le moment d'agir ! Cette nuit...

La voix n'était plus de nouveau qu'un murmure étouffé.

— On se retrouve comme convenu. Ensuite, il faudra se dépêcher...

Quelque chose avait dû effrayer les mystérieux personnages. Philippos entendit un bruit de pas précipités, suivi d'un silence.

Il émergea de l'âtre et, ignorant les questions de Borka, rejoignit l'escalier en courant. A cet instant, la porte de l'autre côté du palier s'ouvrit, et la princesse apparut devant lui.

— Tiens ! Qu'est-ce que tu fais ici ? demanda-t-elle, surprise.

— Je... je prenais l'air sur la terrasse, balbutia Philippos. Que Sa Seigneurie me pardonne, mais une affaire urgente...

— Attends un instant. Tu tombes bien ; je m'apprêtais à appeler un garde car je ne trouve pas Daria, et mes autres suivantes sont si sottes ! Tu avertiras le boyard Artem que je le convoque à une audience demain matin. Je le recevrai en compagnie du trésorier. Nous désirons tous deux écouter son rapport sur l'affaire de l'or dérobé.

— Je transmettrai l'ordre de Ta Seigneurie, lança Philippos.

Oubliant de s'incliner, il dévala les marches quatre à quatre. Trop tard ! Il avait perdu quelques précieux instants. Lorsqu'il eut dégringolé l'escalier et fut arrivé sur le perron, il n'y avait plus personne dans la cour. Il se précipita de nouveau à l'intérieur puis ressortit. Rien ! C'était l'heure du dîner, et il ne rencontra que les domestiques chargés de plats qui circulaient entre les cuisines et le palais. Il s'empressa alors de regagner le cabinet de travail d'Artem.

— Le voleur du coffre et son acolyte s'apprêtent à filer cette nuit ! lâcha-t-il tout à trac.

Il reproduisit aussi fidèlement que possible la discussion dont il avait été témoin. Pour conclure, il s'exclama :

— Quel dommage que je n'arrive pas à identifier cette voix ! Quant aux bottes que portait l'homme, ce n'est pas vraiment un indice : la plupart des boyards en ont de semblables.

— Aucune importance, répliqua le droujinnik, qui se leva et se mit à arpenter la pièce, en proie à une vive émotion. On le tient, notre astucieux voleur, il sera pris en flagrant délit ! Dans quelques heures, on aura enfin mis la main sur lui et son complice... ou peut-être devrais-je dire *sa* complice.

— Une femme ? s'écria Philippos, incrédule.

— C'est possible. Rappelle-toi, le malfaiteur a qualifié son acte de « folie ». S'il avait agi par pure convoitise, la richesse du butin aurait suffi à justifier le crime à ses yeux. Or il semble bien que ce soit la passion, mère de toutes les audaces, qui l'ait poussé à commettre le vol.

Artem s'interrompit, comme pour considérer son idée.

— La passion ! répéta Philippos d'un air fasciné. Cet homme aurait pris tous ces risques rien que pour plaire... à qui ?

— Patience ! Nous aurons arrêté ce couple de coquins avant l'aube.

— Je pourrai y assister ? demanda le garçon.

Le droujinnik n'hésita pas.

— Tu l'as bien mérité, répondit-il en souriant. Viens avec moi : on va mobiliser tous les gardes disponibles pour leur tendre une embuscade. Je ne veux rien laisser au hasard.

Artem avait tenu sa promesse et dressé un piège aussi infaillible que les maigres effectifs de la garnison le permettaient. Six soldats armés jusqu'aux dents, postés aux abords de la petite clairière, encerclaient l'isba. La sentinelle qui remarquerait la première une présence suspecte en avertirait les autres par un signal convenu. Ensuite les gardes devaient converger vers la cabane. Artem avait ordonné d'y laisser entrer toute personne qui se présenterait mais de l'empêcher de quitter les lieux. Quant à Philippos, qui savait se rendre aussi invisible que silencieux dans la forêt, il devait assurer une liaison régulière entre les guetteurs. Ainsi les habitués de la mystérieuse isba ne sauraient-ils éviter de tomber dans le traquenard. La seule chose qu'Artem n'avait pas prévue, c'était qu'ils pourraient manquer au rendez-vous.

La nuit était douce et claire. Une lune éclatante argentait le toit de chaume de la cabane, l'herbe de la clairière et le feuillage immobile des arbres derrière lesquels était tapi le droujinnik. A mesure que le temps passait, son excitation fit place à de l'impatience, puis à une sourde angoisse, et enfin au sentiment accablant de l'échec. Les deux lascars avaient dû changer leurs plans à la dernière minute. Avaient-ils flairé le danger ? Le droujinnik n'avait pourtant commis aucune indiscrétion, aucune erreur.

Philippos lui aussi avait l'air découragé.

— Je suis sûr qu'ils ont mentionné cette nuit, murmura-t-il, déconcerté. De quoi pouvaient-ils bien parler sinon d'un rendez-vous pour déterrer le butin ? L'homme disait qu'ils devaient se sauver sans tarder.

— Ne t'en fais pas, ils ne perdent rien pour attendre, lui assura Artem. Qu'ils viennent aujourd'hui ou demain, ils trouveront le même accueil !

A l'aube, Artem envoya Philippos informer les soldats qu'ils seraient relevés à midi. Lui et le garçon quittèrent la forêt au moment où une brillante lueur rosée embrasait le ciel. Ils regagnèrent discrètement leur pavillon et Philippos, épuisé, s'endormit à l'instant où sa tête toucha l'oreiller.

Artem n'avait pas sommeil. Trop de questions tourmentaient son esprit fatigué. Le voleur, dont il connaissait bien la diabolique intelligence, avait-il été alerté par quelque chose ? Une fuite éventuelle n'aurait pu venir que de la Garde, mais le commandant affirmait répondre de chacun de ses hommes. D'autre part, quelles étaient les véritables motivations du malfaiteur ? Avait-il de fait agi sous l'emprise de la passion ? Cette idée n'avait rien de rassurant : pour peu qu'il se sente acculé, l'homme serait capable des actes les plus incontrôlés...

S'arrachant à ses pensées, Artem se consacra à sa toilette. Après avoir enfilé une tunique propre et un caftan bleu aux épaulettes d'argent, il se coiffa d'une chapka assortie et attacha son épée. Quand les cloches de la cathédrale du Saint-Sauveur sonnèrent neuf coups, il se dirigea vers les appartements de la princesse. En traversant la cour, il huma l'air. Une odeur de brûlé parvint à ses narines. Mais, après une nuit blanche, un début de migraine le menaçait, exacerbant son sens olfactif. L'odeur provenait sûrement des fours des cuisines où l'on préparait les repas du matin, décida-t-il.

La première suivante l'introduisit chez Guita. Le trésorier était déjà là, ses lèvres minces encore plus pincées qu'à l'accoutumée. La princesse elle aussi l'accueillit avec froideur, lui demandant d'en venir sans préambule à son rapport sur les recherches du trésor volé. Le droujinnik l'informa de ses récentes découvertes, ainsi que de l'embuscade dressée dans la forêt.

Guita esquissa un sourire approbateur, mais des cris stridents parvenant par la fenêtre l'empêchèrent de commenter le récit d'Artem. L'instant d'après, la porte s'ouvrit à la volée et une servante affolée apparut sur le seuil.

— Que Sa Seigneurie me pardonne... balbutia-t-elle. La maison du boyard Trofim brûle !

Le trésorier poussa un hurlement de terreur.

— Par la Sainte-Trinité ! Mes coffres... gémit-il en se tordant les bras. Toute ma fortune va partir en fumée !

Il lança à la princesse un regard suppliant. D'un signe de tête, Guita l'autorisa à partir, et il sortit en courant.

La servante était trop agitée pour expliquer ce qui se passait, et Guita appela un autre domestique. Il s'avéra que, à peu près une demi-heure plus tôt, le perron arrière du pavillon de Trofim avait soudainement pris feu. En apercevant la fumée, un palefrenier s'était empressé d'avertir le commandant de la Garde, qui en ce moment même tentait de maîtriser le sinistre. Selon ce dernier, l'incendie ne menaçait pas de se propager aux autres bâtiments de la résidence princière.

Restée seule avec Artem, Guita lui posa encore quelques questions sur l'enquête. Artem aurait souhaité l'entretenir également de l'affaire des ondines, mais le moment était mal choisi : la princesse, troublée, ne cessait de jeter des coups d'œil anxieux par la fenêtre. Comme le droujinnik prenait congé, elle décida de l'accompagner.

Artem découvrit le pavillon du trésorier encerclé par un cordon de soldats. D'autres gardes, de concert avec les domestiques, apportaient des seaux d'eau tirés du puits. Le droujinnik compta les militaires sur place et se sentit bouillir d'indignation. Non seulement on avait mobilisé toute la garnison excepté les sentinelles postées aux portes de la ville — mais surtout, on avait rappelé les hommes d'armes censés surveiller l'isba dans la forêt !

Il se précipita vers le commandant de la Garde. Pour toute réponse, celui-ci leva les bras dans un geste d'impuissance et désigna Trofim. Le trésorier, morose, contemplait le toit carbonisé de son perron et s'entretenait avec la princesse. Artem les rejoignit d'un pas furieux.

— De quel droit as-tu ordonné qu'on rappelle tous les gardes ? lança-t-il à Trofim. Une affaire d'État ne passe-t-elle pas avant tes intérêts personnels ?

— Tout comme toi, je ne pense qu'aux biens du prince ! objecta le trésorier avec emphase. L'incendie a été pris à temps, et l'intérieur de ma maison ne risque plus rien. Mais regarde ces volutes de fumée et ces étincelles volantes au-dessus du toit ! Si une flammèche atteint les écuries, elles vont flamber comme un feu de paille !

De fait, les palefreniers sortaient déjà les chevaux hennissant pour les abriter sous les appentis de l'autre côté de la cour.

— Boyard Artem, intervint Guita d'un ton conciliant, tes guetteurs pourront reprendre leur garde d'ici une heure. Entre-temps, le danger sera écarté. J'approuve la décision de Trofim. On ne plaisante pas avec les incendies ; ils provoquent dans nos villes des dégâts bien plus terribles que tous les criminels réunis !

Artem haussa les épaules avec résignation et s'éloigna pour interroger de nouveau le commandant. Il apprit qu'un seul garde était resté en faction à surveiller la cabane : Volets, le militaire qui avait apporté au droujinnik de précieuses informations concernant le vol commis dans la salle d'armes.

Bon, rien n'était encore perdu, s'encouragea Artem. Volets avait l'esprit vif ; s'il s'apercevait de quelque chose, il accourrait aussitôt prévenir le droujinnik, et le voleur n'aurait guère le temps d'agir.

Il franchit le portail et s'arrêta pour contempler la place devant la résidence. Quelques curieux attroupés de l'autre côté de la clôture commentaient l'incendie, mais la plupart des passants vaquaient à leurs occupations. En ce vingt-troisième jour du sixième mois, toute cette foule joyeuse, bruyante, rieuse, pensait déjà à la nouvelle fête. Le soir, après le dernier hommage aux ondines, commenceraient les réjouissances consacrées à saint Jean Baptiste le Précurseur, autrement appelé Koupala, que le peuple célébrait avec autant d'entrain que le dieu jadis vénéré le même jour[1].

Pendant que les jeunes gens cueillaient des fleurs pour tresser de nouvelles couronnes et ceintures, les grand-mères emmenaient les enfants au bord des ruisseaux leur laver le visage et les mains, les « purifiant » ainsi en l'honneur de Koupala. Les jeunes gens, eux, iraient le soir se rouler dans l'herbe des champs pour s'imprégner de la rosée vivifiante, « bonne pour la santé et l'amour ». Hommes, femmes, vieillards se rendaient aux bains pour frotter leur corps avec des bouquets de menthe, de balsamine et de basilic dont le pouvoir de guérison augmentait

1. Le nom de Koupala a favorisé la confusion de cette fête païenne du solstice d'été, accompagnée de baignades, avec la Saint-Jean : *Koupala* s'entend comme « celui qui baigne » (du verbe *koupat'*, « baigner »).

à la veille de la Saint-Jean. Des chasseurs se vantaient d'avoir capturé une caille vivante, porte-bonheur assuré pour le reste de l'année. Des gamins, les mains protégées de chiffons, cueillaient des orties, que leurs mères suspendaient en faisceaux aux portes et aux fenêtres ; c'était le seul moyen de se protéger des sorcières qui, en cette nuit du sabbat, s'envoleraient de tous les coins de la terre russe pour venir danser sur le mont Chauve près de Kiev...

Artem sentit sa colère et son impatience s'apaiser. Les malfaiteurs n'avaient aucune chance de sortir le trésor princier de la ville. En attendant que les guetteurs reprennent leurs postes, le droujinnik pouvait se consacrer au meurtre d'Agraféna. Ce crime n'avait officiellement aucun rapport avec l'affaire des ondines, et l'enquête revenait de droit au fonctionnaire du Tribunal qui avait commencé l'investigation sur place. Toutefois, l'assistant de ce dernier avait accepté d'aider Artem.

Il longea la clôture et pénétra dans la cour par le portail arrière. Cette partie du palais abritait le cabinet du receveur des plaintes et la grande salle où travaillaient percepteurs d'amendes, collecteurs de taxes et autres employés du Tribunal. La salle était à moitié vide. Artem aborda un jeune homme vêtu de la tunique sobre des greffiers, debout près de son pupitre. Celui-ci venait d'arriver et sortait des tablettes de cire de son nécessaire à écrire. Apercevant le droujinnik, il ouvrit la bouche, mais Artem d'un geste lui intima le silence.

Le greffier acquiesça d'un air entendu. Il ramassa les tablettes et entraîna Artem dans un coin tranquille. Ils s'installèrent de part et d'autre d'une petite table de travail.

— L'interrogatoire des filles vient de se terminer, déclara le jeune fonctionnaire à voix basse. Je n'ai pas encore transcrit les dépositions, mais tu peux consulter mes notes, boyard.

— Déchiffrer les signes bizarres qu'utilisent les greffiers du Tribunal n'a jamais été mon fort, répliqua Artem avec un demi-sourire. Je préférerais un résumé complet et intelligible de ce que tu as appris.

Le jeune homme jeta un coup d'œil circonspect à la ronde avant d'aligner devant lui les tablettes de cire.

— Ainsi que Ta Seigneurie le supposait, le Garde des Livres était un habitué de la maison de passe, commença-t-il en baissant encore la voix. J'ai pu questionner les « nièces » d'Agraféna avant l'arrivée de mon supérieur. Elles ont reconnu Sergios à ma description. Il avait sa régulière, mais elle a été rachetée par un marchand de Kiev juste après Pâques.

— Personne ne pourra donc raconter comment Sergios se comporte dans l'intimité, constata Artem avec dépit.

— Parmi celles qui restent, non. Il paraît qu'il a été très affecté par le départ de son amie. Depuis, on ne le voyait pour ainsi dire plus. Sa dernière visite a été peu glorieuse : il s'est trouvé mal et on l'a cru mort ! Revenues de leur peur, les poulettes et leurs clients ont bien rigolé à ses dépens. Peut-être que cet incident l'a dégoûté de ses habitudes de vieux coureur. D'ailleurs, depuis que sa belle a pris le large avec son boutiquier, il n'a couché qu'avec une seule fille — celle qu'on a étranglée.

— Couché avec Douce ? s'écria Artem, avant de poursuivre dans un chuchotement agacé : Tu aurais dû commencer par cela ! Qu'as-tu appris à ce sujet ?

— Elle ne se confiait pas beaucoup, mais ses compagnes sont toutes d'accord sur un point : si elle avait subi de mauvais traitements, elle en aurait parlé. Petite Mère — c'est comme ça qu'on appelait la tenancière — n'aimait pas les clients qui brutalisent les filles.

— Douce aurait justement pu en avertir la tenancière, grommela Artem. Est-ce qu'il y a eu des plaintes enregistrées contre Sergios ou quelqu'un d'autre ?

— Contre certains, oui — pour non-paiement. Mais pas pour sévices infligés. J'ai pu le vérifier ce matin avec le receveur des plaintes.

— Bonne initiative, approuva Artem. Autre chose : les compagnes de Douce se souviennent-elles de l'homme qu'elle a reçu juste avant d'être assassinée ? Agraféna l'a décrit comme quelqu'un de charmant, et qui avait une allure de boyard.

— Alors là, c'était vraiment peine perdue ! s'exclama le greffier. L'une affirmait qu'il était jeune, beau et timide ; une autre prétendait qu'il avait un certain âge et des manières raffinées ; une troisième jurait qu'il était plutôt laid, mais séduisant en diable. Si tu veux mon avis, pour ce qui est du raisonnement, ce n'est pas leur fort ! L'une d'elles croyait même avoir vu Sergios — pour avouer ensuite qu'elle avait confondu avec le jour où il a effectivement rendu visite à Douce.

— As-tu les noms des familiers de la maison ?

— Le temps de noter ça sur un carré d'écorce, tu auras la liste.

— Bien. Je dois te quitter maintenant, dit Artem en se levant. Dès que possible, tu feras porter chez moi cette liste et une copie des dépositions que tu as enregistrées.

— C'est que... le règlement du Tribunal interdit d'effectuer des copies sans l'autorisation du supérieur immédiat, murmura le greffier en baissant les yeux.

— Je réglerai cela avec ton chef le moment venu, trancha Artem. D'autant que j'aurai à lui parler de ta promotion. C'est bien ça que tu m'as demandé, n'est-ce pas ?

Comme l'employé s'inclinait d'un air obséquieux, le droujinnik sortit du palais et se dirigea vers le corps de garde. Il constata au passage que l'incendie était éteint ; deux menuisiers prenaient déjà les mesures pour réparer le perron et le grenier du pavillon endommagé.

Alors qu'il traversait la cour, un garde en heaume et cotte de mailles, armé d'une épée, surgit devant lui. Le droujinnik reconnut Volets ; le souffle court, le visage en sueur, il était en proie à une vive excitation.

— Boyard, l'oiseau est dans le nid ! annonça-t-il sur un ton de triomphe. Un des deux coquins vient d'arriver. Pour ne pas perdre de temps, je n'ai pas attendu l'autre et j'ai couru te prévenir.

— Tu as bien fait, approuva Artem. J'y vais de ce pas.

Toi, demande au commandant cinq soldats. Inutile de prendre vos montures. Dès que vous me rejoindrez, je vous expliquerai notre plan.

Le droujinnik hésita à envoyer un domestique réveiller Philippos. Le garçon avait passé une nuit blanche et avait besoin de repos après les émotions des derniers jours. Il décida de le laisser dormir.

Volets et ses camarades rattrapèrent Artem près de la porte sud. Ils traversèrent un pré où les jeunes filles cueillaient des fleurs pour la fête de Koupala. Les garçons cherchaient des trèfles à quatre feuilles afin de les offrir à leurs bien-aimées. Soudain, Artem comprit pourquoi les malfaiteurs avaient décidé d'agir en plein jour : avec cette foule disséminée dans les champs, personne ne prêterait attention aux deux fuyards, et ils disposeraient de tout l'après-midi en plus de la nuit suivante pour disparaître.

Avant de s'engager sur le sentier qui serpentait dans l'épais sous-bois, Artem donna ses instructions aux soldats. Les deux comparses étaient sans doute occupés à récupérer le butin. Les gardes allaient se disperser autour de la clairière en quête de la moindre trace qui pourrait les conduire à la cachette. Ils devaient en outre s'emparer de toute personne croisée dans les parages. Un signal convenu — le sifflement du pinson des érables — avertirait les autres de nouveaux événements. Quant à Artem et à Volets, ils allaient pénétrer dans l'isba. Si l'un des lascars s'y trouvait, ils le forceraient à leur révéler l'endroit de la cachette, et Volets s'y rendrait sur-le-champ pour arrêter l'autre. Si la cabane était vide, les complices y seraient appréhendés à leur retour — à moins que les soldats ne les interceptent dans la forêt.

Ainsi l'enquête était-elle sur le point d'aboutir. Pourtant, Artem n'éprouvait pas la sensation familière d'excitation et de légèreté. Au contraire : un mauvais pressentiment l'envahit tandis qu'il suivait le petit chemin qui serpentait à travers un fourré impénétrable. Il pensa à l'incendie qui s'était déclaré si soudainement. Et si cet incident était en réalité une habile diversion ? Peut-être... mais dans quel but ?

Arrivé à l'endroit où le sentier s'élargissait, Artem fit signe aux autres de se séparer et inspecta la clairière qui s'ouvrait devant lui.

Rien ne troublait le calme de l'heure brûlante de midi. Thym, genêt, lavande embaumaient l'air de leurs parfums enivrants ; pas une feuille ne tremblait sur les arbres qui semblaient assoupis ; le chant des grillons et des oiseaux avait la douce monotonie d'une berceuse. L'isba, parfaitement silencieuse, paraissait elle aussi endormie. Mais le cadenas de la porte avait été enlevé.

Tout portait à croire qu'il n'y avait personne. Néanmoins, c'eût été folie de ne pas prendre de précautions. Artem se souvenait que la fragilité de la construction n'était qu'apparente. Barricadé de l'intérieur, un bandit pourrait résister à l'assaut pendant des heures, voire des jours. D'un geste, le droujinnik ordonna à Volets de le suivre à quelques coudées de distance, et s'avança à pas de loup vers la cabane. Puis, dégainant son épée, il atteignit d'un bond la porte et l'ouvrit brusquement.

— Que personne ne bouge ! cria-t-il. Les gardes cernent la maison !

Un silence de mort lui répondit. Par pur réflexe, il recula d'un pas et porta son épée en avant, mais son instinct de guerrier lui soufflait l'inutilité de ce geste. Le cœur serré par l'angoisse, il commença à descendre les marches creusées dans la terre.

C'est alors qu'il le vit.

Le cadavre d'un homme étendu sur le sol, les jambes éclairées par le rai de lumière provenant de l'entrée. Il était chaussé de bottes vertes ornées de clous d'argent. L'obscurité cachait le haut de sa silhouette décharnée, mais Artem l'avait reconnu. C'était Kostas.

Le droujinnik contourna le corps et se précipita au fond de la pièce. Il trouva à tâtons le chandelier qu'il savait posé sur le coffre à vêtements. Alors qu'il allumait les bougies avec son briquet de silex, Volets dévala les marches en brandissant son épée. Il s'arrêta net en apercevant le mort.

— Le peintre ! s'écria-t-il, ébahi. Qu'est-ce qu'il est venu fabriquer ici ? Ce n'est quand même pas lui qui...

Artem ne répondit pas. A quoi bon confier à Volets qu'il soupçonnait déjà Kostas depuis quelque temps ? Il n'avait aucune preuve, aucune certitude, rien qu'une vague idée fondée sur la théorie des « signes de reconnaissance » formulée par le peintre lui-même. Surprendre le malfaiteur avec l'objet de son délit était le seul moyen de faire éclater la vérité au grand jour.

C'est en apprenant que Kostas n'agissait pas seul qu'Artem avait commis une erreur : il avait sous-estimé le mystérieux complice du peintre. Kostas n'avait été qu'un instrument entre les mains de quelqu'un d'autre.

— Va transmettre aux soldats leur nouvelle mission, ordonna-t-il à Volets. Qu'ils ratissent la forêt à une demi-verste à la ronde. Dis-leur que l'acolyte de Kostas n'ignore pas leur présence et qu'il ne remettra plus les pieds dans cette souricière. A la tombée de la nuit, je les avertirai de la suite des opérations. Toi, prends un de tes camarades et va chercher une civière.

Comme le garde s'apprêtait à sortir, Artem balaya la pièce du regard, s'attardant sur les pots et les flacons disposés sur le coffre à vêtements.

— Il faudra que le médecin vous accompagne, ajouta-t-il. Tu lui diras que j'ai besoin d'entendre son rapport ici même.

Resté seul, il posa le chandelier sur le tabouret près du corps et le considéra à la lumière vacillante des bougies. Kostas portait une ample tunique aux épaules rebrodées et un pantalon flottant. Le tissu clair de son costume contrastait de manière sinistre avec la tache rouge sombre sur sa poitrine. Il avait reçu un coup de poignard en plein cœur ; la mort avait dû être instantanée. Apparemment, Kostas ne se méfiait pas de son assassin et avait été frappé par surprise. Son visage émacié, marqué par des rides d'expression, était serein et paisible. Son long corps souple paraissait encore plus frêle que d'habitude, mais il gardait la grâce et l'élégance qui avaient toujours distingué l'artiste.

Artem défit le devant de la tunique du mort et examina son cou, ses épaules et sa poitrine. Aucune trace suspecte ne les marquait. Il reboutonna soigneusement le vêtement et se releva.

S'approchant du coffre, il entreprit d'enlever les flacons, pots, boîtes aux herbes aromatiques et autres récipients qui étaient disposés sur le couvercle. Après avoir tout rangé sur le sol, il passa en revue le contenu du coffre. Comme lors de sa première inspection, il nc trouva que les effets du peintre lui-même. En revanche, on avait recouvert d'un grand châle bariolé la couche aux draps de soie. Le châle ainsi que les fards et les parfums constituaient les seules touches d'une présence féminine dans la pièce. Enfin, le droujinnik regarda sous le lit : la pelle avait disparu.

Laissant le chandelier sur le tabouret pour le futur examen de Manouk, Artem s'installa sur le tapis, dos appuyé contre le lit, et tenta d'interpréter les derniers événements. Kostas s'apprêtait à s'enfuir avec sa maîtresse et l'or qu'il avait volé. Mais il avait été trahi. Par qui ? Par la femme qu'il aimait — ou bien par une troisième personne, qui se faisait passer pour un ami dévoué à la seule fin de se servir du peintre ?

Artem penchait pour cette dernière hypothèse. La main qui avait frappé le peintre était vigoureuse et, sans doute, habituée à manier l'arme. Cet homme avait réussi à tirer profit de toutes les faiblesses de Kostas. L'artiste, ni cupide ni intéressé, avait toutefois besoin d'argent — sinon, il n'aurait pas quitté Kiev pour venir peindre dans une ville de moindre importance... Ainsi, raisonna le droujinnik, Kostas met à exécution son plan astucieux. Plus tard, craignant d'être démasqué, il prépare sa fuite avec sa maîtresse. C'est sans compter avec son précieux ami et confident ! Celui-ci n'a aucun besoin de récupérer le trésor sur-le-champ, puisque rien ne l'oblige à s'enfuir. Ce qu'il lui faut, c'est découvrir où Kostas a caché l'or — après quoi il profitera de la première occasion pour se débarrasser de la victime de sa machination. Tout comme Kostas, il soupçonne que le nid d'amour du peintre est surveillé. Le jour où ce dernier espère quitter la ville, il organise une diversion au sein de la résidence princière. Entre-temps, Kostas arrive dans l'isba. L'unique guetteur s'absente aussitôt pour en avertir Artem. L'homme dispose d'à peine une demi-heure, mais c'est suffisant pour rejoindre le peintre, lui faire révéler par ruse l'endroit de la cachette, puis lui planter son poignard dans le cœur. Ensuite, il n'a qu'à se mêler à la foule qui s'amuse dans les champs...

Restait à comprendre le rôle que la maîtresse de Kostas avait joué dans ce plan diabolique. Connaissait-elle le meurtrier ? Avait-elle trahi le peintre ?

Un bruit de pas fit tressaillir le droujinnik. Il releva la tête. La silhouette de Manouk se dessinait dans l'embrasure de la porte.

Le visage pâle et fermé, le médecin contempla quelques instants le corps inerte avant de commencer son examen. Il confirma les conclusions d'Artem. Le droujinnik désigna alors les divers récipients qu'il avait laissés par terre près du coffre à vêtements.

— Je voudrais savoir ce que tu penses de ces préparations, et si elles révèlent quoi que ce soit sur la femme qui les utilise.

Manouk acquiesça en silence. Il posa le chandelier sur le sol et s'accroupit devant les rangées de flacons. Les prenant un à un, il goûta prudemment quelques produits, en renifla d'autres, vérifia la couleur des fards sur le dos de sa main. Enfin, il se releva, une fiole en terre cuite à la main.

— La seule note personnelle dans tout cela, c'est une préférence marquée pour les élixirs et les baumes d'Orient, comme cette coûteuse essence aromatique, déclara-t-il en montrant la fiole. Quant au reste, il s'agit de préparations habituelles pour embellir l'apparence.

C'est la panoplie de toutes les coquettes. Elle ne dévoile rien de particulier sur la personne — ou, plutôt, les personnes qui venaient ici.

— Le peintre aurait-il eu plusieurs maîtresses ? demanda vivement Artem.

Manouk esquissa un geste vague. Le flacon lui échappa des mains et se brisa sur le sol. Les effluves capiteux de quelque parfum exotique se répandirent dans l'air.

— Comment le saurais-je ? marmonna-t-il en se penchant pour ramasser les débris. Je l'ai simplement supposé devant une telle abondance !...

Il s'essuya les mains avec son mouchoir, alla remettre le chandelier sur le coffre, puis s'arrêta devant Artem d'un air coupable.

— Pardonne ma maladresse, boyard. Cette substance vient de la lointaine Arabie, elle est aussi précieuse que l'ambre gris ! J'expliquerai moi-même au trésorier pourquoi la liste des biens confisqués n'est pas complète.

L'esprit ailleurs, le droujinnik approuva en silence.

— Des goûts de luxe, murmura-t-il d'un air dépité. Avec un tel indice, je devrais interroger toute la cour et la moitié de la ville !

Le médecin partit le premier, suivi par les gardes qui transportaient le corps. Après avoir vérifié que le cadenas n'avait pas été forcé, Artem le replaça sur la porte et se dirigea à son tour vers la ville.

L'enquête sur le vol du trésor princier s'avérait aussi déroutante que l'affaire des ondines. La mort de Kostas avait révélé le véritable adversaire d'Artem — un dangereux criminel qui tirait les ficelles depuis le début, et qui n'avait pour l'instant laissé aucun indice derrière lui. Sur ce plan, il restait au droujinnik un dernier espoir : les appartements privés du peintre.

Arrivé à la résidence, il fut surpris de trouver une foule joyeuse rassemblée dans la cour devant le palais. Il lui fallut quelques instants pour se rappeler qu'il s'agissait de la cérémonie des fiançailles de Iann et d'Anna.

Le droujinnik s'arrêta, contemplant le spectacle : Guita, debout en haut du perron, en train d'adresser un mot bienveillant aux participants ; Sergios, présentant un plateau chargé d'une miche de pain et d'une tête de fromage — la nourriture symbolique que les fiancés allaient partager ; Iann, un bouquet de fleurs des champs fraîchement cueillies dans les bras ; ses camarades scribes et enlumineurs réunis derrière lui ; une dizaine de jeunes filles, chacune tenant l'immanquable porte-bonheur — un faisceau d'herbes de la Saint-Jean noué par un fil de laine ; et Anna, vêtue d'une sarafane rouge, rouge comme les coquelicots qui ornaient ses cheveux le jour où...

Non ! Pour rien au monde Artem ne voulait assister à la cérémonie. Sans réfléchir, il se dirigea d'un pas décidé vers Guita. Celle-ci s'était arrêtée de parler et l'observait d'un air surpris.

— N'ordonne pas de me châtier, mais ordonne de me pardonner, déclara le droujinnik. J'ai besoin de m'entretenir tout de suite avec Ta Seigneurie.

Après un instant d'hésitation, Guita accepta, lui ordonnant d'un geste de la rejoindre sur le perron. Artem gravit les marches et se rapprocha d'elle autant que l'étiquette le lui permettait.

— Princesse, la fête — la nuit de la Saint-Jean — risque d'être marquée par une nouvelle tragédie, dit-il à voix basse. Tout porte à croire que le meurtrier des trois jeunes femmes sauvagement assassinées ces derniers jours est le même homme, un fou dangereux. Il peut frapper à chaque instant, mais surtout pendant les réjouissances nocturnes. Aucune femme, aucune jeune fille n'est à l'abri. Je connais ton désir et celui du prince d'informer vos sujets du moindre danger qui les menace. Il était donc de mon devoir de t'entretenir au plus vite de la tournure périlleuse des événements.

Guita semblait pétrifiée. Quand le droujinnik s'arrêta de

parler, elle posa la main sur sa gorge comme si elle étouffait.

— Pourquoi ne pas m'avoir avertie plus tôt ? articula-t-elle dans un souffle.

— La terrible vérité ne m'est apparue qu'après le meurtre de la jeune Laska. J'ai alors compris que nous avons affaire à une succession de crimes de plus en plus violents, mais qui obéissent à un rituel à peu près identique.

— Oh, mes pauvres sujets ! gémit Guita en se tordant les mains. Que faire ? Dois-je interrompre cette jolie cérémonie ?

— Cela vaudrait mieux, confirma le droujinnik. Cependant, je te déconseille d'évoquer l'assassin des ondines, sous peine de provoquer une vague de panique. Je te suggère d'annoncer à la foule que le deuil d'une personne appartenant à la cour t'oblige à retarder les fiançailles.

— Le deuil d'une... Mon Dieu ! Un nouveau meurtre ! Serait-ce une de mes dames d'atour ?

— C'est Kostas le peintre. Sa mort n'a rien à voir avec la première enquête. Je t'expliquerai cela tout à l'heure.

Guita lui lança un long regard interrogateur, puis acquiesça nerveusement de la tête. Elle se redressa, prit une profonde inspiration et s'approcha de la rampe du perron.

Pendant qu'elle révélait la funeste nouvelle à l'assemblée, Artem essuya la sueur qui coulait sur son front et dans son cou et s'accorda un instant de réflexion. Avait-il agi par égoïsme ? Cela n'avait pas grande importance. La seule chose qui comptait, c'était la sécurité d'Anna. Si elle se retrouvait au centre de l'attention, parée de ses plus beaux atours, elle risquait d'éveiller le désir meurtrier de l'assassin. Parée... Il eut froid dans le dos.

Guita avait fini de parler. Artem constata avec soulagement que la princesse avait opté pour la solution la plus sage : elle n'avait mentionné que la mort tragique de Kostas. Les gens se dispersaient, perplexes, consternés, mais non effrayés.

Le Garde des Livres passa près du droujinnik en le saluant. Il arborait un petit sourire satisfait. En voilà un qui est ravi de ce sursis imprévu, songea Artem. Il sacrifierait volontiers la moitié des courtisans pour garder éternellement sa fille auprès de lui — contrairement à ce qu'il laissait entendre.

Il aperçut Ratmir, que Sergios venait d'aborder. Le droujinnik ne s'attendait pas à le rencontrer ici. Quelle étrange lubie avait poussé ce célibataire invétéré, ce séducteur sans vergogne, à assister à une cérémonie de fiançailles ? Ratmir... Plus le droujinnik scrutait ce visage jovial et sensuel, et plus il avait l'impression d'avoir négligé un élément essentiel concernant le boyard. Il tenta de secouer la pénible sensation de danger qui l'avait envahi et chercha Anna du regard.

La jeune fille se tenait au milieu de la cour en bavardant avec Iann, Philippos et Borka. Elle affichait son habituelle expression d'assurance et de sérénité. Pourtant, Artem remarqua quelque chose de nouveau dans son attitude : une sorte de complicité affectueuse qu'elle manifestait envers Iann. Le scribe, malgré son air dépité, semblait conscient de ce changement prometteur. Il ne la quittait pas des yeux, et un timide sourire éclairait son beau visage chaque fois qu'elle lui adressait la parole. Le droujinnik eut honte de sa réaction de tout à l'heure. Certes, la suspension des fiançailles avait été inévitable, mais il devait une explication au jeune couple.

La princesse ne lui en laissa pas le temps. Ils reprirent à voix basse leur conciliabule. L'un comme l'autre savait qu'il était impossible d'interdire les festivités prévues pour le soir. Même sous la menace de brûler dans le feu éternel, le peuple n'avait jamais voulu renoncer aux baignades nocturnes de la Saint-Jean. Guita n'avait aucune chance de réussir là où le métropolite de Kiev avait échoué. Artem demanda donc à la princesse l'autorisation de disposer de tous les effectifs en dehors des sentinelles postées sur les tours de guet. Il chargerait quatre soldats de patrouiller dans les environs de l'isba, au cas où le meurtrier de Kostas se rendrait à la cachette. Les autres gardes auraient pour tâche de surveiller les abords du fleuve toute la nuit durant. C'était leur seul espoir d'éviter de nouvelles victimes.

Ces dispositions arrêtées, Artem prit congé de la princesse. Iann et Anna avaient disparu, mais Philippos l'attendait en bas du perron. Il s'était levé peu avant le début de la cérémonie des fiançailles et était inconsolable d'avoir dormi la moitié de la journée. Pendant qu'ils se dirigeaient vers les appartements de Kostas, le droujinnik lui raconta les derniers événements.

— Je sais maintenant ce qui m'a paru familier chez l'homme aux bottes vertes dans la salle des banquets, soupira Philippos. Sa petite toux, mais aussi sa façon de marcher. Ah ! si seulement j'avais reconnu son pas souple et léger ! Quant à l'autre individu, celui qui a manœuvré le peintre... si c'était Trofim ?

Artem esquissa un sourire sans joie.

— Connaissant un peu le trésorier, je ne crois pas qu'il soit impliqué dans cette affaire. Rien ne saurait changer sa nature mesquine. Que ce soit pour cent grivnas ou pour tout l'or du monde, il n'aurait jamais consenti à ce qu'on endommage son pavillon et mette en danger ses biens !

Ils venaient d'arriver. Kostas avait occupé deux grandes pièces dans l'aile gauche du palais. Un planton se tenait à l'entrée. Il y avait été posté par le commandant de la Garde dès l'annonce du meurtre du peintre. Artem hocha la tête avec satisfaction. L'assassin n'avait sûrement pas eu le temps de se faufiler chez Kostas depuis le crime. Il avait dû reprendre ses activités habituelles — à moins qu'il ne se fût mêlé à la foule amassée dans la cour.

Ils commencèrent leur inspection par la chambre. Le magnifique tapis oriental étalé sur le sol, les tapisseries sur les murs, l'immense lit aux draps de soie d'un jaune éclatant — tout révélait le goût du peintre pour le luxe et le faste. La pièce apparaissait comme une réplique, plus spacieuse et plus raffinée, de l'isba clandestine. Artem et Philippos s'arrêtèrent devant une élégante table de toilette surmontée d'un miroir en argent poli. Elle supportait des dizaines de flacons, pots, fioles et boîtes de fards.

— Kostas avait donc l'audace d'amener son amoureuse au palais ! s'écria Philippos. Ou alors... elle appartient à la cour !

— Cela se peut, répondit Artem.

Il déboucha un petit flacon en verre épais. La substance huileuse qui le remplissait exhalait un capiteux parfum oriental. Artem reposa la fiole et resta quelques instants à la contempler, tortillant sa moustache d'un air songeur. Puis il ouvrit un coffret en bois odorant et passa en revue quantité de bagues et de chaînes d'or et d'argent. Au fond du coffret se trouvait un joli écrin en cuir rouge. Il était vide. Les bijoux, ainsi que le reste des effets personnels de Kostas, n'offraient aucun intérêt particulier.

Artem poussa la cloison coulissante et gagna la pièce voisine, Philippos sur ses talons. Il y avait là trois porte-habits, chacun chargé d'une tenue d'apparat à la mode russe ou byzantine, plusieurs coffres à vêtements et des caisses de différentes tailles où Kostas gardait ses instruments de travail.

Oubliant le but de leur visite, Philippos examina avec fascination l'attirail du peintre : compas pour tracer les nimbes, équerres et règles graduées pour les autres formes géométriques, poudres et solutions pour préparer la toile destinée à la peinture d'icônes, silhouettes découpées dans du tissu de lin amidonné qui servaient à dessiner le contour des personnages des fresques... Pendant ce temps, Artem entreprit de fouiller les coffres à vêtements.

Un quart d'heure plus tard, Philippos apparut à ses côtés.

— J'ai compris comment on prépare la peinture à fresque, déclara-t-il. Il faut d'abord dessiner un personnage sur un drap raidi par l'amidon et marquer chaque trait de petits trous. Puis on applique la silhouette sur le mur et on recouvre les trous de peinture. Comme ça, le dessin en pointillé reste sur la chaux ! J'ai étudié les modèles dessinés par Kostas. Quel génie, cet homme !

— Quant à moi, grommela Artem, j'ai compris que notre génie était non seulement un voleur, mais aussi un assassin. Regarde-moi ça !

Il déplia devant les yeux ébahis de Philippos une ample cape noire.

— Elle ressemble à celle que portait le meurtrier d'Agraféna ! s'exclama le garçon.

— Et c'est bien elle, pas de doute.

Le droujinnik montra à Philippos le devant du vêtement. Le tissu était par endroits rêche, comme barbouillé d'une substance poisseuse qui aurait séché.

— Ce sont des taches de sang, précisa Artem. Et voici la trace que tu as laissée en souvenir à ton agresseur. La fibule que tu as arrachée était fixée ici.

Philippos examina la déchirure à la hauteur des épaules.

— C'est donc Kostas qui a tué Petite Mère et qui m'a attaqué, murmura-t-il. Je ne l'aurais jamais cru ! Mais alors... n'est-ce pas la preuve que le peintre est l'assassin des ondines ?

Artem replia la cape, s'assit sur un des coffres et lissa sa moustache d'un air hésitant.

— Cela prouve surtout que les deux affaires sont liées, et que Kostas se trouve au centre de ce dédale infernal, rectifia-t-il. Dans une certaine mesure, les goûts dépravés de cet homme ne m'étonnent guère. Je soupçonnais cet aspect de sa nature à cause d'un mot qui lui avait échappé alors que je l'interrogeais sur Sofia. Il en a parlé en termes parfaitement naturels, mais son évocation du Sphinx mi-femme mi-bête des Grecs païens trahissait les sentiments ambigus que la veuve lui inspirait. J'ai fait le rapprochement avec la femme-serpent de l'enluminure que l'assassin de Sofia avait arrachée à son psautier. Cette preuve me paraissait pourtant trop ténue pour accuser Kostas du meurtre.

— A présent, tout est clair ! Kostas était le mystérieux amoureux de Sofia, et l'isba dans la forêt, le lieu de leurs rendez-vous secrets ! J'ai deviné ce qui s'est passé. Je peux ?... Bon. Kostas voulait épouser sa maîtresse, mais elle a changé d'avis. Du jour au lendemain, il se voit privé de son amoureuse et de l'immense fortune de celle-ci. Voilà qui suffit pour déclencher chez Kostas — peintre génial à l'esprit un peu troublé — une rage folle. Il tue Sofia, puis vole l'or pour se dédommager de sa perte. Sauf que cela n'étanche pas sa soif de vengeance ! Le monde est plein d'ondines, ces charmantes créatures qui séduisent les hommes pour ravir leur âme. Sa catastrophe inspire autant de terreur que de pitié ! Pour lui, la beauté, à qui il voue un véritable culte, ne saurait plus apparaître que sur ses fresques. L'amour sera désormais lié à la mort. Eudoxie et Laska périront de la main de l'artiste fou en expiant la seule faute qu'elles aient commise : être belles !... Au fait, ajouta-t-il d'une petite voix, est-ce que Kostas portait des traces de griffures sur le cou ou l'épaule ?

— J'attendais cette question, sourit le droujinnik. Pour moi, elle est plus précieuse que ton excellente histoire.

— Et je devine la réponse, maugréa Philippos.

— En effet, l'agresseur que Laska a égratigné n'est pas Kostas. N'importe : il nous faut partir de la manière de penser et d'agir de notre homme. Le meurtrier éprouve du désir pour les femmes, mais sa nature pervertie l'empêche d'entretenir des rapports normaux avec elles. Selon l'autre aspect de sa nature, il n'y a aucune violence en lui. Il peut se montrer tendre et affectueux, et il est sensible à la douceur. Je crois que c'est l'acte charnel qui provoque chez lui le revirement fatal et le pousse à tuer. Pris d'un brusque accès de folie, il se jette sur sa victime et la supprime — le plus souvent, en l'étranglant. C'est le moyen de tuer le plus impulsif, le plus physique de tous. Deux des quatre ondines sont mortes par strangulation, et je suis sûr que Laska aurait également péri de cette façon si elle n'avait pas tenté de s'enfuir. Aucun des quatre meurtres n'a été prémédité, ce qui confirme mon idée. En revanche, l'assassinat de la tenancière est un acte préparé de sang-froid, le mobile étant l'élimination d'un témoin.

Le droujinnik se releva. S'approchant d'un porte-habits chargé d'un magnifique caftan de soie verte, il le considéra d'un air pensif.

— Nous ne savons rien sur le passé de cet homme, poursuivit-il. Sans doute a-t-il commis d'autres crimes dans sa jeunesse ou lors d'un voyage. Pour notre enquête, nous devons remonter deux lunes en arrière. Le meurtrier se rend alors dans la maison d'Agraféna et choisit Douce, sûrement parce qu'il est sensible à son surnom. L'étreinte amoureuse réveille sa folie et il étrangle la fille. Un peu plus tard, il s'éprend de l'inaccessible, de la dévote Sofia et parvient à la séduire. L'idylle dure quelques semaines et sans doute procure à notre homme un véritable sentiment de bonheur. Ensuite, ou bien la pieuse veuve ne supporte pas le poids du péché et finit par repousser son amant, ou bien celui-ci s'imagine qu'elle le trompe. Dépit ou jalousie, il l'assomme au cours d'une dispute.

« Il perd la femme à qui il s'est sincèrement attaché, et cela détruit à jamais son fragile équilibre mental. Il glisse alors dans la folie, cet enfer qui le guette depuis longtemps.

« Très vite, il se sent attiré par la jolie et volage drapière. Il l'aborde au marché et lui donne rendez-vous pour la même nuit. De nouveau, la scène d'amour tourne au cauchemar, Eudoxie est étranglée. Mais déjà il convoite la belle Laska, l'ondine incarnée. Celle-ci ne soupçonne pas plus qu'Eudoxie que sous des apparences affables et raffinées se cache un dangereux maniaque. Elle accepte de le rencontrer dans un lieu isolé et s'offre à lui. Au dernier moment, elle comprend tout, cherche à se défendre puis à se sauver. Il la rattrape. Cette fois, la victime succombe à un coup de poignard.

« Dernière précision. Ayant dépouillé sa maîtresse des bijoux qu'elle portait le soir du meurtre, l'assassin en a paré Eudoxie et Laska afin de revivre sa dernière entrevue avec Sofia. Les gestes fatals de cette nuit-là sont devenus rituels. Les bracelets de la drapière se sont ajoutés à la parure de Sofia, mais c'est la même illusion que l'esprit malade poursuit sans répit... Avec chaque nouvelle victime, le meurtrier retrouve la femme aimée pour la tuer encore et toujours.

Artem se tut. Philippos, impressionné, resta silencieux quelques instants avant de déclarer :

— Puisque Kostas n'est pas l'assassin des ondines, il n'avait aucune raison de s'en prendre à Agraféna ni de m'attaquer. C'est son complice l'assassin ! Il a manipulé le peintre pour qu'il commette le vol, et il se joue de nous depuis le début !

— Je crois que nous avons affaire à deux meurtriers différents. La cape...

Le droujinnik s'interrompit comme en proie à un doute soudain.

— Eh quoi, la cape ? enchaîna Philippos, comme s'il lisait dans les pensées d'Artem. Elle a été portée par l'assassin des ondines, c'est tout ce qu'on sait ! Et celui-ci a pu la cacher exprès dans les appartements du peintre.

— La fibule à l'aigle semble sortir de l'écrin rouge — celui qui se trouve dans le coffret de Kostas. Je l'ai vérifié pendant que tu t'instruisais sur la technique de la peinture à fresque.

— Il existe des milliers d'écrins à bijoux de cette taille ! Quant à la fibule, son propriétaire est celui à qui je l'ai arrachée. A propos de bijoux, souviens-toi de la paire de bracelets dans la chambre de Sergios. Pour qui les a-t-il achetés en réalité ? Et où ? Et si la suivante Glacha les reconnaissait pour ceux de sa maîtresse ?

— Je n'en crois pas mes oreilles, sourit Artem. Pourquoi cherches-tu tout d'un coup à accabler le père d'Anna ?

Philippos se mordit la lèvre en rougissant.

— Je n'accuse personne, protesta-t-il, confus. Simplement, si le véritable meurtrier court toujours, Anna et d'autres jeunes filles sont en danger. A part les traces d'ongles, n'existe-t-il aucun moyen de le reconnaître ? Il a pu se trahir avec quelqu'un !

Artem secoua la tête d'un air sceptique.

— Les seules personnes avec qui il s'est trahi sont ses victimes. Il dissimule son vice d'autant mieux que, à ses yeux, ce n'en est pas un. Pour le monde, c'est un boyard ou, du moins, un homme de qualité, respecté de tous et admiré par certains. C'est bien ce qui rend cette affaire si difficile ! Tout à l'heure, je croyais entrevoir la vérité...

— Moi, je te dis que c'est le même homme ! Maintenant qu'il a extorqué son secret à Kostas, il va chercher à se sauver... mais avant, il peut faire du mal à Anna !

La panique perçait dans la voix de Philippos. Le droujinnik s'approcha pour lui ébouriffer les cheveux puis l'enlaça. Les boucles noires lui chatouillèrent la joue, et il sentit le cœur du garçon battre tout près du sien. Comme souvent, il dut réprimer son élan de tendresse pour ne pas gêner Philippos.

— S'il s'agit du complice de Kostas, il n'osera pas déterrer le butin avec des noceurs plein la forêt, dit-il avec conviction. Je ne veux pas que tu t'inquiètes. Je ferai tout mon possible pour protéger Anna. Tu as ma parole. Mais je te demande de ne pas rendre ma tâche plus ardue qu'elle ne l'est. Je ne pourrai pas passer cette nuit à te courir après et à imaginer que tu t'es encore fourré dans la gueule du loup.

Il informa Philippos de son entretien avec Guita et des mesures prises pour la nuit à venir. Pour conclure, il interdit au garçon de sortir après dix heures du soir, sous peine de ne pas participer à la fête l'été suivant.

Philippos acquiesça — tout en adressant une fervente prière au Très-Haut pour que lui soit pardonné ce premier mensonge envers son père adoptif.

L'assassin se tenait non loin de la muraille de la ville, sur la berge escarpée de la Desna. Il contemplait le cours majestueux du fleuve. Le clapotis de l'eau lui parvenait d'en bas, emplissant son âme de sérénité. Oui, il pouvait être content de lui. Il avait confondu ce limier qui, pour la première fois dans sa carrière, allait rester sur un échec ! Le droujinnik avait même déterré cette histoire avec la petite putain. C'était à ce moment que tout avait commencé : les déceptions, les horribles crises de nausée, les voix qui étaient venues le sauver de la solitude. Aujourd'hui, la répugnante vieille sorcière n'était plus dangereuse... S'il avait osé, il aurait agi avant. Mais ses voix lui avaient suggéré une solution plus drôle.

La putain, elle, avait été châtiée depuis longtemps. Pourquoi lui avait-elle paru différente des autres dans ce lieu de perdition ? Était-elle belle ? Il revit ses cheveux, de la couleur des érables en automne. Avant qu'elle ne montre son vrai visage, elle lui rappelait une journée d'octobre avec un soleil froid qui fait scintiller le givre sur les arbres roux. La parure augmentait encore son éclat...

Non. Il n'avait pas encore la parure à l'époque. La fille aux cheveux roux, c'était la dernière.

Contrarié, il fronça les sourcils. Il ne devait pas penser trop souvent à elle ! C'était la plus mauvaise, la plus rusée. Il avait failli ne pas s'extraire de sa moiteur, du gouffre dans lequel elle voulait l'aspirer.

Il se souvint de ce moment où la nausée l'avait submergé, l'avertissant du danger. Il fallait au plus vite l'immobiliser... Il n'avait plus qu'à lui encercler le cou et à serrer. Il sentait déjà sous ses doigts le battement de son sang impur. Un instant encore, et elle se figerait... Et c'est alors qu'elle avait tenté de s'échapper ! Elle l'avait obligé à courir et à se servir de son poignard. Non seulement elle avait contaminé son corps de sa moiteur visqueuse, mais elle l'avait marqué de ses griffes de sorcière !

Heureusement, les anges de la vengeance s'étaient élancés à son secours. Ils avaient armé sa main et lui avaient donné la force de terminer le rituel...

Le souvenir de l'ondine rousse le remua. Ses mains tremblaient, ses paumes étaient moites. La sueur coulait abondamment sur son front. Maudite chaleur ! Bientôt, il quitterait cette ville haïssable, pleine d'odeurs et de bruit. Ses voix l'avaient averti qu'il était dangereux de rester ici. Elles lui commandaient de partir, d'aller poursuivre sa mission ailleurs. Il en était heureux. Il n'avait qu'un seul regret : pourquoi le droujinnik n'avait-il pas parlé de lui à la foule ? Aujourd'hui, quand il l'avait vu interrompre la cérémonie, il s'était dit qu'il n'avait pas perdu son temps, qu'on allait enfin révéler sa vraie valeur au monde.

Il imagina toutes ces trognes stupides et satisfaites changer de couleur, exprimer d'abord la stupéfaction, puis l'angoisse et la terreur. Il fut secoué d'un irrépressible rire silencieux. Ah ! tous ces gens se demandant avec inquiétude : « Quel est donc cet homme remarquable qui a réussi à tenir en échec le meilleur enquêteur du prince ? Quel est cet esprit génial qui, par la grâce du Seigneur, déjoue les pièges de ceux qui ont juré sa perte ? Tel l'ange exterminateur, il frappe le péché, il châtie les corps livrés à la débauche comme le Très-Haut châtie les âmes corrompues... »

Il se rembrunit. Il avait attendu en vain, le droujinnik avait passé ses exploits sous silence. Ce militaire prétentieux se rendait-il compte à qui il avait affaire ? Il aurait aimé lui lancer à la figure : je porte les traces des ongles de l'ondine rousse, et tu ne les vois pas ! Je répète tout haut les dernières paroles de chacune des perfides créatures, et tu ne les entends pas !

Soudain, il sentit qu'il n'était plus seul. Il leva la tête. Une gracieuse silhouette, éclairée par le couchant, sortait par la porte de la ville pour prendre le sentier qui menait vers la berge. Il reconnut Anna. Elle se dirigeait droit vers lui mais ne pouvait le voir, car il était à contre-jour. De toute façon, le chemin tournait avant de l'atteindre. Lui, en revanche, l'observait tout à loisir.

Elle était si belle ! Ses boucles brunes tombaient en cascade sur ses épaules, et le fin tissu de sa tunique ne cachait pas ses formes harmonieuses. Mais c'était surtout son maintien princier, son allure froide et distante qui le frappèrent. Il avait l'impression de la contempler pour la première fois. Intrigué, il se déplaça dans l'ombre afin de continuer à l'épier.

Anna s'avançait lentement, perdue dans ses pensées. Son visage mélancolique exprimait une sérénité et une sagesse infinies, éternelles. Une douce lumière semblait émaner d'elle, tel le rayonnement d'une étoile inaccessible. Il en fut ébloui. Était-ce possible ? Comment n'avait-il pas remarqué plus tôt cette tendresse, cette pureté ? Elle était l'image même de la Reine des Cieux. Parfaite. Sans faille. Destinée à lui et à lui seul.

Il la regarda s'éloigner, son cœur éclatant dans sa poitrine. Ses voix le rejoignirent, chantant l'hymne céleste dont les mots resplendissants et énigmatiques tourbillonnaient au-dessus de lui. Il s'agenouilla et voulut prier, mais son corps fut secoué par des sanglots de joie.

Une fois calmé, la nuée scintillante au-dessus de lui disparue, il songea en souriant à la façon dont il lui prouverait son amour. Cette fois, ce serait différent. La nausée le laisserait enfin tranquille. Leur félicité serait à l'image d'Anna : sans faille, parfaite, éternelle. A deux, ils seraient UN, tendu vers le firmament comme la flamme montante du cierge pascal... Il n'aurait pas besoin de lui ôter la parure. La rouquine et les autres ondines s'étrangleraient de jalousie en les regardant de l'Enfer où il les avait expédiées...

Et si elle était comme les autres ? songea-t-il avec angoisse. Eh bien, alors, elle serait châtiée sur-le-champ... Mais non. Anna était une fleur innocente. Elle n'avait rien à voir avec les abominables pécheresses qui l'avaient fait souffrir. Comme il l'avait attendue ! Bien sûr, ce n'est pas un gamin qui saurait la lui ravir ; le danger était ailleurs. Il avait surpris le regard que le droujinnik avait lancé à Anna : tendre et possessif à la fois. Comment avait-il osé ?

Il se sentit en proie à une terrible colère. Il lui apprendrait ! Lui seul avait le pouvoir de vie et de mort sur Anna. Et, maintenant qu'elle lui avait adressé son signal secret, elle n'oserait pas le décevoir...

Il tendit l'oreille. Le bruissement de l'eau lui parut soudain menaçant comme un sourd grondement. Effrayé, il recula. Le fleuve n'était-il pas le domaine des ondines ? Il ferait mieux de ne pas s'attarder ici : l'une d'entre elles pourrait surgir à l'improviste et le happer.

Il scruta le soleil. Le disque rougeoyant touchait la surface étincelante de l'eau. Bientôt, il rendrait Anna heureuse... Mais il était dangereux de tenter quoi que ce soit en ville. Il s'ouvrirait à elle dans la forêt, quand la nuit serait tombée. En attendant, il devait passer chez lui préparer le rituel.

CHAPITRE XI

Au crépuscule, Artem prit les dernières dispositions pour cette nuit de la Saint-Jean qu'il redoutait tant. Huit soldats en tenue civile, une cotte de mailles cachée sous une épaisse veste matelassée, une courte épée dissimulée entre les plis d'un ample pantalon, partirent se poster à la lisière de la forêt donnant sur la berge en pente douce, lieu habituel des baignades. Deux d'entre eux, dont Volets, devaient se séparer de leurs camarades et patrouiller au bord de l'eau dès que la nuit serait tombée. Enfin, deux autres gardes en tenue réglementaire surveilleraient les bois attenants à la berge. Artem lui-même ne quitterait pas de la nuit les abords du fleuve, à l'affût du moindre signe suspect. Un long sifflement devait servir à donner l'alerte.

De même que les hommes d'armes, le droujinnik avait enfilé une légère cotte de mailles sous son caftan de lin noir. Outre son épée suspendue à sa ceinture, il avait pris son poignard, regrettant de ne pas s'être exercé depuis longtemps au lancer.

Alors qu'il se dirigeait vers la sortie de la résidence, il aperçut dans la cour la princesse. Pâle, très belle dans sa robe de soie blanche, elle enfourchait sa monture préférée, une petite jument des steppes. Ses suivantes et ses dames d'atour l'escortaient, à cheval elles aussi. Lorsque l'écuyer se fut éloigné, le droujinnik aborda Guita.

— Ta Seigneurie manque peut-être de prudence, dit-il sans préambule.

— Vladimir ne précède-t-il pas ses guerriers sur le

champ de bataille ? murmura Guita. Son épouse abandonnerait-elle les femmes et les filles de nos braves à l'heure du danger ? Toutefois, je n'irai pas près du fleuve. Ce n'est point la main de l'assassin que je crains, mais un spectacle indigne de mes yeux. Tu me trouveras dans la grande clairière, là où l'on a décoré l'arbre de Koupala pour la fête.

Artem lui promit de l'avertir s'il y avait du nouveau. Tout comme Guita, il aurait préféré ne pas assister aux jeux impudiques de la nuit de la Saint-Jean. En dépit de l'interdiction de l'Église, nombreux étaient ceux qui aimaient à se baigner nus. Il n'était pas rare que caresses et baisers finissent par la fornication. Hommes et femmes, jeunes et moins jeunes, se livraient au commerce de la chair au mépris des liens sacrés du mariage.

Le droujinnik soupira. La nudité féminine exciterait la concupiscence maladive de l'assassin aussi sûrement que l'avait fait le spectacle de Laska dansant sous la pluie.

Il laissa la princesse et sa suite le devancer. Les fêtards ne commenceraient à affluer vers le fleuve qu'aux alentours de minuit. Aussi se dirigea-t-il vers la grande clairière, espérant y rencontrer Anna.

Il l'avait cherchée plus tôt dans l'après-midi, avant d'apprendre par Borka que la jeune fille était déjà partie préparer les feux de la Saint-Jean. Il souhaitait la mettre en garde et, peut-être, la convaincre de regagner le palais. Dans son for intérieur, il était sûr que la jeune fille s'obstinerait à rester avec ses compagnons. Il conseillerait alors à Iann de ne pas la quitter d'une semelle et s'efforcerait lui-même de ne pas la perdre de vue.

Le droujinnik déboucha dans la clairière illuminée par les torches attachées aux troncs des arbres. Il fut happé par la ronde joyeuse de plusieurs dizaines de personnes, la plupart habillées de blanc, toutes coiffées de couronnes d'herbes et de fleurs. Il se laissa entraîner par les danseurs, puis les quitta pour s'approcher d'un grand chêne orné de rubans et de fleurs. Au pied de l'arbre, deux poupées de paille en costume masculin et féminin représentaient

Iarilo[1] et Koupala, les dieux qu'on vénérait cette nuit au même titre que saint Jean le Précurseur. Une grande table chargée de boissons et de mets, simples mais abondants, se dressait à côté. Artem dut jouer des coudes pour se servir un gobelet d'eau. Il s'éloigna de quelques pas pour se désaltérer, sans cesser de chercher Anna des yeux.

Plus d'une fois son cœur bondit dans sa poitrine à la vue d'une chevelure brune et bouclée. Puis la jeune fille tournait la tête, et il s'apercevait de son erreur. Il était sur le point de partir lorsque tout le monde recula en se bousculant. Cinq vieillards à l'air digne, vêtus de longues tuniques blanches, s'installèrent sur l'herbe au milieu de la place dégagée. On posa devant chacun un billot de chêne et une baguette du même bois. Le rituel du « feu vivant » allait commencer. Anna n'allait certainement pas manquer ce spectacle !

Pendant qu'Artem scrutait le public, les anciens introduisirent la tige dans le trou rond percé dans la bûche et se mirent à la tourner rapidement entre leurs paumes. Le silence se fit total. Quand les mains habiles des vieillards eurent provoqué l'étincelle et que le feu eut pris, un grand cri de joie s'éleva au-dessus de la forêt. Dans l'agitation qui s'ensuivit, les jeunes gens s'empressaient d'allumer brindilles et fagots pour aller enflammer les tas de bois préparés à l'avance. Parmi les plus âgés, certains se munissaient du « feu vivant » pour le porter à la maison et allumer les cierges du coin aux icônes. Ce geste était considéré comme particulièrement agréable à Dieu.

Malgré tous ses efforts, le droujinnik ne parvint pas à trouver Anna. Il quitta la foule de plus en plus jeune, de plus en plus bruyante et déchaînée. Il prit le sentier qui menait vers le fleuve, trébuchant sur les racines et s'égratignant aux ronces. Arrivé à la berge, il inspecta les alentours. Les feux de la Saint-Jean flambaient çà et là. Des silhouettes souples et lestes gambadaient autour des flammes, faisaient des cabrioles hardies et bondissaient

1. Le dieu du soleil.

pour atterrir de l'autre côté des bûchers. Un chœur de voix féminines chantait une longue mélopée semblable aux complaintes de jeunes filles qui accompagnent le repas de noces. Personne ne se baignait pour l'instant.

Artem émit un double sifflement. L'instant d'après, un gaillard vêtu de noir surgit à ses côtés. C'était Volets. Il informa le droujinnik que les soldats étaient à leurs postes, et que son camarade et lui avaient commencé leur ronde. Tout paraissait calme. Artem le renvoya et s'installa sur le sol, le dos appuyé contre une grosse pierre.

La nuit était claire, illuminée par une lune éclatante qui se faufilait entre de gros nuages opaques. Une brise légère lui apportait les senteurs de la forêt, auxquelles se mêlait la fraîcheur qui montait de l'eau. Il sortit son talisman varègue et caressa du bout des doigts le dessin gravé sur la pierre.

Il était désemparé. Les maigres indices dont il disposait semblaient embrouiller le problème au lieu de l'éclairer.

Les bijoux. A qui Sergios destinait-il réellement les bracelets qu'il gardait dans sa chambre ? Philippos n'avait pas tort de s'interroger là-dessus.

La bibliothèque de Sofia. Il s'était avéré qu'elle était bien plus précieuse que Sergios ne l'avait laissé entendre. Impossible cependant d'en connaître le contenu sans l'autorisation du prince. Se pouvait-il qu'elle comportât des manuscrits de grande valeur ? Sergios avait-il tenté de se les approprier au moment de faire entrer la collection dans le Dépôt des Livres ?

La fibule à l'aigle d'argent. L'effigie avait-elle un sens secret pour son propriétaire ? Surtout, le bijou appartenait-il à Kostas ou bien à quelqu'un d'autre ? Dans cette dernière éventualité, quel était le lien entre l'inconnu et le peintre ?

Artem se releva et longea la berge à pas lents. Il se transporta en pensée dans l'isba de Kostas, certain qu'un détail capital lui avait échappé lors de la découverte du meurtre. Il revit Manouk examinant les fioles, brisant par mégarde un flacon de parfum précieux. Curieux... Qu'est-ce qui avait bien pu bouleverser le médecin à ce point ? Il semblait pressé de partir ; il avait placé le chandelier sur le coffre et...

Le droujinnik se figea, frappé par une idée. Le médecin aurait dû poser l'objet sur la table toute proche, ou bien sur le tabouret où il l'avait pris... Mais c'est *sur le coffre à vêtements près du lit* que Manouk avait remis le chandelier. Il connaissait donc les habitudes de Kostas dans l'intimité de l'isba clandestine !

Un autre élément troublant lui revint à la mémoire. Les bracelets d'Eudoxie dérobés par l'assassin. Ils avaient été acquis deux jours seulement avant le meurtre. Hormis Ratmir, Frol et le droujinnik lui-même, personne ne pouvait décrire ces bijoux. Or Manouk n'ignorait pas qu'ils étaient recouverts d'émail... Et ce n'était certainement pas Artem qui le lui avait appris !

Artem émit le sifflement convenu ; trois gardes le rejoignirent en toute hâte. Ils lui expliquèrent où ils avaient aperçu Manouk un peu plus tôt dans la soirée. Le droujinnik les renvoya d'un geste, remonta vers le bosquet de pins et s'avança à la lisière des arbres, balayant du regard la berge en contrebas. Bientôt, la silhouette isolée d'un homme assis près d'un arbuste se dessina devant lui. Le menton appuyé sur les genoux, le médecin semblait absorbé dans la contemplation des reflets du clair de lune sur la surface de l'eau.

Comme Artem s'approchait, Manouk se redressa pour le saluer. Il avait l'air mélancolique ; ses yeux ambrés paraissaient noirs et brillaient d'un éclat énigmatique.

Après avoir échangé avec lui quelques phrases banales, le droujinnik observa d'un air détaché :

— Pourquoi rester seul ici au lieu de te joindre aux jeunes gens qui ne boudent pas leur plaisir ? Tu attends peut-être le moment de la baignade ?

— Dieu m'en garde, boyard ! s'exclama Manouk. Je ne saurais en supporter la vue. Ce n'est pas bien, ce qu'ils font. Cela ressemble moins à l'amour qu'à la luxure, le péché qui souille la source de la vie. Le stupre, le vice me répugnent et m'effraient.

— Est-ce la raison pour laquelle tu étais si nerveux dans l'isba de Kostas ? demanda Artem.

— Oh ! Bien sûr, la fiole que j'ai cassée... En effet, boyard. J'ai imaginé les jeux lubriques auxquels on s'adonnait sur cette couche, à la lumière des bougies que Kostas devait laisser allumées, en débauché qu'il était. J'en étais malade de dégoût !

— Dois-je comprendre que tu n'avais jamais mis les pieds dans cette cabane ? Que tu ignorais tout des rendez-vous qui s'y tenaient ?

— Si seulement j'avais soupçonné quoi que ce soit, je me serais empressé de le révéler au Tribunal, affirma Manouk. Le talent n'excuse pas le péché. Je me serais fait un plaisir de dénoncer Kostas si seulement...

— Tu mens ! coupa Artem. Tu connaissais les honteux penchants du peintre. Et tu étais déjà venu dans ce refuge de tous les vices. Inutile de le cacher !... Aujourd'hui même, après avoir examiné le mort, tu as remis le chandelier à sa place, sur le coffre près du lit. Ton geste spontané t'a trahi, car tu t'es comporté en habitué des lieux ! Et, lorsque tu as mentionné à l'instant des orgies se déroulant à la lumière des bougies, tu ne parlais point d'un spectacle imaginaire mais de tes propres souvenirs !

Pétrifié, Manouk dévisagea le droujinnik, une lueur de panique dans les yeux.

— Pitié, boyard ! s'écria-t-il. Oui, j'étais dans le secret... j'aurais tort de le nier. Mais les choses ne se sont pas passées comme tu l'imagines ! Kostas m'a confié... Oh ! Comment ai-je pu être si naïf ? Pourquoi l'ai-je seulement écouté ?

— Serait-ce aussi le peintre qui t'a décrit les bracelets d'Eudoxie ? jeta Artem d'un ton sarcastique. Tu as évoqué ces bijoux comme si tu les avais tenus entre les mains !

— Ma foi, c'est la vérité, balbutia le médecin. C'est Eudoxie qui les a ôtés devant moi, le jour... le jour où... Mon Dieu, mon esprit se brouille...

— Un bon interrogatoire par des soldats rompus a cette tâche te rafraîchira la mémoire, lança le droujinnik. Tu finiras par avouer tous tes crimes et tu seras châtié comme tu le mérites ! Tu peux cependant alléger ton sort en révélant l'endroit où Kostas a caché l'or.

— Par la Sainte-Trinité, je n'en sais rien ! s'écria Manouk. Kostas n'y a fait aucune allusion devant moi !

— Comment donc, ironisa Artem. Tu pousses l'audace jusqu'à nier la raison même de ta complaisance envers ce débauché doublé d'un voleur ! Il suffit. Je te croyais plus habile menteur.

Le médecin poussa un sourd gémissement. Joignant les mains dans un geste de supplication, il tomba à genoux devant le droujinnik et éclata en sanglots désespérés. De nouveau, Artem émit un long sifflement. Cinq gardes surgirent aussitôt à leurs côtés.

— Arrêtez-le, ordonna-t-il aux soldats. Jetez-le en prison et avertissez le commandant et les geôliers que le détenu doit être placé sous haute surveillance.

Artem écouta le pas lourd du peloton qui emmenait le prisonnier, puis il se laissa tomber sur le sol et réfléchit.

Oui, tout concordait. En examinant l'intérieur de l'isba et, plus tard, les appartements de Kostas, il avait soupçonné les rapports contre nature auxquels s'adonnait le peintre. Kostas brûlait d'un amour coupable pour le jeune Arménien aux yeux de fille et au corps tendre d'adolescent. La passion avait amené le peintre à commettre le vol, que son amant l'y ait encouragé ou pas. Manouk s'était également servi de Kostas pour supprimer la tenancière Agraféna. Puis, désireux de garder le butin pour lui — mais peut-être, aussi, lassé par les assiduités du peintre —, Manouk avait décidé de se débarrasser de lui... La confusion et la panique du médecin confirmaient les déductions d'Artem. Après deux ou trois nuits passées au cachot, le coupable ne manquerait pas de passer aux aveux complets.

Des cris et des éclats de rire tirèrent le droujinnik de ses pensées. Une foule de jeunes gens venait d'apparaître sur la berge. Ils s'avançaient en s'apostrophant et en brandissant des flambeaux. Le feu éclairait leurs visages enfiévrés, luisants de sueur. Certains garçons, impatients, ôtaient déjà leurs cottes et leurs chaussons de tille. Parvenus à l'endroit des baignades, ils se dépouillèrent de leurs derniers vêtements pour s'élancer vers les flots opaques. Durant quelques instants, des corps revêtus de clair de lune, splendides et insolents dans leur nudité, se profilèrent sur fond de nuit. Puis ils plongèrent en soulevant de grandes gerbes d'eau.

Trois jeunes femmes, moins hardies que leurs compagnons, avançaient à petits pas, explorant précautionneusement le fond du pied. Artem les voyait de dos ; il embrassa du regard les tailles fines, les croupes rebondies et les cuisses rondes qui émergeaient de l'eau. Le droujinnik tira sur sa moustache d'un air perplexe, moins scandalisé que décontenancé par ce spectacle impudique qu'il avait toujours cherché à éviter. Bien malgré lui, il se sentait fasciné par cette opulente chair ferme, par ces formes sculpturales et éclatantes de blancheur. Il lui sembla soudain que, sans ces silhouettes nues, la lune, le fleuve étincelant et la chaude nuit d'été paraîtraient ternes et sans vie...

Quelques garçons vinrent entourer les trois jeunes femmes pour les entraîner avec eux. Plusieurs d'entre eux avaient gardé leurs torches à la main et nageaient en les maintenant au-dessus de la surface de l'eau. Comme ils s'éloignaient vers le milieu du fleuve, les flammes vacillantes semblaient glisser sur l'étendue noire et immobile.

D'autres jeunes gens arrivaient de la forêt dans un tumulte joyeux. Des dizaines de lumières dansaient maintenant sur l'eau. La plupart des baigneurs nageaient au loin, bravant le courant ; il ne restait près de la berge que quelques couples qui s'ébattaient en riant, sans doute dans l'attente de jeux plus audacieux.

Une jeune femme, le corps éclairé par la lumière fantomatique de la lune, entra dans l'eau jusqu'à la taille et s'arrêta, indécise. Vaguement curieux, les lèvres plissées dans une moue réprobatrice, Artem risqua quelques pas dans sa direction.

L'inconnue avait les cheveux noirs et lisses, coiffés d'une couronne de marguerites. La fraîcheur du bain nocturne la faisait frissonner. Elle se pencha pour s'asperger, et sa peau humide se mit à scintiller comme de la nacre. Artem ne put s'empêcher d'admirer les courbes de ses épaules et de ses seins. Soudain, elle tourna la tête et fixa le droujinnik de ses grands yeux sombres. Ses compagnons l'appelèrent pour l'encourager. Elle leur répondit d'une voix grave et chaude, puis regarda de nouveau Artem et lui sourit.

Embarrassé, il se remit à marcher. La jeune femme éclata de rire et plongea. Seule la petite couronne de fleurs blanches flottait maintenant à l'endroit où l'ondine lui était apparue...

Artem s'avançait en écoutant le bruit de ses propres pas. Pourquoi se sentait-il si triste ? Était-ce encore ce désir insensé pour la pucelle fantasque qui l'avait enivré comme un vin trop jeune ? Non ; il avait recouvré sa paix intérieure, il pensait à Anna avec tendresse, sérénité et détachement... Peut-être lui avait-il sauvé la vie aujourd'hui. Que faisait-elle en ce moment ? Et Philippos ?

Le droujinnik ressortit son talisman de sa poche. Effleurant du bout des doigts les lignes gravées sur la pierre, il scruta le ciel nocturne. Les étoiles indiquaient une heure de la nuit. Philippos devait dormir à poings fermés en rêvant de la jeune fille aux yeux de chat.

Trois heures plus tôt, alors qu'Artem cherchait en vain Anna dans la forêt, Philippos s'apprêtait à partir avec Borka en quête du trésor mythique, futur cadeau de noces de leurs amis. Ils ne doutaient point du succès de leur expédition et comptaient sur la poudre merveilleuse qui permettait à la défunte mère de Philippos de lire dans le feu. Comme prévu, la divination allait se dérouler dans la salle des banquets. Borka avait peur de traverser seule le palais désert, et Philippos lui avait proposé de venir la chercher à la sortie de la bibliothèque.

En réalité, pénétrer dans le Dépôt des Livres faisait partie de son plan secret. Il avait longuement réfléchi aux deux enquêtes après sa dernière discussion avec Artem et était arrivé à ses propres conclusions. Cependant, il était trop tard pour chercher le droujinnik occupé à patrouiller aux abords du fleuve. C'était donc à lui, Philippos, de prendre la situation en main.

Son idée était simple, mais lumineuse. Pour la mettre à exécution, il avait trouvé tout ce dont il avait besoin dans la chambre d'Artem, sur l'étagère près du lit. Après avoir passé en revue les flacons qui s'y alignaient, il en choisit trois et se mit au travail. S'affairant comme un sorcier au-dessus de son chaudron, il mélangea diverses préparations dans une fiole préparée à l'avance et finit par obtenir une potion à base d'aubépine, de houblon et de valériane. Il huma d'un air satisfait l'épais liquide jaune, referma la fiole et la mit dans sa poche.

Il se munit en outre de son poignard, d'une bougie, d'un briquet de silex et, bien sûr, de la petite boîte en fer ouvragé remplie de poudre brunâtre, qu'il conservait à l'insu d'Artem.

La nuit de la Saint-Jean, les courtisans et les domestiques désertaient le palais pour aller fêter Koupala. Les portes restaient ouvertes jusqu'à l'aube, et un seul soldat montait la garde devant le perron. Il semblait hébété, comme quelqu'un qui s'efforce de combattre le sommeil. Philippos détourna son attention défaillante en lançant un caillou dans les buissons. Pendant que le planton avait le dos tourné, il se faufila dans l'entrée.

S'éclairant avec sa bougie, il monta au premier étage sans rencontrer âme qui vive. Un rai de lumière filtrant sous la porte de la bibliothèque lui confirma que le Garde des Livres travaillait encore. Borka était-elle dans sa chambre ? Un couloir latéral menait aux appartements privés de Sergios. Avant d'y pénétrer, il souffla la bougie par prudence, puis se fondit dans l'obscurité.

... Lorsqu'un peu plus tard il regagna le palier, Borka l'y attendait.

— Où étais-tu ? murmura-t-elle en s'agrippant à sa main. J'étais morte de peur, à rester toute seule dans le noir !

— Je suis allé gratter à ta porte. J'ai regardé à l'intérieur, mais tu n'y étais pas.

— Tu es fou ! Ma chambre est tout au fond, derrière celle de Père et d'Anna. Tu aurais pu tomber sur lui ! Il vient souvent dans sa chambre, à cette heure, se servir un gobelet d'eau-de-vie. Heureusement, toutes les pièces communiquent. Je suis passée par l'atelier de calligraphie...

Elle s'interrompit : un bruit de pas leur parvenait de l'intérieur de la bibliothèque. Sergios les avait-il entendus ? Philippos souffla de nouveau la chandelle et ils s'empressèrent de refluer vers le couloir. La porte s'ouvrit et une ombre gigantesque fut projetée sur le mur en face. Sergios s'immobilisa sur le seuil. Les deux amis, n'osant plus respirer, attendirent dans un silence angoissant. Enfin, le Garde des Livres retourna dans la salle. Philippos ralluma la bougie et, prenant Borka par la main, il l'entraîna vers le deuxième étage.

Dans la salle des banquets, ils s'installèrent à même le sol, devant le foyer. Quand les flammes s'élevèrent, hautes et claires, au-dessus des bûches, Philippos sortit de sa poche la petite boîte métallique. Il prit une pincée de poudre magique, l'étala sur sa paume et y traça un symbole.

— Cela ressemble à un « E », commenta Borka dans un murmure excité. Qu'est-ce que ça veut dire ?

D'un geste, Philippos lui intima le silence. Il cherchait désespérément à se concentrer. De nombreuses lunes s'étaient écoulées depuis la dernière fois qu'il avait eu recours à ce moyen infaillible de connaître la face cachée des choses. Sa mère lui avait confié un jour que, pour lire la vérité dans le feu, il fallait libérer son esprit et ses sens de toute entrave. Or le cœur de Philippos ne lui appartenait plus, et sa raison était prisonnière de son cœur.

— Qu'attends-tu pour commencer ? chuchota Borka. Le temps passe, il sera bientôt minuit !

Philippos lui lança un regard noir et demeura immobile. Enfin décidé, il murmura une brève formule incantatoire puis jeta la poudre dans le feu. Un jet de flammes crépitantes s'éleva au-dessus des bûches. Borka eut un mouvement de recul ; l'instant d'après, elle se rapprocha du foyer. L'intense chaleur lui colorait les joues, et ses yeux noisette étincelaient de curiosité et de peur. Soudain, elle saisit Philippos par la main et s'écria :

— Je vois un horrible dragon ! C'est le gardien du trésor, j'en suis sûre !

— Ne dis pas de bêtises, répliqua Philippos, agacé.

Borka mentait, bien sûr. Comment pouvait-elle apercevoir quoi que ce soit alors que lui-même ne voyait goutte ? Ou, plutôt, si : le visage d'Anna.

— Il se transforme, reprit Borka. Ce n'est plus un dragon... Mon Dieu ! un gigantesque serpent. Regarde donc ! Il a une langue fourchue, il est lové au pied d'un arbre...

Philippos fronçait les sourcils, se frottait les yeux, plissait les paupières, mais rien n'y faisait. Pour lui, le feu brillait gaiement dans l'âtre... C'était tout.

— Passionnant ! Quelle autre extraordinaire métamorphose vas-tu encore inventer ? lança-t-il d'un ton moqueur, s'efforçant de dissimuler son désarroi.

Borka ne répondit pas. Fascinée, elle scrutait les flammes qui incendiaient ses prunelles et donnaient un éclat fauve à ses boucles. Surpris, Philippos songea que, sans être aussi séduisante que sa sœur, Borka était une jolie fille.

— Oh ! L'arbre a pris la forme d'une fourche ! s'exclama-t-elle. Maintenant, cela s'estompe...

Quelques instants plus tard, tout était fini. Le feu avait parlé ; la dernière vision de Borka, une fourche, augurait leur expédition. Que Philippos le veuille ou non, il fallait s'en contenter.

— Et comment penses-tu interpréter ce symbole si éloquent ? demanda-t-il, mi-figue mi-raisin. S'agirait-il de la fourche du Diable ?

— Pas du tout ! Ne t'inquiète pas, ce signe s'explique très bien, affirma la gamine. Je connais une clairière dans la forêt où se trouve un arbre qui y ressemble. Un grand chêne qui a été frappé par la foudre. Il a été fendu en deux, et il a la forme d'une fourche. Le trésor est sûrement enterré au pied de ce chêne. On y va ?

Il ne restait rien d'autre à Philippos que de ravaler son dépit et de suivre docilement son amie.

Ils traversèrent les rues éclairées par des torches fixées aux palissades et sortirent par la porte sud, croisant tout au long du chemin des groupes de fêtards qui regagnaient la ville. Dans la forêt, ils se prirent par la main. Borka guida Philippos, se frayant tant bien que mal un passage parmi les branchages et les buissons Comme ils s'avançaient, de petits animaux détalaient devant eux, et un chœur de bruits nocturnes habitait le silence : les ululements des oiseaux de nuit, le chant plaintif de la chouette, le coassement des grenouilles, toutes sortes de bourdonnements, grognements, murmures, frémissements. Tout en haut, par-delà les noirs sommets des arbres qui se découpaient sur le ciel nocturne, la lune penchait vers eux son visage blafard. Bientôt, Borka, qui trébuchait sans cesse sur les racines, se laissa conduire par Philippos. Pour y avoir vécu une partie de son enfance, il se sentait à l'aise dans la forêt et n'avait aucun mal à suivre le sentier qui serpentait parmi les taillis.

— Nous y sommes presque, annonça enfin Borka. Tu ne regrettes pas qu'on n'ait pas pris de pelle ?

— Pour quoi faire ? répondit Philippos, qui avait recouvré son assurance ébranlée par la séance de divination. Au moment où l'on cueillera la fleur de la fougère, la terre s'ouvrira d'elle-même devant nous. C'est ce que dit la légende.

Il voulait ajouter quelque chose quand, soudain, il lui sembla apercevoir une faible lueur dans l'ombre des arbres. En même temps, il entendit un bruit bizarre, sourd et régulier. Il s'arrêta net.

— Qu'est-ce que c'est ? chuchota Borka, effrayée. Tu crois que c'est le *liechy*[1] ?

— Je... je ne pense pas. Attends-moi ici, commanda Philippos à mi-voix, s'efforçant de cacher son inquiétude.

Il s'avança silencieusement vers la petite lumière. N'ayant jamais cru au liechy, il s'apprêtait plutôt à découvrir un autre aventurier en quête du trésor de la Saint-Jean. Il s'arrêta avant de déboucher dans la clairière. Une silhouette d'homme se profilait dans l'obscurité, éclairée par la flamme vacillante d'une torche attachée à un arbre. L'inconnu creusait énergiquement le sol sous un chêne calciné en forme de fourche.

Dévoré par la peur et la curiosité, Philippos se rappro cha de quelques pas. Une branche sèche craqua sous son pied. Comme l'homme se redressait, Philippos ne put retenir un petit cri joyeux.

— Iann, mon ami ! Qu'est-ce que tu fais ici ? Tu as découvert la fleur de la fougère ?

Le souffle court, Iann le dévisagea en silence. Il avait l'air hagard, et une lueur inaccoutumée, un éclat fébrile, brillait dans ses yeux.

— La fleur de la fougère ? Je n'en ai pas besoin, répondit-il d'une voix étrange, rauque. Pas plus d'ailleurs que de ta poudre magique. Regarde !

Le scribe rejeta la pelle, se pencha sur le trou et en sortit un petit coffre muni de solides ferrures.

— On peut dire qu'il pèse son poids ! s'exclama-t-il. Inutile de vérifier le contenu. Tu devines ce qui est dedans ? J'aurais bien aimé le forcer dès maintenant, rien que pour le plaisir de contempler avec toi cent belles grivnas de l'or le plus pur... Mais désolé, ce ne serait pas très pratique pour le voyage.

Philippos considéra un instant le coffre d'un air interloqué, puis fixa Iann. Le scribe portait effectivement une

---

1. Le liechy : esprit maléfique de la forêt

tenue de voyage, une tunique de drap épais et des bottes de cavalier. Sa cotte à moitié déboutonnée laissait voir sa poitrine glabre, moite de sueur. Soudain, Philippos se figea. De longues griffures marquaient le bas de son cou et sa poitrine au-dessous de la clavicule gauche. Glacé d'horreur, Philippos leva les yeux vers le visage de son ami. Il ne le reconnaissait pas. Une lueur mauvaise brillait dans ses prunelles, et sa bouche se tordait dans un rictus cruel. Ses doigts crispés ressemblaient à des serres de vautour. Son regard, dur et froid comme une lame, disait qu'il avait tué — et qu'il allait recommencer. C'était Iann l'assassin !

Comme à travers le brouillard, Philippos vit Iann se pencher prestement et ramasser l'arc qui gisait à ses pieds. Lorsqu'il se rendit compte que la pointe de la flèche visait son cœur, il tressaillit et voulut dégainer son poignard. Trop tard.

— Du calme ! lança le scribe. Ne m'oblige pas à te tuer, toi qui étais mon unique ami ! Je vais t'attacher à un arbre et te laisser ici. Avec un peu de chance, un bûcheron te délivrera. Mais si tu n'es pas sage, je ne te raterai pas !

— Pourquoi ? parvint à articuler Philippos, tout en comprenant l'absurdité de sa question. Pourquoi tous ces meurtres ? Sofia... mais aussi Douce, Eudoxie, Laska...

— C'étaient de grandes pécheresses, des mangeuses d'homme, lâcha le scribe d'un air écœuré alors qu'il abaissait son arme. Si tu les avais connues, tu penserais comme moi.

Philippos secoua la tête et recula d'un pas, tandis que sa main se posait sur le manche de son poignard. Iann banda de nouveau son arc. « Sa flèche me transpercera avant que j'aie le temps de lancer la lame », songea Philippos, désespéré. Gagner du temps : c'était son seul espoir. Borka, qui avait si peur de rester seule dans le noir, allait bientôt s'approcher de la clairière. Si elle les entendait parler, elle devinerait tout et courrait avertir Artem et les gardes.

— Pardonne-moi, mais j'ai du mal à comprendre,

déclara-t-il en haussant la voix. Pourquoi avoir tué Sofia ? Tu avais de l'affection pour elle, non ?

Iann partit d'un brusque éclat de rire, un rire de dément qui déchira le silence.

— Tu espères me faire parler pour tromper ma vigilance ? Sors ton couteau et jette-le loin de toi !

La mort dans l'âme, Philippos obéit. Iann hocha la tête avec satisfaction.

— A présent, je peux t'expliquer. Cette catin de Sofia osait prétendre qu'elle m'aimait comme une mère — alors même qu'elle rêvait de coucher avec moi ! Elle y est parvenue... mais elle l'a payé.

« Ce soir-là, Sofia m'a accueilli parée de ses plus beaux atours. Elle a insisté pour que je vienne dans sa chambre et je l'ai suivie sans méfiance. Elle m'a fait asseoir sur le lit à côté d'elle. J'étais en train de lui parler de la bibliothèque. Soudain, elle a pris ma main, l'a serrée tendrement... et l'a pressée sur son sein ! Le vertige m'a envahi. Je n'aspirais qu'à la pureté — et elle réveillait la bête en moi ! Je me rappelle son soupir, un soupir de volupté, ses lèvres cherchant les miennes, son corps gras et blanc parcouru de frémissements, s'offrant à moi... Je me suis plongé en elle comme dans un gouffre. Ensuite... Ah ! l'horreur de cette chose humide, flasque ! J'avais l'impression que sa moiteur et sa mollesse me contaminaient ! J'étais mal, je sentais la panique monter en moi. Et, pire que la panique, la nausée ! Si seulement cette masse de chair s'était tenue immobile ! Mais elle n'arrêtait pas de remuer sous moi, sur moi... Elle m'étouffait, elle me dévorait de caresses comme une ondine !

Maintenant, Iann hurlait presque. Ses traits se crispaient dans une grimace de dégoût ; ses lèvres tremblaient. Il inspira profondément et conclut sur un ton plus calme :

— La Sainte Vierge et les anges que je sers m'ont sauvé. Ils m'ont guidé. L'abominable pécheresse a été châtiée par leur volonté et par ma main.

— C'est toi qui as allumé les cierges ? demanda Philippos, qui avait du mal à reconnaître le son de sa voix.

— J'avais besoin de prier, de me recueillir devant la Sainte Vierge. C'est alors que j'ai compris la mission dont elle me chargeait : punir le vice et rechercher la pureté à son image. Glorieuse mais terrible mission ! La rançon en est la souffrance et la solitude... Mais peut-on refuser d'accomplir l'œuvre de Dieu ?

Le visage de Iann exprimait une intense douleur. Philippos fut surpris d'éprouver une bouffée de pitié envers ce garçon égaré dans son délire.

— Et Kostas ? demanda-t-il avec curiosité. Que s'est-il passé au juste entre vous ? Est-ce lui qui a assassiné Agraféna avant de m'attaquer ?

— Ha ! Ce singe lubrique était amoureux de moi, répondit Iann avec un rictus méprisant. Il a volé l'or pour acheter mes faveurs. Depuis le début, je pensais me servir de lui puis m'en débarrasser. La juste punition de Sofia m'a coûté mon héritage, et j'avais besoin d'argent. Je lui ai donc promis de quitter la ville avec lui, à condition qu'on ne parte pas les mains vides... Plus tard, quand ton père a découvert l'histoire de la petite putain — ma première nausée —, j'ai tout raconté à Kostas. Il a été épouvanté par mes confidences, mais il n'avait pas le choix. Je l'ai mis au défi de prouver son amour, et il a dû réduire la maquerelle au silence. Quelle chiffe molle, ce peintre ! Comme il se tourmentait d'avoir interrompu cette misérable vie ! Moi, j'ai pu abréger la sienne sans ressentir le moindre remords. Il affirmait être prêt à mourir pour mon bonheur... je lui en ai offert l'occasion !

L'éclat de la torche rougeoyait sur les boucles claires du scribe, se reflétait dans ses prunelles dilatées. Un sourire de fou apparut sur son visage. Philippos savait que sa vie ne tenait qu'à un fil. Borka ne s'était pas montrée ; elle avait sans doute surpris la scène et couru chercher de l'aide... Sauf que celle-ci arriverait trop tard ! Pourtant, que lui restait-il sinon essayer de gagner du temps ?

— Il y a encore des choses qui m'échappent, risqua-t-il, s'efforçant de maîtriser le tremblement de sa voix. La fibule de Kostas à l'effigie de l'aigle ? Et les bijoux de Sofia, les bracelets d'Eudoxie ?

— La fibule à l'aigle, c'était pour rappeler l'Évangile selon saint Jean, répondit Iann. Ce prétentieux pensait qu'il me ferait plaisir en la portant en permanence. Kostas raffolait des symboles, mais il n'a pas deviné celui qui me tenait à cœur. L'ange de la vengeance divine ! C'est cela que j'ai fait graver sur mon talisman. Quant aux bijoux...

Un rire sans joie secoua son corps.

— Allez, avance de trois pas et regarde par là ! ordonna-t-il en pointant un doigt vers la partie de la clairière plongée dans le noir. Attention ! ajouta-t-il. Un pas de plus, et je décoche ma flèche !

Philippos s'exécuta, scrutant l'obscurité. Il remarqua d'abord la tache claire d'un visage, puis une silhouette qui semblait adossée à un arbre. Soudain, il sentit son sang se glacer. C'était Anna ! Manifestement, le scribe l'avait ligotée et lui avait enfoncé un bâillon dans la bouche. Philippos ne pouvait distinguer son expression, mais il sentait sur lui son regard terrifié, devinait son cri muet. Sortant de sa torpeur, il voulut se ruer sur Iann. Celui-ci avait reculé et bandait de nouveau son arc.

— Un geste et tu es mort ! hurla-t-il. Rien ne saurait sauver cette ondine ! C'est la pire de toutes, la plus habile, la plus perfide. Dire que je souhaitais l'emmener avec moi ! J'avais même fait seller deux chevaux... Jamais mon espoir n'avait été plus fort — ni ma déception plus terrible. Elle qui n'a pas connu l'homme, je la prenais pour une fleur innocente, je la croyais inaccessible... Sans péché, sans faille, sans danger... Erreur ! Elle est comme les autres. Le gouffre est en elle ; j'ai bien senti cette odeur qui ne trompe pas. L'odeur du gouffre !

Iann lança une bordée de jurons obscènes, le visage déformé par une grimace haineuse.

— Elle s'est moquée de moi, ajouta-t-il d'un ton lugubre. Elle a accepté de me suivre puis, quand je l'ai amenée ici, elle m'a repoussé. Et c'est alors que j'ai senti la bête se redresser en moi. Comme les autres, elle voulait prendre ma force pour m'aspirer et me happer. Mais ne crois pas qu'elle y parvienne ! Ah ! mes mains brûlent de lui encercler le cou et de serrer, serrer...

Philippos fut pris de vertige. Ce fou allait étrangler Anna, et il le tuerait ensuite. Que faire ? Attendre d'être lui aussi attaché à un arbre, puis regarder cet enragé s'acharner contre Anna ? Peut-être, s'il réduisait la distance qui le séparait de l'assassin, parviendrait-il à se ruer sur lui avant que la flèche ne parte. Il ne pourrait pas lui arracher l'arme, mais le trajet de la flèche serait dévié, et Iann ne saurait éviter le corps à corps.

Il s'avança lentement en direction du scribe. Celui-ci recula aussitôt en le visant.

— Encore un pas et je t'envoie dans l'autre monde ! cria Iann. Et ton ondine ne tardera pas à t'y rejoindre !

Philippos comprit qu'il allait mourir. Si au moins cela pouvait sauver Anna ! Il inspira à pleins poumons, braqua le regard sur l'assassin et...

Il entendit quelque chose siffler dans l'air. Les yeux de Iann s'agrandirent, reflétant une immense stupeur. Cette expression fit place à une moue boudeuse de gamin. Le scribe vacilla. Au même instant, on se jeta sur Philippos. Il devina plutôt qu'il ne reconnut Artem, alors que le droujinnik le plaquait à terre. Philippos eut une brève vision de Iann qui lançait la flèche non pas devant lui mais vers le ciel noir, avant de s'effondrer comme une masse.

Quand Philippos se releva, encore étourdi, Artem était déjà debout.

— Une chance que je n'aie pas perdu la main au lancer du poignard ! déclara le droujinnik d'un ton enjoué, que démentait son visage blême et crispé.

Philippos vint se serrer un instant contre lui, puis s'écarta d'un mouvement brusque pour s'élancer vers le fond de la clairière.

— Anna ! cria-t-il pour toute explication.

Le droujinnik le suivit. Au passage, il se pencha sur le corps étalé dans l'herbe. Sa dague s'était enfoncée jusqu'à la garde dans la poitrine du scribe. Il la dégagea non sans peine, l'essuya sur la tunique du cadavre et s'empressa de rejoindre Philippos.

Ce qu'il vit arracha à Artem un chapelet de jurons. La jeune fille, bâillonnée, les cheveux défaits, le visage baigné de larmes, était solidement ligotée à un arbre. Un diadème aux longues pendeloques lui ceignait le front, un lourd collier pendait à son cou, et plusieurs bracelets ornaient ses poignets. Cette somptueuse tenue contrastait avec sa mine décomposée et la terreur qui se lisait dans ses yeux.

Le droujinnik trancha la corde avec son poignard, tandis que Philippos lui ôtait le bâillon et la débarrassait des bijoux. Anna chancela et serait tombée s'ils ne l'avaient soutenue. Elle essaya de parler mais aucun son ne franchit ses lèvres. Cependant, elle ne pleurait plus et s'efforçait de maîtriser le tremblement qui la parcourait.

— Comment nous as-tu retrouvés ? demanda Philippos à Artem, lui-même réprimant un frisson à l'idée de l'horrible sort que lui et Anna avaient évité de justesse.

— Plus tard, répliqua le droujinnik qui tendait l'oreille.

Un bruit de voix leur parvenait du côté du sentier. Quelques instants plus tard, six gardes conduits par Volets débouchèrent au pas de course dans la clairière. Derrière eux se profilaient quelques habitants de la ville, dont Ratmir. Comme Philippos l'avait escompté, Borka avait surpris la scène et s'était précipitée vers la grande clairière où il y avait encore du monde. L'agitation qui s'était ensuivie avait attiré les gardes qui patrouillaient non loin ; ils alertèrent leurs camarades. L'un d'entre eux connaissait le chemin vers le chêne frappé par la foudre. Volets avait insisté pour qu'on ramène Borka au palais, tandis que lui et ses camarades se dépêchaient de porter secours à Philippos.

Pendant qu'Artem donnait des ordres aux soldats, Philippos murmurait des mots de réconfort à Anna tout en frottant ses poignets ankylosés. La jeune fille, immobile, tendue, le regard dans le vide, semblait inconsciente des efforts du garçon. Enfin, elle libéra ses mains et se dirigea d'un pas incertain vers le groupe qui entourait le corps inerte sur le sol. Philippos la suivit.

Iann gisait sur le dos. Son visage avait gardé une moue enfantine, incrédule et offensée. Le devant de sa cotte était imbibé de sang. Le col déboutonné laissait apercevoir de longues égratignures qui contrastaient avec la blancheur de la peau. Les yeux vitreux du jeune homme fixaient le ciel nocturne comme s'il espérait apercevoir la dernière flèche qu'il avait lancée.

Écartant les badauds, Philippos se pencha pour lui refermer les paupières.

— Viens, ne restons pas là, suggéra-t-il doucement à Anna.

— Iann... notre ami... murmura-t-elle, comme si elle ne pouvait accepter la vérité.

Philippos l'entraîna vers la limite de la clairière.

— Oui, notre ami Iann, fit-il d'un air tout aussi perplexe. Ne me demande pas pourquoi ni comment, je n'y comprends rien. Artem, lui, saura tout expliquer. Jamais le moindre soupçon ne m'a effleuré à son égard ! A vrai dire, j'étais persuadé que c'était... hum... ton père. Pardonne-moi, j'ai tellement honte ! Mais je préfère te l'avouer moi-même au lieu que tu l'apprennes par un autre.

Pour la première fois, le visage d'Anna s'anima, reflétant une franche curiosité.

— Qu'est-ce que tu racontes ?

Philippos rougit jusqu'à la racine des cheveux et détourna la tête. Puis, rassemblant son courage, il se jeta à l'eau :

— C'est que... certaines coïncidences m'avaient paru suspectes, et... Je n'ai pas envie de t'ennuyer avec les détails. Toujours est-il que, ce soir, j'étais arrivé à la conclusion que c'était Sergios. Oh, je t'en prie, ne m'en veux pas ! s'écria-t-il en voyant l'air indigné d'Anna. C'est parce que j'avais peur pour toi que je l'ai neutralisé !

— Tu as *quoi* ?

— J'avais appris par Borka qu'il avale toujours

quelques gobelets d'eau-de-vie pendant ses veillées dans la bibliothèque. Je voulais coûte que coûte l'empêcher de sortir cette nuit. Je me suis donc faufilé dans sa chambre, où il garde la carafe, et j'y ai versé un puissant somnifère. Ta sœur n'y est pour rien, c'était mon idée. Et puis, rassure-toi, il ne court aucun danger ! Il va dormir à poings fermés jusqu'au matin et se réveillera frais comme un gardon.

Anna le considéra quelques instants, trop épuisée pour rire ou pour se mettre en colère.

— En tout cas, tu lui as évité de se faire du mauvais sang pour moi, remarqua-t-elle enfin. En plus, je ne sais comment j'aurais supporté ses reproches ! Je n'en aurais pas eu la force.

Philippos lui serra affectueusement le bras. Cependant, les gardes avaient fabriqué deux civières à l'aide de leurs capes et de grandes branches émondées. L'une devait supporter le corps de Iann, l'autre le fameux coffre, qui allait enfin intégrer la salle du Trésor. Tout le monde s'apprêtait à partir. Le droujinnik s'approcha des jeunes gens. Après s'être assuré qu'Anna s'était un peu remise du choc, il annonça :

— Le commandant m'a transmis l'ordre de Guita : elle souhaite écouter mes explications sur-le-champ. Je dois en outre m'occuper sans tarder de la libération d'un prisonnier arrêté à cause d'une stupide erreur de ma part. Nous allons rentrer ensemble à la résidence mais je compte sur toi, Philippos, pour raccompagner Anna dans ses appartements. Son père veillera sur elle.

Avant de s'éloigner, Artem attira Philippos vers lui. Le garçon enfouit le visage dans le creux de son épaule. Lorsqu'il se dégagea de cette étreinte qu'il jugeait déplacée devant Anna, il lut tant d'émotion sur le rude visage du droujinnik qu'il en fut à la fois bouleversé et embarrassé. Quant à la jeune fille, elle remercia chaleureusement Artem tout en lui adressant un regard étrange. Philippos crut y lire comme une supplication ardente et désespérée.

Intrigué, il dévisagea le droujinnik. Mais celui-ci fixait Anna avec son expression habituelle d'affection bourrue.

Philippos et Anna se joignirent à la queue du cortège, qui s'avançait en file indienne à cause de l'étroitesse du sentier. Peu à peu, ils se laissèrent distancer par les autres. La forêt les enveloppait de ses fraîches senteurs où dominaient les effluves des herbes aromatiques et le parfum de l'écorce des pins. Philippos éprouvait un extraordinaire sentiment de bien-être. Tous ses sens étaient en éveil, et sa peau palpitait sous la caresse de la brise tiède qui s'insinuait jusqu'au fond du taillis.

— Et si on leur faussait compagnie ? murmura-t-il à Anna. Personne ne s'en apercevra. Artem ira chez Guita, les soldats regagneront le corps de garde et les autres se hâteront de rentrer chez eux. Borka cessera de s'inquiéter dès qu'elle apprendra que tu es saine et sauve. Et ce n'est pas ton père qui risque de te chercher !

Anna eut un sourire.

— Il est vrai que la nuit est belle, murmura-t-elle d'un air rêveur. Et puis, je n'ai plus rien à perdre, ajouta-t-elle, soudain assombrie.

Comme Philippos lui demandait de s'expliquer, elle fondit en larmes. Le garçon jugea que ce n'était pas le moment d'insister. Il la consola en lui murmurant des mots doux et en lui assurant que tous ses chagrins étaient derrière elle.

Ils s'éclipsèrent sans difficulté. Tenant Anna par la main, Philippos la conduisit à travers la forêt. Un peu plus tard, ils débouchèrent dans la grande clairière, à présent déserte. Ils s'installèrent au pied d'un arbre et Philippos renouvela ses questions. Il s'attendait à ce que la jeune fille lui parle du choc qu'elle venait de subir. Quelle ne fut sa surprise quand Anna lui avoua qu'il s'agissait d'un chagrin d'amour ! Elle refusa pourtant de lui révéler le nom de l'élu de son cœur. Philippos songea à Iann, persuadé que la honte empêchait la jeune fille de reconnaître son amour pour un être qui était en réalité un monstre.

Ils se taisaient, contemplant les myriades d'étoiles qui

scintillaient au-dessus de la masse noire des arbres. Cependant, la nuit enchanteresse poursuivait son œuvre, aiguisant les sens, éveillant le désir, levant les interdits. Philippos s'enhardit jusqu'à enlacer Anna par la taille, et elle ne le repoussa pas. Prenant une longue inspiration saccadée, elle posa sa tête sur son épaule.

Philippos retint son souffle. Il mourait d'envie de la serrer contre lui, mais il avait peur de commettre un geste maladroit. Après la terrible épreuve qu'Anna venait de traverser, elle n'était qu'une âme en détresse qui cherchait à oublier sa douleur. Pouvait-il courir le risque de la blesser davantage en profitant de son désarroi ?

— Prends-moi dans tes bras.

La voix d'Anna était faible comme un bruissement de feuilles. Philippos tressaillit, certain qu'il avait mal entendu.

— Prends-moi dans tes bras, répéta-t-elle. Je ne veux plus penser à la mort. Je ne veux plus jamais avoir peur. J'ai besoin d'amour...

Le cœur de Philippos battait à grands coups désordonnés. Il l'attira gauchement et la pressa très fort contre lui. Puis, sans trop se rendre compte de ce qu'il faisait, il trouva ses lèvres et y posa un baiser. Un frémissement parcourut la jeune fille. Qu'est-ce que son corps cherchait à lui dire ? songea Philippos, désemparé. Anna éprouvait-elle des regrets ? Rêvait-elle encore de Iann ?

— Je n'ai encore jamais... murmura Anna sans terminer sa phrase. Et toi ?

— Euh... moi non plus, avoua Philippos à contrecœur. Mais je t'aime tant !

Il supplia en pensée Celui qui aide tous les amoureux de le guider. Mais c'est la main d'Anna qui s'empara timidement de la sienne...

Alors, ses doutes, ses craintes, le souvenir de Iann et de l'horreur qu'il venait de vivre s'évanouirent. Rien ne comptait plus excepté la peau soyeuse d'Anna, son corps souple et ses caresses pudiques.

Les lointaines étoiles regardaient les deux enfants et semblaient sourire.

En arrivant au palais, Artem se dépêcha tout d'abord de faire libérer Manouk et de lui présenter ses excuses. Le jeune médecin eut la délicatesse de n'exprimer aucune rancœur. Hélas, observa-t-il, les innocents n'étaient pas insoupçonnables, la recherche de la vérité pouvait conduire à des méprises et lui-même avait été trop désorienté pour dissiper le malentendu. Il connaissait bel et bien le nid d'amour de Kostas. Deux lunes auparavant, le peintre l'y avait attiré par ruse et avait profité de ce tête-à-tête pour lui faire des avances déshonorantes. Manouk les avait repoussées avec indignation, mais cet incident l'avait plongé dans la honte et le désarroi les plus profonds, ce qui expliquait son trouble devant les accusations d'Artem. Quant aux bracelets d'Eudoxie, il les avait aperçus en prenant le pouls de la drapière : supportant mal la chaleur, celle-ci avait eu un malaise à la veille de sa mort.

Le droujinnik rejoignit ensuite Guita dans la salle des audiences pour lui relater les derniers développements des deux affaires. Bouleversée, la princesse écouta en se mordillant les lèvres. Quand Artem eut terminé, elle demeura un instant silencieuse, puis ôta spontanément la grosse bague ornée d'un rubis qui ornait son index et la tendit à Artem.

— Daigne, boyard, accepter ce modeste présent en récompense de ce que tu as accompli !

— Que Ta Seigneurie pardonne mon refus, répondit fermement Artem. Je suis ton loyal sujet et tu n'as pas besoin d'encourager mon zèle à te servir. En revanche, ton geste généreux me fait penser à un objet qui t'appartient. L'agitation des derniers jours m'a empêché de te le restituer plus tôt.

Il sortit de sa poche un carré d'écorce portant la signature de Guita : c'était le billet que la princesse avait adressé à Ratmir.

— Je suis convaincu, ajouta le droujinnik, que ni moi ni un autre ne se retrouvera plus jamais en possession d'un document aussi important !

A court de réplique, Guita rougit et détourna les yeux. Artem, imperturbable, s'inclina avec déférence et prit congé.

Il gagna son pavillon alors que les cloches de la cathédrale sonnaient cinq heures. A sa surprise, Philippos n'était pas encore rentré. Le garçon avait sans doute sellé son cheval pour aller galoper dans les champs, comme il le faisait souvent. Le droujinnik voulut l'attendre dans son cabinet de travail mais, vaincu par l'épuisement, il s'allongea sur son lit et sombra aussitôt dans un sommeil sans rêve.

Philippos le réveilla à huit heures. Il portait ses vêtements de la veille, ses yeux étaient cernés, mais il avait l'air rayonnant. Après une brève toilette, le droujinnik et le garçon s'installèrent sous la tonnelle du jardin. Ils avaient commandé un repas copieux qui allait leur faire oublier le long jeûne de la veille.

— Par quel miracle m'as-tu retrouvé juste à temps ? demanda Philippos, tout en dévorant à belles dents une cuisse de canard garnie de noix et de raisins secs. Et, surtout, comment as-tu découvert le coupable ? Grâce à ton talisman ?

— Plus que jamais, répondit Artem en souriant. Après l'arrestation de Manouk — je reviendrai là-dessus —, une sourde inquiétude continuait à me ronger. Je caressais ma brave pierre lorsqu'une vague réminiscence a surgi dans mon esprit. Comme mes doigts effleuraient le dessin gravé, j'ai songé au galet de rivière que Iann avait ramassé afin de se munir lui aussi d'un talisman. De son propre aveu, il venait de trouver ce caillou. Mais où ? Sur la berge, bien sûr, car ce n'est qu'au bord du fleuve qu'on trouve ces galets polis par l'eau. Or, en regrettant de ne pas avoir accompagné Anna sur la berge, il laissait entendre qu'il ne s'était pas rendu près de la Desna ce matin-là — le matin même du meurtre de Laska ! Hélas, j'avais l'esprit ailleurs... Ce n'est que hier soir que ce détail m'est apparu dans toute son évidence.

— Iann prétendait avoir passé la matinée dans la réserve de la bibliothèque, rappela Philippos.

— En effet, et cette affirmation aurait dû me mettre la puce à l'oreille. Mais c'est le Garde des Livres qui figurait alors parmi nos suspects. Iann soutenait ne pas l'avoir croisé à l'entrepôt. Aussi me suis-je empressé de vérifier l'alibi de Sergios qui, à un quart d'heure près, semblait tenir. Et je n'ai attaché aucune importance à l'emploi du temps du scribe !

« J'ai commencé à entrevoir la vérité après le meurtre de Kostas. J'ai alors deviné son... hum... coupable penchant pour les personnes de son sexe. Or Manouk connaissait l'isba secrète de Kostas... Cela, et certains autres éléments, m'ont conduit à penser que c'était notre homme — le complice et l'ami du peintre, ainsi que l'assassin des ondines. Par bonheur, notre excellent médecin n'a rien à se reprocher, mais mon idée de départ était juste. La passion coupable de Kostas pour Iann l'avait poussé à commettre le vol, puis à supprimer la tenancière qui risquait de se souvenir du dernier client de Douce. Kostas n'est devenu meurtrier qu'à son corps défendant. La perspective d'attenter à la vie de son prochain lui répugnait. Je crois même qu'il avait deviné que tu avais sa fibule, mais il ne pouvait se résoudre à te tuer.

— Malgré ses bizarreries, le peintre m'a toujours été sympathique ! s'exclama spontanément Philippos. Peut-être était-ce réciproque ?

— Garde ta sympathie pour ses œuvres, bougonna Artem. Pour ma part, je n'éprouve aucune tendresse particulière envers cet individu. Cela dit, je le plains, car il s'est fait manipuler par Iann du début à la fin. Lorsque celui-ci lui a proposé de le retrouver dans la cabane, Kostas ne se doutait pas que, dès qu'il révélerait sa cachette, son complice allait se débarrasser de lui. Après le meurtre, Iann a profité de la présence d'une foule nombreuse dans les champs pour regagner la ville inaperçu. De plus, il a eu la malice de cueillir un bouquet de fleurs pour sa fiancée. Il s'était ainsi procuré une excellente excuse pour le cas où l'on se serait étonné de son absence juste avant la cérémonie des fiançailles.

— Iann avait toutes les chances d'épouser Anna, remarqua Philippos d'un air songeur. Il aurait pu attendre quelques jours et l'avoir tout à lui. Pourquoi s'en est-il pris à elle ce soir ?

— Un malade à l'esprit troublé comme le sien est obligé de feindre un comportement rationnel afin de dissimuler l'insupportable angoisse qui l'habite. Jusqu'à hier soir, Iann considérait Anna moins comme une jeune fille charmante que comme le meilleur moyen de détourner de lui tous les soupçons. De fait, sa « passion » pour elle s'est surtout manifestée après la découverte du meurtre de Sofia. De ce jour, Iann n'a jamais manqué une occasion d'afficher ses sentiments. J'avoue que j'ai mordu à l'hameçon ! Quoi de plus naturel qu'un jeune garçon épris d'une jolie fille ? Comment imaginer sous ces apparences rassurantes les démons qui le tourmentaient, et qui gouvernaient en réalité son être ?...

« En fin de compte, Iann s'est laissé entraîner par l'idée de ceindre la couronne de mariage avec Anna, et il s'est soudain senti attiré par elle. Poursuivant sa quête insensée, il l'a entraînée dans les bois afin de s'unir à elle. Le fait même qu'elle lui résistait lui a rappelé la réalité de son corps de jeune femme — ce qui ne pouvait manquer d'éveiller son désir charnel. Dès lors, le sort d'Anna était scellé. Ce n'est pas sa fiancée mais une ondine de plus que Iann aurait immolée, s'acharnant sur le plus vain des espoirs : chasser ses peurs intimes.

Ils restèrent quelques instants silencieux, revivant les événements de la veille. Artem avait à peine touché à son assiette. Philippos, au contraire, n'avait pas laissé une miette de l'abondant repas.

— Au fait, j'ai appris pourquoi le meurtre de Sofia avait déclenché cette série de meurtres, confia-t-il à

Artem. Je ne crois pas que Iann m'ait menti en racontant ce qui s'est passé ce soir-là entre lui et la veuve.

Il résuma au droujinnik la scène de la séduction et le bouleversement profond qu'elle avait provoqué dans l'esprit du scribe.

— Iann aimait Sofia comme une mère, et sa déception a dû être affreuse, ajouta Philippos. Mais quand je pense à toutes ces femmes, si belles, si différentes, qui ont payé de leur vie sa folie... Anna elle aussi serait morte si tu n'étais pas arrivé à temps ! Et moi avec, d'ailleurs. Comment as-tu réussi à nous retrouver ?

— Lorsque toute la vérité m'est enfin apparue, je me suis souvenu de la façon étrange dont Iann regardait Anna hier. J'ai craint pour sa vie... car *toi*, souligna le droujinnik d'un ton sévère, je te croyais à l'abri !... Ne sachant où Iann avait pu emmener Anna, je suis monté sur la Colline noire. C'est de son sommet que j'ai repéré une lueur isolée dans la forêt. Presque tous les feux de la Saint-Jean étaient déjà éteints, je ne pouvais pas me tromper. J'ai fini par déboucher sur le sentier qui courait à travers les broussailles, et je suis arrivé juste à temps pour sauver la prochaine victime... qui était mon propre fils !

Philippos s'élança vers Artem et, malin, se mit à lisser sa longue moustache — geste avec lequel il parvenait toujours à amadouer le droujinnik. Quand celui-ci poussa un grognement de plaisir, Philippos lui proposa d'aller saluer Anna.

La jeune fille venait de sortir sur le perron. Elle était encore plus pâle qu'à son habitude et des cernes mauves marquaient ses yeux — ce qui n'avait rien de surprenant après la rude épreuve de la veille, songea Artem. Hormis ces traces de fatigue, elle semblait sereine et pleine d'assurance. L'étincelle que le droujinnik connaissait si bien dansait dans ses yeux verts, plus inquiétants et plus énigmatiques que jamais.

Après avoir échangé quelques formules de courtoisie avec Artem et Philippos, Anna annonça qu'elle venait de discuter de son avenir avec la princesse. A la demande de la jeune fille, Guita avait promis d'obtenir pour elle une place dans la suite de la grande princesse de Kiev. Le temps que les deux souveraines échangent des missives, Anna serait partie. Elle attendait le réveil de son père — fort tardif ce matin — pour lui apprendre l'heureuse nouvelle.

Quand le droujinnik et le garçon regagnèrent la tonnelle, Philippos donna libre cours à son indignation.

— Elle n'a pas le droit de s'en aller ! s'écria-t-il à la stupéfaction d'Artem. Pas maintenant, pas après ce qui s'est passé hier !

— Au contraire, objecta le droujinnik. Iann était son ami d'enfance, et sa disparition l'a profondément affectée Cette prestigieuse charge tombe à pic. Dis-toi bien qu'Anna n'a été qu'un beau rêve !

Philippos se renfrogna et resta longtemps silencieux.

— Par saint Théodule le visionnaire ! s'exclama-t-il enfin. Après tout, chaque nuit, ne fait-on pas un nouveau rêve ?...

Malgré l'insistance d'Artem, le garçon refusa d'expliquer sa remarque sibylline.

Ils se rendirent ensuite à la cathédrale du Saint-Sauveur, où le droujinnik souhaitait effectuer une dernière vérification. Ils vinrent se placer devant la fresque de Kostas qui représentait le merveilleux ange aux ailes argentées.

— Est-ce que tu saisis maintenant cette ressemblance qui nous intriguait tant ? demanda Artem. Cet ange est la dernière énigme de notre affaire.

— Mais... c'est Iann ! s'écria Philippos, bouche bée. Comment ne l'a-t-on pas remarqué plus tôt ?

— A force de raisonner, il arrive que l'évidence échappe à notre regard, soupira Artem.

— Sofia s'en est aperçue tout de suite, reprit le garçon. C'est pour cette raison qu'elle venait admirer la fresque. Alors comme ça, la sainte cathédrale va abriter l'image d'un assassin ! C'est étrange, non ?

Artem fixait sans répondre les douces ombres qui soulignaient l'ovale parfait du visage, les pommettes rehaussées par des taches dorées, le velouté de la peau, les immenses yeux en amande qui rayonnaient de tendresse et pétillaient d'un rire retenu. L'ange semblait incarner la joie terrestre et le mystère divin. Il détenait le secret du bonheur et promettait la grâce.

— Ce n'est plus vraiment Iann, murmura Artem comme s'il se parlait à lui-même. Sous le pinceau d'un grand artiste, il est devenu autre chose, et il le demeurera aux yeux de tous ceux qui contempleront cette fresque. Quelque chose de plus vrai que Iann lui-même. L'éphémère éclat de la jeunesse ?... non : *l'immaturité* de la jeunesse, avec son innocente séduction et sa redoutable fragilité.

POSTFACE

Un amateur de littérature russe connaît sans doute le drame inachevé *La Roussalka* (« L'Ondine ») de Pouchkine et le récit *Une nuit de mai ou la noyée* de Gogol. Dans le premier, une jeune fille séduite et abandonnée par un prince volage se précipite dans l'eau et, devenue ondine, médite la vengeance ; dans le second, une beauté persécutée par sa sorcière de belle-mère trouve également refuge au fond du fleuve mais espère, un jour, punir celle qui a causé sa perte.

Dans ces deux œuvres les plus célèbres parmi celles qui mettent en scène l'ondine, le personnage de la belle noyée tient à la fois du folklore russe et des légendes connues dans de nombreux pays. Mais il diffère de l'ondine des antiques croyances païennes russes sur un point essentiel : la malheureuse qui se lamente sur son sort tragique suscite de la pitié et non de la peur ; la vengeance dont elle rêve est légitime, car elle est d'abord et avant tout victime d'une injustice, de la méchanceté des hommes.

L'ondine de l'ancienne tradition russe, qui est au cœur de ce récit, n'a rien de cette roussalka éplorée, douce et mélancolique. L'image qui se trouve au centre des croyances répandues avant et bien après la christianisation du pays au Xe siècle est celle d'une fée maléfique et pernicieuse ; âme pécheresse et damnée, cruelle sorcière et non victime innocente, c'est elle qui persécute et torture les vivants.

Elle est plus dangereuse qu'aucun autre esprit démoniaque car elle allie la perfidie à une beauté enchanteresse. Avec l'ondine, le péché ne répugne pas mais fascine et attire ; seule parmi les innombrables incarnations du Mal, elle effraie non par sa laideur mais par son pouvoir de séduction.

Loin de se limiter à l'image romantique d'une jeune noyée qui se réchauffe au clair de lune en peignant sa longue chevelure verte, l'ondine de la tradition païenne russe incarne le moyen le plus insidieux et le plus redoutable dont dispose le Diable pour conduire l'homme à la damnation éternelle. La nuit, elle guette un voyageur égaré au bord du fleuve ou dans la forêt ; le jour, elle erre dans les champs à la recherche d'un paysan imprudent ; elle séduit le malheureux par sa beauté puis se jette sur lui pour l'épuiser de caresses ou le chatouiller à mort. Lorsqu'elle s'éprend de sa victime, l'amour qu'elle porte à l'homme est aussi néfaste que celui qu'elle inspire ; le malheureux qui rencontre une ondine, qu'il résiste ou qu'il succombe à ses charmes, est voué à la mort.

Dans la magie agraire, les ondines jouent un rôle essentiel en tant que pourvoyeuses de pluie et gardiennes des récoltes. Il faut s'assurer leurs bonnes grâces pendant que poussent le blé et le seigle. Lorsque les récoltes ont levé et que la pluie n'est plus nécessaire, on « raccompagne » les ondines avec chants, danses et jeux rituels. Les « adieux aux ondines » coïncident avec la semaine qui précède le solstice d'été et la fête de la Saint-Jean, ou de Koupala, dieu païen vénéré jadis à la même époque. L'imagerie populaire — l'art, ou plutôt l'artisanat — représente toujours les ondines entourées de divers signes solaires et accompagnées d'un cheval, souvent monté (mais jamais par une femme), qui symbolise le point culminant de la course du soleil pendant l'été (en revanche, les oiseaux signifient la phase hivernale de l'année).

Saint Jean-Baptiste (appelé « le Précurseur » à Byzance et en Russie) fut associé d'autant plus naturellement à l'ancien dieu païen Koupala que le nom de ce dernier s'entend comme un dérivé du verbe *koupat'* (baigner). L'Église vit une aubaine dans la facilité avec laquelle fut instauré le culte de saint Jean Koupala, « le Baigneur ». En revanche, certains rites et réjouissances auxquels le peuple refusait de renoncer déclenchèrent l'anathème du clergé.

Le très ancien dieu Koupala reste assez mystérieux, à défaut d'informations précises parvenues à nos jours. Même son sexe variait selon les époques et les régions : on sait que, pendant la fête, la poupée de paille qui figurait Koupala était tantôt accompagnée de la déesse Mara (Koupala étant une divinité masculine), tantôt du dieu du soleil Iarilo (Koupala représentant alors une divinité féminine).

Parmi les mythes associés à Koupala et les festivités organisées en son honneur, certains sont communs à de nombreux pays d'Europe, tels les feux de la Saint-Jean et d'autres jeux, mais aussi la légende de la fougère qui fleurit la nuit de la Saint-Jean et permet de découvrir un fabuleux trésor enfoui sous terre. D'autres croyances et pratiques (dont celles mentionnées dans ce récit) n'étaient répandues qu'en Russie.

En ce qui concerne les baignades nocturnes qui scandalisaient tant les popes, elles accompagnaient la veillée traditionnelle qui commençait ce soir-là : on croyait q
nuit de Koupala (puis, la nuit de la Saint-J
« bondissait » et dansait. Le peuple a
tels que : « A l'aube, le soleil d
dans l'eau et ressort
heure le soleil dans
naient avec eux de
clairière de la forêt,
colline en allumant l
suite. Les jeunes gens
en espérant le voir dans

Le décor du récit est
villes les plus belles et les
vienne. Qu'on ne s'étonne

dimir suzerain non plus de Rostov mais de la « perle du Sud ». Le trône n'étant pas héréditaire, c'était le grand-prince de Kiev qui désignait à chacun ses terres, souvent lors d'une assemblée réunissant les nombreux descendants du grand Rurik, fondateur de l'État russe. Au bout de quelques années, les princes changeaient de fief une nouvelle fois, toujours sur l'ordre du maître de Kiev. Ainsi, parmi les villes les plus importantes que Vladimir II marqua de son règne, il faut citer Rostov, Smolensk, Tchernigov, Péréïaslavl et, enfin, Kiev à partir de 1113 et jusqu'à sa mort en 1125. (Le lecteur sera sans doute curieux d'apprendre que certains lieux historiques, tels que la cathédrale du Saint-Sauveur, la Colline noire, les fondations de l'église Boris-et-Gleb et celles des deux palais princiers, mises au jour lors de fouilles, sont visibles à Tchernigov encore aujourd'hui.)

La façon peu cohérente, souvent arbitraire, dont les princes se voyaient pourvus de nouvelles terres ne put manquer de provoquer, tout au long de l'existence de la Russie kiévienne, des guerres fratricides entre les vassaux qui cherchaient à s'arracher réciproquement leurs fiefs. L'état de guerre était alors quasi permanent car, à la rivalité entre les princes, s'ajoutait une lutte acharnée contre les nomades de la steppe : les Petchénègues, remplacés au XIe siècle par les Koumans. La situation décrite dans le présent récit est tout à fait typique : la garnison restée dans la capitale de la principauté est réduite à une poignée de [illegible]ldats, et l'autorité supérieure est assumée par la prin[illegible]e et quelques fonctionnaires de haut rang, tandis que [illegible]mir est parti guerroyer à la tête de son armée. Celle-[illegible]nstituée par la droujina des Varlets (« jeunes guer-[illegible] complétée par des recrues provenant de tous les [illegible]ciaux (excepté les serfs). Quant à la droujina [illegible] (tous boyards, souvent avec le titre de [illegible]rince s'appuie sur elle surtout pour gouver-[illegible]s membres avant de prendre une décision

[illegible]omaque (1052-1125), chef de guerre

intrépide, excellent administrateur, habile diplomate et fin lettré, est un personnage historique très célèbre. C'était le petit-fils de Iaroslav le Sage, qui élabora le premier Code, la fameuse *Rousskaïa Pravda* (« Le Droit russe »), qui remplaçait la peine de mort par une amende ou, à défaut, par le servage à vie. Vladimir II était également l'arrière-petit-fils de Vladimir Ier le Soleil Rouge (ou le Saint), qui avait christianisé le pays en 988.

Avant même que la Russie fût organisée en État (IXe siècle), sa situation sur la voie « des Varègues aux Grecs » explique la double influence qu'elle a subie : celle des Varègues (Vikings qui naviguaient sur le Dniepr et traversaient la mer Noire), et celle de Byzance. Les Varègues commencèrent à s'installer en masse dans les régions habitées par les Slaves vers le IXe siècle, apportant leur savoir-faire en matière de navigation, de commerce et d'art militaire ; les Russes en ont également hérité certains principes fondamentaux de législation. Quant à Byzance, son rôle est essentiel dans le domaine du commerce, de la peinture, de l'architecture, et, bien sûr, de la religion.

Olga, grand-mère de Vladimir Ier le Saint, fut le premier chef d'État chrétien en Russie, mais ce fut son petit-fils qui christianisa le pays. Une célèbre légende médiévale raconte comment Vladimir, résolu à renoncer au paganisme, envoya ses émissaires observer les différentes religions du Livre et lui rapporter leurs impressions. Ceux-ci, conquis par la beauté proprement divine du rite grec, déterminèrent le choix de leur prince. On peut affirmer avec autant de certitude que Vladimir, ce génie politique hors pair, comprit le rôle unificateur de la religion chrétienne. En 988, il se fit baptiser à Constantinople en même temps qu'il épousa la sœur des empereurs Basile II le Bulgaroctone et Constantin VIII [1]. Dès son retour à Kiev, Vladimir Ier imposa la christianisation à tous ses sujets, quels

1. Ce mariage faisait partie du « marché » : la sœur des basileus contre la christianisation de Vladimir — et, bien sûr, l'aide militaire de la Russie, nouvel allié de Constantinople.

que fussent leur appartenance ethnique et le paganisme qu'ils professaient, et continua de répandre le christianisme sous la forme grecque.

Le rôle de Byzance dans cet événement, qui scella le sort de la Russie, fut presque aussi important que la décision de Vladimir Ier. Depuis des siècles, la politique de Constantinople consistait à transformer en allié l'ennemi qu'elle ne pouvait battre ; en particulier, en encourageant par tous les moyens (somptueux présents, aide militaire, traités favorisant le commerce avec le pays intéressé, mariages entre suzerains) sa conversion à la foi orthodoxe. Non seulement cette conversion désarmait les anciens « Barbares », mais elle permettait d'exercer sur eux une influence d'autant plus importante que Byzance apparaissait comme le centre de la chrétienté et donc comme l'autorité incontestable.

La Russie profitera de cette influence, surtout dans les domaines de l'art et de l'architecture, mais elle saura conserver son indépendance spirituelle et politique qui ne cessera d'augmenter avec le temps. Cependant, les survivances païennes sont demeurées étonnamment puissantes en Russie, malgré la conversion générale, au point que l'on en rencontre encore des traces aujourd'hui.

GLOSSAIRE

Boyard, Boyarina (femme mariée), **Boyarichna** (jeune fille) : les nobles de l'ancienne Russie. Ce mot, apparu au Xe siècle, désignait d'abord les proches compagnons d'armes du prince, puis, plus largement, toute personne noble, varègue ou slave. Un boyard pouvait faire partie de la droujina du prince ou vivre dans sa ville d'origine, voire sur ses terres.

Droujina :

a) l'armée du prince, qui était composée de la *droujina des Anciens*, ou Grande Droujina, et de la *droujina des Varlets* (c'est-à-dire « jeunes guerriers »), ou Petite Droujina. Ce n'était pas le nombre, mais l'âge des guerriers et leur appartenance sociale qui faisaient la distinction entre les deux ;

b) tout détachement militaire de moyenne importance composé de guerriers (souvent, de mercenaires) au service du prince ou d'un boyard.

Droujinnik : guerrier appartenant à la droujina des Anciens ou à celle des Varlets.

Grivna : principale monnaie russe : 250 g d'argent ou d'or massif. Se divisait en demi-grivna, quart de grivna, etc.

Kouman (ou Couman) : peuple nomade d'origine turque, venu d'Asie centrale, ennemi principal des Russes entre le XIe et le début du XIIIe siècle, auquel succédèrent les Tatars.

Sarafane : longue robe sans manches, le plus souvent boutonnée devant et portée avec une ceinture ; elle habillait les femmes de toute condition.

Varègue : nom que les Byzantins et les Slaves donnaient aux Vikings. Ces Scandinaves, excellents navigateurs, guerriers et commerçants, furent les fondateurs de la Russie de Kiev.

Varlet : voir « Droujina ».

Verste : ancienne mesure itinéraire de 1 067 m.

Cet ouvrage a été réalisé par la
SOCIÉTÉ NOUVELLE FIRMIN-DIDOT
Mesnil-sur-l'Estrée
pour le compte des Éditions 10/18
en mai 2000

Imprimé en France
Dépôt légal : novembre 1999
N° d'édition : 3068 – N° d'impression : 51270
Nouveau tirage : mai 2000